Texte détérioré — reliure défectueuse

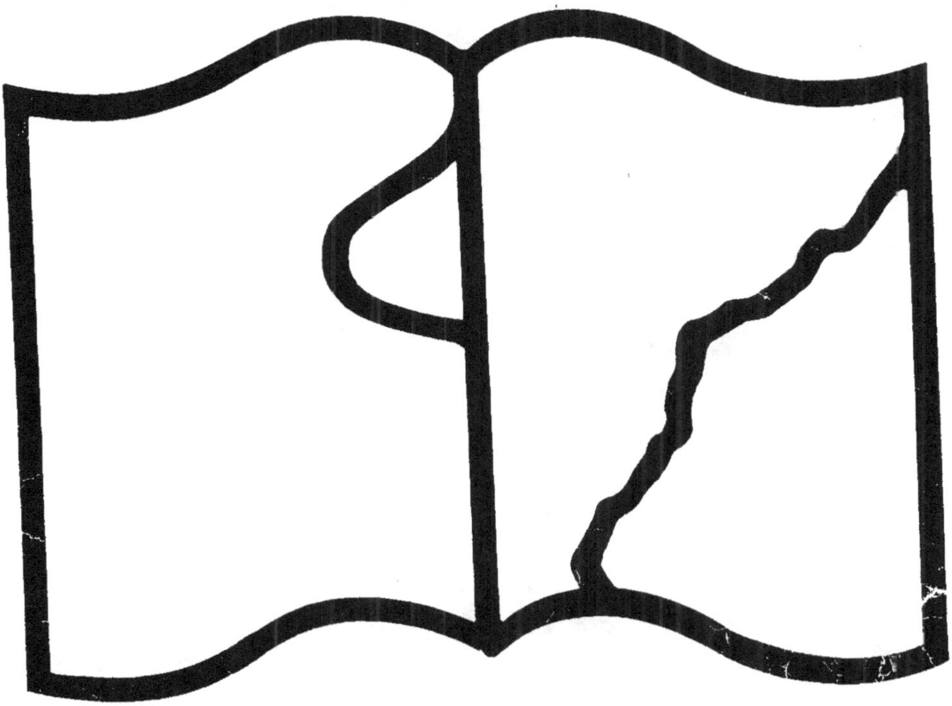

NF Z 43-120-11

Contraste insuffisant

NF Z 43-120-14

BIBLIOTHÈQUE CONTEMPORAINE

CAMILLE DOUCET

SECRÉTAIRE PERPÉTUEL DE L'ACADÉMIE FRANÇAISE

CONCOURS LITTÉRAIRES

RAPPORTS ANNUELS

1875–1885

PARIS
CALMANN LÉVY, ÉDITEUR
RUE AUBER, 3, ET BOULEVARD DES ITALIENS, 15
A LA LIBRAIRIE NOUVELLE

1886

CONCOURS LITTÉRAIRES

RAPPORTS ANNUELS

CALMANN LÉVY, ÉDITEUR

DU MÊME AUTEUR

Format grand in-18.

ŒUVRES COMPLÈTES...................................... 2 vol.

BOURLOTON. — Imprimeries réunies, B, rue Mignon, 2.

CONCOURS
LITTÉRAIRES

RAPPORTS ANNUELS
1875 — 1885

PAR

CAMILLE DOUCET

SECRÉTAIRE PERPÉTUEL DE L'ACADÉMIE FRANÇAISE

PARIS

CALMANN LÉVY, ÉDITEUR

ANCIENNE MAISON MICHEL LÉVY FRÈRES

3, RUE AUBER, 3

—

1886

CONCOURS LITTÉRAIRES

SÉANCE PUBLIQUE ANNUELLE

DU JEUDI 16 NOVEMBRE 1876

Messieurs,

Il y a de cela tant d'années, que, si j'en aime le souvenir, j'en oublie volontiers la date; le jour où, pour la première fois, sortant à peine du collège, il me fut donné d'assister à une séance publique de l'Académie française; ici même, assis à cette place, l'aimable et spirituel auteur des *Étourdis*, Andrieux, venait de prendre la parole pour proclamer les résultats d'un nouveau concours littéraire dû aux libéralités de M. de Montyon, et dont l'*Éloge de la Charité* était naturellement l'objet.

« Ma mission, » disait-il, de cette voix frêle et défaillante qui se faisait si bien entendre à force de se faire

1

écouter, ma mission est seulement de donner une idée
de la manière dont l'Académie a considéré le sujet de ce
concours et des motifs qui l'ont déterminée dans le jugement dont je dois rendre compte. »

Cette phrase, Messieurs, était à elle seule tout un
programme.

Jusqu'alors, et presque depuis son origine, l'Académie
ne décernait chaque année qu'un prix unique, de valeur
légère, mais de grand poids et de haute estime, qu'étaient
fières de se disputer tour à tour l'éloquence et la poésie.

Nous sommes loin aujourd'hui, Messieurs, de ce temps
où, n'ayant à traiter qu'un sujet à la fois, nos rapports
avaient le droit d'être courts : quand, en quelques pages,
en quelques phrases, cela s'est vu, les descendants de
Conrart et de Mézeray, de Duclos et de d'Alembert, les
successeurs de Marmontel et de Suard, les auteurs
applaudis des *Templiers* et de *Germanicus* venaient
successivement, comme je vous le disais d'Andrieux tout
à l'heure, après chaque concours, rendre compte à nos
pères des décisions de l'Académie ; jusqu'au jour où,
grâce à des fondations nouvelles, dont profitent la littérature, la morale et la vertu, la tâche devenant plus
lourde, le travail plus considérable, la responsabilité
plus grande, M. Villemain se trouva là, juste à point,
pour répondre à tout et suffire à tout, avec la force,
l'éclat et l'autorité de cet incomparable esprit, qui, pendant trente-cinq ans, nous éblouit et nous charma : rendant ainsi d'avance la charge difficile pour son successeur ; je dirais impossible si, à l'heure voulue, l'héritier
ne se fût placé promptement à la hauteur de l'héritage.

Bientôt, Messieurs, l'éloge de M. Patin sera prononcé devant vous dans cette enceinte, et vous ne pouvez que gagner à l'attendre de ceux à qui l'honneur en est réservé. Il m'est doux au moins, pour ma part, d'associer un moment cette mémoire chère et vénérée au brillant souvenir de M. Villemain et de confondre dans mon hommage, comme vous les confondez dans votre estime, deux hommes rares qu'auraient pu séparer des qualités contraires et des natures opposées, mais que rapprochaient un même amour des lettres, une même érudition vaste et lumineuse, un même goût délicat et fin, un même esprit curieux et libre, une même solidité de jugement rapide et sûr ; un même souci enfin de la dignité, des droits et des intérêts de l'Académie.

Le soin de ses intérêts et leur surveillance assidue, voilà surtout la part que l'Académie délègue à ses mandataires ; gardant avec raison pour elle-même tout ce qui peut toucher à sa gloire. Ainsi s'explique au besoin la diversité de ses choix, leur contradiction peut-être.

Appelé aujourd'hui à remplir la mission d'Andrieux, son exemple sera mon guide, et, comme lui, plus que lui, ayant plus à dire, je m'attacherai seulement à donner une idée des motifs qui ont déterminé l'Académie dans les jugements dont je dois rendre compte.

En proposant pour sujet du prix d'éloquence à décerner en 1876 un *Discours sur le génie de Rabelais, sur le caractère et la portée de son œuvre*, l'Académie avait pris soin, deux ans d'avance, de proclamer que ce n'était point un livre, ni un mémoire, ni une étude, qu'elle demandait aux concurrents ; mais un discours ; c'est-à-dire un travail bien défini, réunissant cet art de composition, cet ensemble et ce mouvement qui sont les attributs essentiels du discours.

Ainsi pas de méprise possible, pas d'équivoque; le programme est clair et précis ; les concurrents sont prévenus et savent à quoi s'en tenir. Plus le sujet pourrait prêter à de longs développements, plus il convient de le resserrer et de le restreindre. Ce n'est pas une nouvelle étude biographique qu'il s'agit de faire sur l'auteur de Gargantua, ni, après tant d'autres, un nouveau livre consacré à l'analyse et à l'examen de son œuvre étrange; ce n'est pas non plus un éloge, dans le sens académique du mot; la pudeur publique eût cru devoir s'en alarmer peut-être, le grossier langage de Rabelais étant plus connu que sa haute raison, et l'usage étant volontiers qu'on le juge sans l'avoir lu et qu'on le condamne sans l'avoir compris.

« C'est un philosophe ivre, » avait dit Voltaire, que je n'accuse pas de juger sans lire, et surtout sans comprendre; mais, vingt-cinq ans plus tard, plus juste envers Rabelais son maître, Voltaire se repentait d'avoir dit autrefois trop de mal de lui. Ce sont ses propres paroles.

Depuis trois cents ans, Messieurs, ce double jugement se reproduit sans cesse, en première instance et en appel; depuis trois cents ans aussi, les lettrés de tout ordre, les écrivains de tout genre, les penseurs de toute nation fouillent sans relâche, et avec profit, dans cette fange où des diamants sont cachés, dans ce fumier qui est plein de perles, dans ce limon qui est plein d'or.

Qu'ils s'appellent La Fontaine ou Molière, Le Sage ou Beaumarchais, Swift ou Jean-Jacques Rousseau, philosophes, auteurs comiques, fabulistes, tous nous sont familièrement connus et leurs œuvres sont présentes à toutes nos mémoires. Ouvrons Rabelais, relisons-le, et, en saluant au passage, dans chaque volume, dans chaque chapitre, des mots, des noms, des pensées, des proverbes, des fables, des scènes et des anecdotes que nous savons par cœur, et que nous nous étonnons presque de retrouver là, à leur place, c'est lui parfois que, sans y réfléchir, nous sommes tentés d'accuser de plagiat.

Imiter Voltaire, dans sa réparation surtout, et, sans amnistier entièrement le philosophe ivre, en faisant au contraire, équitablement, la part de l'ivresse et celle de la philosophie, relever Rabelais des répugnances qui pèsent sur son livre et des préventions qui pèsent sur sa gloire ; dégager de la boue qui les souille aujourd'hui, mais qui les protégeait alors, des trésors de vérités éternelles ; montrer ce qu'il y a de sérieux et de respectable dans ce fou qui est un sage, mais qui a besoin qu'on l'écoute et qu'on l'épargne ; mettre avec goût et discernement en lumière les parties saines et élevées de cette œuvre-mère qui a sa place et sa date dans le grand mouvement de la Renaissance générale ; rendre enfin, dans quelques pages éloquentes, à l'auteur mieux apprécié l'hommage dû à son génie, était une tâche séduisante et qui semblait facilement rentrer dans les conditions définies et les proportions limitées du discours demandé par l'Académie pour le concours du prix d'éloquence.

J'ose à peine ajouter, Messieurs, quand le sujet est grave, et le lieu plus encore, qu'après avoir tant fait pour provoquer les discours et pour décourager les livres, c'est, en fin de compte, un livre que nous avons couronné ; un bon livre, mais un livre.

Vingt-huit discours... non ; vingt-huit manuscrits avaient répondu à l'appel de l'Académie.

Après un long et consciencieux travail d'examen, trois seulement, inscrits sous les n⁰ˢ 10, 12 et 16, ont, jusqu'à la dernière heure, fixé sérieusement son attention, sans que, pour des causes diverses, aucun d'eux parût de nature à devoir fixer définitivement son choix.

Au premier abord, les discours portant les n⁰ˢ 10 et 12 s'étaient fait remarquer par des qualités brillantes ; tous deux paraissaient, en outre, remplir à peu près les conditions du programme ; malheureusement la fin ne devait pas tenir tout ce que promettait le début. En s'égarant dans une foule de détails, de citations et de digressions, chacune de ces études perdait bientôt son premier caractère et aussi son premier mérite.

Unanime à regretter qu'un prix ne pût être accordé à l'une ni à l'autre de ces œuvres distinguées, et voulant d'abord choisir entre elles pour la plus grande des récompenses du second degré, l'Académie s'est prononcée en faveur du manuscrit portant le n⁰ 12 et lui a décerné l'accessit du prix d'éloquence.

J'aurais aimé à pouvoir en nommer l'auteur ; mais l'enveloppe qui garde son secret ne doit être ouverte qu'à sa demande, et, malgré la grande publicité qu'ont reçue déjà les résultats du concours, par modestie peut-être, il n'a pas encore donné signe d'existence. A défaut de son nom, je me borne à proclamer son n° 12 et à mentionner l'épigraphe inscrite en tête de son manuscrit :

Tousiours riant, tousiours beuvant d'autant à un chascun, tousiours se guabelant, tousiours dissimulant son divin sçavoir, etc.

L'Académie se trouvait dès lors en présence d'un seul concurrent, d'un dernier manuscrit inscrit sous le n° 16 et portant pour épigraphe cet appel à l'indulgence et à la conciliation :

Pax hominibus bonæ voluntatis.

Par la grosseur très apparente de son volume, un pareil travail se dénonçait lui-même et, d'avance, s'emblait s'exclure du concours.

A mérite égal, en effet, un vrai discours, jugé digne d'un prix, eût certainement obtenu la préférence. L'Académie ne s'en faisait pas moins, par acquit de conscience, un devoir de lire jusqu'au bout le volumineux travail qu'on avait eu, à la fois, tort et raison de lui envoyer.

Pendant cinq séances consécutives, et malgré des préventions légitimes, qui, je dois le dire, désarmées de jour en jour, firent bientôt et graduellement place à l'intérêt, à la sympathie, à l'estime, à l'approbation enfin, cette lecture fut écoutée avec une attention toujours soutenue et une faveur toujours croissante.

Ce qu'il était avant, l'ouvrage, à coup sûr, l'est encore après ; il pèche par l'excès même de certaines de ses qualités ; l'érudition y abonde dans des proportions exagérées ; c'est l'histoire entière de la littérature, de toutes les littératures, depuis Rabelais jusqu'à nos jours, et l'auteur, en prodiguant un trop grand étalage de science, a certainement, je le répète, dépassé le but, l'objet et les limites du concours.

D'un autre côté, ce travail est notoirement supérieur à tous ceux des autres concurrents. Il a le tort d'étendre le sujet, mais il a le mérite de l'épuiser; l'érudition y abonde, mais elle y est et elle y brille; l'histoire de toutes les littératures s'y trouve passée en revue, mais elle y est représentée avec beaucoup d'art, de science et de talent. C'est, en un mot, une œuvre considérable, une œuvre de critique sérieuse, qui se distingue d'ailleurs par la forme comme par le fond. Le style en est toujours élégant et correct, parfois poétique, souvent même d'une véritable éloquence. C'est un livre, soit; mais ce qu'il y a de trop dans ce livre doit-il empêcher l'Académie de récompenser ce qu'elle y trouve de bien et de bon? Au total, le seul défaut qu'on lui reproche existait plus ou moins partout, et l'on peut se demander s'il ne serait pas, jusqu'à un certain point, inhérent au sujet lui-même. Défendue ainsi, et ne trouvant plus d'adversaires, la cause était entendue et gagnée.

C'est dans ces conditions, Messieurs, qu'après avoir fait vis-à-vis d'elle-même certaines réserves, et chargé son rapporteur de les faire pour elle vis-à-vis du public, dans la séance qui vous rassemble aujourd'hui, l'Académie décida que le prix d'éloquence était décerné à l'auteur de l'ouvrage inscrit sous le n° 16, M. Émile

Gebhart, ancien membre de l'École française d'Athènes, professeur de littérature étrangère à la Faculté des lettres de Nancy.

Au moment où, ce concours étant terminé, l'Académie s'occupait déjà d'en préparer d'autres pour le prix de poésie qui sera décerné en 1877, et pour le prix d'éloquence de 1878, la mort enlevait subitement aux lettres françaises une femme de génie, dont le talent viril occupait, depuis quarante ans, et à juste titre, l'une des premières places dans l'admiration publique.

Rendre à cette gloire un prompt et public hommage, fut tout d'abord la pensée de l'Académie. Elle aussi se sentait en deuil. Le plus respectable scrupule pouvait seul la retenir et l'a retenue en effet. Plus tard, Messieurs, quand, à distance, toute émotion étant calmée, les jugements pourront être à la fois plus sains et plus justes, plus mesurés et plus libres ; quand leur autorité ne pourra qu'y gagner et quand la louange elle-même sera plus sûre de l'impartialité qui la rehausse ; ainsi qu'elle le fit naguère pour madame de Sévigné et madame de Staël, l'Académie proposera sans doute, comme sujet d'un de ses concours pour le prix d'éloquence, une étude sur le talent et les œuvres de madame Sand.

Un discours sur l'alliance des lettres et des sciences eût peut-être alors été proposé aux concurrents de 1878, sans la crainte qu'ainsi présenté, le sujet ne leur parût peu net et mal défini. Des noms propres frappent avec plus de clarté ; les souvenirs qu'ils rappellent sont plus

éloquents qu'un long programme; un mot suffit pour
tout dire et tout expliquer :

L'Éloge de Buffon, voilà les sciences;
André Chénier, voilà les lettres.

L'Académie s'est arrêtée à ces deux sujets pour les
prochains concours d'éloquence et de poésie.

L'alliance des sciences et des lettres, Buffon la per-
sonnifie au plus haut degré; en lui, l'écrivain égalait le
savant, et l'Académie française, à ce titre, le disputait à
l'Académie des sciences.

Le style doit graver des pensées, disait-il, et ses pensées, il les gravait; si bien qu'exposé, lui aussi, aux démen-
tis naturels que la science attend toujours de son progrès même; comme écrivain, du moins, Buffon, demeuré
intact, aurait depuis un siècle grandi plutôt encore que
diminué.

Quand il rapprochait l'homme et le style, jusqu'à les
confondre; quand, voulant que l'un fût jugé par l'autre,
il gravait cette pensée en termes tels, que chacun ici les
répéterait avant moi, Buffon, sans le savoir, faisait d'un
mot son plus grand éloge, et nous apprenait d'avance à
le louer cent ans plus tard.

Pour le concours de 1877, l'Académie, qui ne connaît
d'autre terrain que le terrain des lettres, a choisi le nom
d'André Chénier, son nom seul, comme un des plus purs
symboles de la poésie.

C'est à la poésie que nos jeunes poètes voudront rendre
hommage en célébrant, dans leur langue qui fut la
sienne, ce frère aîné dont je m'efforce d'oublier un mo-

ment l'impardonnable martyre; ce jeune immortel dont la vie si courte fut pourtant si pleine et qui, confiant à l'avenir le soin de sa gloire, tomba un jour, en chantant, sur la frontière de deux grands siècles; assez près de nous et assez loin tout ensemble, pour qu'on puisse saluer en lui le plus moderne des anciens et le plus ancien des modernes.

Je m'arrêterais là, Messieurs, ma mission serait terminée, sans la munificence de M. de Montyon, sans le bon exemple qu'il a donné si généreusement et que tant d'autres ont si généreusement suivi.

Je commence à peine, au contraire, et, pour la seconde partie que ce rapport doit consacrer aux fondations nouvelles, la matière est si abondante, la nomenclature des prix à proclamer si considérable, que faire à chaque ouvrage couronné la part qui lui semblerait due, pour vous comme pour moi, serait une tâche impossible.

Plus particulièrement destinées à récompenser des travaux sur l'histoire, et notamment sur l'histoire de France, les fondations Gobert et Thérouanne méritent de nous occuper en première ligne.

L'an dernier, presque à pareil jour, du fond de son lit de douleur, M. Patin — ce n'était déjà plus sa voix, c'était sa parole encore qu'il vous était donné d'entendre, — annonçait ici que le grand prix Gobert était accordé à M. Casimir Gaillardin pour les quatre premiers volumes d'une *Histoire du règne de Louis XIV*. « Tout en suivant, disait-il, dans ses développements divers, dans sa complexité, le mouvement d'un grand siècle, M. Casimir

Gaillardin a retracé particulièrement ce qu'a dû la France à l'action personnelle du souverain par qui s'est poursuivie avec tant d'énergie, d'habileté, d'éclat, et longtemps d'heureuse fortune, l'œuvre de Henri IV, de Richelieu, de Mazarin. C'est précisément aux premières prospérités, à la marche ascendante du règne, que font assister les quatre volumes soumis à l'Académie et qu'elle a lus, comme le public, avec un juste intérêt. Deux autres doivent suivre, dans lesquels, selon l'heureuse expression d'un habile historien, rapporteur cette année de notre commission des concours historiques, « dans lesquels l'auteur doit descendre, avec Louis XIV, la pente opposée, le revers de l'âge et de la fortune ».

Sans avoir eu besoin de se créer de nouveaux titres, M. Gaillardin, aurait pu, cette année encore, être maintenu en possession du prix Gobert. En présence d'un cinquième volume digne des quatre premiers, l'Académie n'a pas hésité à le lui décerner une seconde fois. Elle a, en même temps, accordé le second prix Gobert à l'*Histoire du cardinal de Bérulle* par M. l'abbé Houssaye. Dans les trois volumes que comporte cet ouvrage, l'auteur a exposé, avec élégance et clarté, la part qui revient à l'éminent prélat dans l'introduction en France de l'ordre des Carmélites, dans l'institution de l'Oratoire, et enfin dans un nombre considérable de négociations politiques se rattachant toutes aux intérêts de la religion. On a pu reprocher avec raison à ce livre une certaine surabondance de détails; il a du moins le mérite de présenter plus complètement et de rendre plus saisissante la physionomie des dernières années du règne de

Henri IV et des vingt premières du règne de Louis XIII.

C'est à la même époque que nous reporte une étude historique publiée par M. Marius Topin sous ce titre : *Louis XIII et Richelieu ;* curieux et intéressant travail auquel l'Académie a décerné un prix de 3,000 francs prélevé sur la fondation Thérouanne ; le surplus de ce prix étant attribué à un ouvrage plein d'érudition et dans lequel M. Aubé a fait, avec beaucoup de mesure et en très bon style, un attachant récit des persécutions de l'Église.

Cent trente-trois lettres du roi Louis XIII au cardinal de Richelieu, trouvées dans les archives du ministère des affaires étrangères et accompagnées de notes nombreuses qui en font mieux comprendre le sens et la portée, ont été encadrées par M. Marius Topin dans une série de résumés historiques qui conduisent le lecteur d'une lettre à une autre et font passer en revue devant lui les principaux événements du règne ; éclairant tout d'un nouveau jour.

Déjà, il y a plus d'un siècle, le président Hénault avait dit de Louis XIII, qu'on ne gouvernait ce prince qu'en le persuadant.

Grand éloge pour le roi qui se laissait persuader par la sagesse de son ministre, et pour le ministre qui, au lieu d'opprimer son souverain, comme l'en a accusé l'histoire elle-même, au lieu de lui imposer une lourde et humiliante tutelle, n'employait contre lui, pour lui, devrais-je dire, et pour le bien de son service, d'autres armes que celles de la persuasion.

Ce qu'avait commencé le président Hénault, ce

qu'avaient compris plus tard des écrivains illustres qui
auraient voulu l'entreprendre, M. Marius Topin vient de
l'achever. Pièces en main, il a fait justice de préjugés
légendaires que consacrait l'histoire et que la tradition
s'obstinait à perpétuer. L'œuvre de réparation est
accomplie, et, sans que Richelieu cesse pour cela d'être
un grand ministre, Louis XIII dorénavant devra être
considéré comme un grand monarque.

Je ne voudrais pas contrister l'heureux auteur, ni le
troubler dans la joie et la confiance de son succès ; mais
l'histoire ne se refait guère et la défaire est difficile.

Ce qu'on tente aujourd'hui pour le fils, on l'a parfois
essayé contre le père, non sans quelques pièces à l'appui
peut-être. A peine atteint, jamais ébranlé, Henri IV... et
cela m'effraye un peu pour l'auguste client de M. Marius
Topin, Henri IV, n'a rien perdu pour cela de sa bonne
renommée et de son prestige chevaleresque.

Après Louis XIII méconnu, voici *Corneille inconnu ;*
titre piquant qui sent le paradoxe, et qui, tout d'abord,
fait dresser l'oreille. Décidément la réhabilition est à la
mode, même pour celui qui en a le moins besoin, pour
celui dont le peuple a le plus gardé la mémoire.

Faire à son tour justice d'une erreur trop générale-
ment répandue, tel est le but que M. Jules Levallois a
voulu poursuivre ; telle est la cause de sa prise d'armes
et de son entrée en campagne.

Si tout le monde connaît le nom, et plus que le nom
de Corneille, presque tout le monde, en revanche, ne lit
de lui que ses chefs-d'œuvre. Aux yeux de presque tout

le monde, le génie de Corneille ne s'est révélé qu'à partir
du *Cid* et l'a délaissé après *Nicomède ;* tandis qu'au contraire pour M. Levallois, et non pour lui seul, Corneille
est déjà lui-même dans ses premières comédies, et le
sera encore entièrement dans ses dernières œuvres, dans
plusieurs de ses tragédies presque ignorées de nos jours,
dans ses poésies lyriques et dans sa traduction en vers
de l'*Imitation de Jésus-Christ.*

En 1819, la même thèse avait été soutenue par M. François de Neufchâteau dans un curieux volume intitulé :
l'*Esprit du grand Corneille.* M. Levallois paraît n'avoir
pas eu connaissance de ce travail. Son livre, en tout cas,
n'en serait ni moins intéressant ni moins bon. S'associant volontiers à ce nouvel hommage rendu avec beaucoup de talent, de grâce et d'érudition, à l'une des plus
grandes gloires de la France, des plus vraies et des plus
solides, l'Académie a décerné à M. Levallois la première
moitié du prix Bordin.

La seconde, d'égale valeur, a été attribuée à M. Ernest
Daudet pour un important travail historique qu'il a
publié sous ce titre : *le Ministère de M. de Martignac,
sa vie politique et les dernières années de la Restauration.*

Avant de me séparer tout à fait de M. Levallois, qui,
malgré ses bonnes intentions et malgré le mérite réel de
son charmant ouvrage, ne parviendra guère, lui non plus,
à réhabiliter *Agésilas,* ni à ressusciter *Attila,* si mécham-
ment mis à mort par Boileau! je ne puis résister à la
tentation de lui adresser un reproche :

Plus sévère que Corneille, et sortant du cadre purement littéraire qui lui convenait si bien, M. Levallois profite de l'occasion pour prendre rudement à partie la politique et ce qu'il appelle les *agissements* du grand cardinal. Je ne le suivrai pas jusque-là. Dans ce palais des lettres, le premier protecteur de l'Académie française reste au-dessus de l'attaque et au-dessus de la défense.

C'est aussi, mais franchement et ouvertement, sur le terrain de la politique que nous conduit tout droit le livre de M. Ernest Daudet, consacré à l'histoire des deux plus belles années de la Restauration. Le sujet par lui-même intéresse et captive: des documents nouveaux ont été puisés aux bonnes sources, et les faits très exacts sont racontés dans un style excellent, avec une clarté lumineuse. Une bonne leçon a paru ressortir de cet ouvrage; les efforts de M. de Martignac en vue de rapprocher les hommes d'ordre de tous les partis, l'esprit de conciliation dont il fit preuve, avec plus de sens politique, avec plus de sagesse et de dévouement que de succès, seront toujours du meilleur et du plus salutaire exemple.

Ainsi décerné à MM. Jules Levallois et Ernest Daudet, le prix Bordin leur avait été disputé d'abord par un de nos hellénistes les plus distingués, M. Alexis Pierron, qui avait cru pouvoir présenter pour ce concours la belle édition publiée par lui, non pas d'une traduction en français, mais du texte grec lui même, de l'*Iliade* et de l'*Odyssée*, avec une introduction et des appendices où sont traités tous les points de ce qu'on peut appeler la question homérique. Il a paru à l'Académie qu'un ouvrage tout de philologie et d'érudition s'éloignait trop des conditions de la fondation Bordin, pour qu'il y eût lieu de l'admettre à un concours d'ouvrages de pure littérature. Ne pouvant donc donner à M. Alexis Pierron ni un prix, ni une mention, puisqu'il n'y a eu pour son travail ni comparaison ni concours, elle veut du moins, par le regret qu'elle en exprime, témoigner de sa haute estime pour l'auteur d'une des œuvres qui font le plus d'honneur à la philologie française.

C'est ainsi, dans ces propres termes, qu'à la demande et sous la dictée même d'un de nos plus éminents confrères, l'Académie a décidé que je devrais être publiquement aujourd'hui, à l'égard de M. Pierron, l'interprète de ses sentiments.

Horace, même au-dessus d'Homère, est, je crois, de tous les poètes, celui qui a le privilège de tenter le plus les traducteurs. L'Académie en sait quelque chose. C'est pourtant encore à une nouvelle traduction d'*Horace*, et à une nouvelle traduction d'*Horace* en vers français, qu'elle attribue aujourd'hui le prix fondé par M. Langlois.

Reproduire dans une autre langue, et dans d'autres vers, toutes les finesses de l'original, toutes ses délicatesses et toutes ses grâces, est une entreprise presque chimérique. M. A. Anquetil, ancien inspecteur d'académie, y a consacré sa vie entière, et, autant que possible, en a résolu le problème. C'est pour ainsi dire l'œuvre même du poète latin, qu'à force d'art il est parvenu à mettre sous les yeux de ses lecteurs.

L'Académie avait également remarqué avec intérêt la première partie d'une traduction en vers des œuvres principales de Shakspeare, dont l'auteur, **M.** Alcide Cayrou, n'a encore publié que deux volumes contenant quatre des chefs-d'œuvre du grand tragique : *Macbeth* et *Hamlet*, *Othello* et *Roméo et Juliette*.

Déjà **M.** Cayrou s'est tiré à son honneur d'un travail toujours difficile ; l'Académie aime à lui rendre cette justice, et, à défaut d'une récompense qui eût paru prématurée, elle a voulu du moins, par l'organe de son rapporteur, l'encourager publiquement à poursuivre avec persévérance sa tâche si heureusement commencée.

Cent vingt ouvrages d'ordre, de genre et de mérite différents, étaient présentés cette année pour le concours des ouvrages utiles aux mœurs, fondé par M. de Montyon ; huit seulement ont été définitivement admis et couronnés par l'Académie. C'est beaucoup déjà si l'on se reporte aux premières intentions du fondateur, qui, préférant la qualité à la quantité, eût voulu récompenser chaque année un seul bon livre, au lieu d'en encourager plusieurs de moindre importance.

Ce vœu, à coup sûr, serait également celui de l'Académie ; mais, a dit M. Villemain, les bons livres, inférieurs aux bonnes actions, sont plus rares ; on ne saurait en espérer tous les ans.

Tous les ans, au contraire, on en espère, et, quelquefois même, on en trouve.

La Morale utilitaire, par M. Ludovic Carrau, professeur de philosophie à la Faculté des lettres de Besançon, se signalait d'avance, par son titre même, à l'attention de l'Académie. Le seul tort peut-être de cet important ouvrage, son honneur aussi, c'était que, déjà, en 1874, sa première édition avait été couronnée par l'Académie des sciences morales et politiques, et cela sur le rapport d'un de nos nouveaux confrères, dont le témoignage décisif ne pouvait manquer d'être, aux yeux de l'Académie, une puissante recommandation.

Après nous avoir montré l'auteur passant d'abord en revue avec talent les principaux systèmes, qui, depuis Épicure, ont cherché dans l'idée de l'utile le commencement de la morale, étudiant ensuite et exposant, de main de maître, la doctrine utilitaire dans son principe et sa méthode, puis dans ses applications aux problèmes économiques, politiques et sociaux, « l'examen et la discussion des systèmes nous ont également satisfaits, disait-il ; c'est l'œuvre d'un esprit fin, pénétrant, d'un dialecticien exercé, d'un moraliste délicat et convaincu », et, plus loin, « la simplicité parfaite du style marque un écrivain de bonne école ».

Ce livre utile et moral, dont le style est de bonne école, a été placé en première ligne par l'Académie, qui lui a décerné un prix de 2500 francs.

Trois prix, de 2000 francs chaque, ont ensuite été attribués aux trois ouvrages suivants :

Les *Anglais* et l'*Inde*, nouvelles études en deux volumes, publiées par M. E. de Valbezen, ancien consul général à Calcutta, ministre plénipotentiaire.

Les *Montagnes*, par M. Albert Dupaigne, ancien élève de l'École normale supérieure, agrégé des sciences physiques et naturelles, professeur au collège Stanislas, etc.

Et *le Dernier Chant*, recueil de poésies, par M. Hector de Saint-Maur.

Quatre autres prix de 1500 francs étant enfin accordés aux quatre derniers ouvrages couronnés dans l'ordre suivant :

Améline du Bourg, par M. Alfred Franklin; *les Patins d'argent*, par M. P.-J. Stahl; *Michel de l'Hospital*, 1505-1558, par M. E. Dupré Lasale, et *la Chanson de l'Enfant*, recueil de poésies, par M. Jean Aicard.

Ce n'est pas seulement en historien érudit, c'est en voyageur éclairé, c'est presque en témoin des événements que d'avance, et sur leur théâtre même, il avait pu pressentir, que M. de Valbezen raconte, avec beaucoup d'autorité et de compétence, la dramatique insurrection des cipayes qui, il y a vingt ans, préparée dans l'ombre et devant éclater subitement sur presque tous les points du sol indien, menaça de ruiner, en une heure, la formidable puissance de l'Angleterre dans ces possessions lointaines dont l'empire lui appartient aujourd'hui plus que jamais.

Les documents nouveaux, les détails intéressants, les scènes émouvantes abondent dans cet ouvrage, et rien n'est plus touchant que d'y voir avec quel courage, une petite troupe, attaquée de toutes parts, et comme perdue loin de la mère patrie, survivant à tous les massacres et triomphant de tous les périls, soutint la terrible lutte qui aurait dû l'anéantir et parvint seule à la réprimer, avant,

pourrait-elle dire, comme Achille, à l'Angleterre dont le
secours arriva trop tard :

Avant que vous eussiez assemblé votre armée !

M. de Valbezen n'en est plus à faire ses preuves ; une
double notoriété littéraire depuis longtemps le recommande ; ici pourtant, son style a paru peut-être un peu
trop oratoire ; mais il faut avouer que le sujet y prête.
Comment faire froidement, et sans quelque emphase, le
passionnant récit d'une lutte vraiment épique, qui touche
au roman et va jusqu'au drame, tout en n'appartenant
qu'à l'histoire ?

Simplement intitulé : *les Montagnes*, le livre de
M. Albert Dupaigne semblait, au premier abord, être fait
surtout pour amuser la jeunesse, pour développer en elle
le goût heureux et déjà très répandu des voyages.

Il tient plus qu'il ne promettait, et, sans cesser d'être
très attachant, il est aussi très instructif. Une science
vraie et sérieuse s'y cache utilement sous les plus agréables détails, sous les peintures les plus attrayantes, et
sous les plus intéressantes descriptions.

Je voudrais, Messieurs, n'avoir ici qu'à louer tout, sans
réserves ; mais il faut le dire et l'Académie m'en fait un
devoir, certains passages qu'on s'étonne de trouver dans
ce livre, qui n'y ont pas leur vraie place et qui, d'eux-
mêmes, demanderaient à s'en détacher, ont pour le moins
ému les juges, sans parvenir toutefois à décourager leur
justice.

Au lieu de se borner à célébrer les pacifiques conquêtes

de la science, pour lesquelles la géographie lui paraît être la première et la plus nécessaire de toutes les armes, l'auteur rappelle, hors de propos, d'autres conquêtes trop récentes et trop douloureuses pour qu'on les oublie; et, tort plus grave à nos yeux, dans un livre destiné à l'instruction de la jeunesse, à son éducation aussi, il parle, en semblant trop s'y complaire, de l'ignorance des Français et, le mot me coûte à prononcer, et... de l'abaissement de la France.

Ne nous rabaissons pas nous-mêmes, et, pour avoir peut-être été trop fiers, ne nous faisons pas trop modestes, aux dépens de notre pays.

A notre ignorance, qu'il accuse d'être volontaire, M. Dupaigne reproche de nous avoir « infusé dans le sang cette forme grotesquement naïve d'orgueil patriotique connue sous le nom de chauvinisme, dont le soldat français a porté le type dans toute l'Europe ».

Le chauvinisme est un bon défaut qu'il faut garder, a dit un de nos confrères; c'est une forme populaire et non une forme grotesque du patriotisme.

Avec son chauvinisme, a dit un autre, la France a toujours été la première à défendre le droit et la justice. La justice et le droit se font moins entendre depuis que nos malheurs l'ont condamnée à se taire.

Français aujourd'hui, comme le sentiment qu'il exprime, le mot *chauvinisme* figurera dans la septième édition, terminée à l'heure qu'il est, et qui bientôt va paraître, du dictionnaire de l'Académie française.

Les taches que je viens de reprocher au livre de

M. Albert Dupaigne méritaient qu'on vous les signalât ;
mais un ouvrage vraiment remarquable, et excellent dans
son ensemble, ne pouvait être privé d'obtenir la couronne
dont il est digne, et à laquelle je regrette d'avoir dû
ajouter une épine.

M. de Montyon lui-même m'approuverait, Messieurs,
de m'interrompre un moment pour vous parler, sans retard et dans une sorte de parenthèse, d'un autre ouvrage
et d'un autre concours que l'à-propos semble, de force,
introduire ici malgré moi.

S'il est un livre où éclatent, à chaque page, le sentiment français, le besoin constant et l'unique ardeur de
servir la gloire et les intérêts de la France, c'est, à coup
sûr, celui dans lequel un confrère illustre, cher à l'Institut comme à son pays, qui en est fier, nous initiant, tour
à tour, heure par heure et pièces en main, à l'enfante-
ment, à la marche, au progrès, à la réalisation enfin
d'une œuvre impossible, qui semblait un rêve de géant,
a publié tous les secrets et toutes les preuves de sa pensée, sous ce titre modeste et sans prétention : *Lettres,
journal et documents pour servir à l'histoire du canal
de Suez.*

En dehors de l'acte, qu'on ne peut trop admirer, et en
dehors de l'homme, que le succès ne payera jamais trop,
le livre est excellent par lui-même et digne, à tous
égards, d'une distinction personnelle.

Destiné *à récompenser les livres qui paraîtraient les
plus propres à honorer la France, à relever parmi
nous les idées, les mœurs et les caractères,* le prix de

cinq mille francs, fondé par M. Marcelin Guérin, pouvait-
il recevoir un meilleur emploi ?

L'Académie le décerne aux deux volumes présentés à
ce concours par M. Ferdinand de Lesseps.

Je reviens bien vite à M. de Montyon et à ses derniers
lauréats, en commençant par M. H. de Saint-Maur, qui
me pardonnera de l'avoir un peu fait attendre.

Traduire en vers français *le Livre de Job*, puis *le
Psautier*, puis *le Cantique des Cantiques*, c'était un véritable travail de bénédictin. M. Hector de Saint-Maur a
patiemment accompli cette tâche, à laquelle il a consacré
sa modeste et honorable existence, presque obscure,
qui n'eut guère qu'un jour d'éclat, il y a quarante-deux
ans, en 1834, pour une poésie charmante que tout le
monde a lue et chantée plus tard, sans en connaître
l'auteur, et qui est restée célèbre sous ce titre : *l'Hiron-
delle du prisonnier*.

Un quatrième volume, intitulé *le Dernier Chant*,
dont la publication est plus récente, a pu seul prendre
part au concours, et, dans ce volume timidement
soumis à son examen, l'Académie a reconnu et couronné avec plaisir l'œuvre hardie d'un vrai poète, dans
toute la force et la maturité d'un talent jeune et vigoureux.

Beaucoup plus jeune et non moins vigoureux d'ordinaire, M. Jean Aicard, déjà connu de l'Académie, lui présentait cette fois un volume plein de grâce et de naïveté,
un recueil de poésies nouvelles intitulé : *la Chanson
de l'Enfant*, dans lequel les sentiments les meilleurs

s'expriment presque avec trop d'abondance, mais avec un grand charme et une exquise délicatesse.

Le Dernier Chant, de M. de Saint-Maur, ayant mérité la première place, *la Chanson de l'Enfant*, de M. Jean Aicard, a facilement et honorablement obtenu la seconde.

Au-dessous de ces deux volumes de choix, l'Académie a distingué encore, comme étant digne d'un témoignage d'encouragement, un recueil de chants intimes : intitulé : *le Poème de la vie*, dont l'auteur se nomme M. Gaston David.

La nature et la religion, l'art et la famille, dans ce poème de sa vie heureuse, M. G. David chante tout ce qu'il aime et le fait aimer.

Un poète heureux ! et qui l'avoue ! Cela vaut qu'on le remarque, et qu'on l'encourage.

Dans le volume publié par M. Dupré-Lasale, conseiller à la cour de cassation, l'histoire du chancelier de l'Hospital n'est pas finie ; je pourrais presque dire qu'elle n'est pas commencée. Après avoir exposé avec talent la première partie, assez peu connue jusqu'à ce jour, d'une carrière devenue plus tard si glorieuse, dont la grandeur et les revers ne sont ignorés de personne, c'est précisément à la veille de son développement que s'arrête l'auteur, deux ans avant que Michel de l'Hospital fût nommé chancelier de France.

Solide, profond et sérieux, cet ouvrage est rempli de renseignements nouveaux sur la famille du futur chancelier, sur les épreuves auxquelles fut exposée son enfance, sur les difficultés contre lesquelles il eut longtemps

2

à lutter, sur son talent d'écrire enfin, et sur ses curieuses poésies dont il reproduit un grand nombre.

Quelques mois avant que Michel de l'Hospital fût nommé chancelier de France, un magistrat qu'il a connu, et que, puissant, il eût sauvé, le célèbre Anne du Bourg, conseiller au parlement de Paris, pendu à la fois et brûlé en place de Grève, périssait victime du fanatisme implacable qui, treize ans plus tard, devait aboutir au dénouement tragique de la Saint-Barthélemy.

C'est le drame de cette lutte terrible, que M. Alfred Franklin a mis en scène dans un livre des plus émouvants.

La fille du conseiller en est l'héroïne et son nom : *Ameline du Bourg*, sert seul de titre à cet ouvrage, dont l'intérêt saisissant n'est pas l'unique mérite et qui se recommande également par le charme et la distinction du style, pur, élégant, correct et de bonne qualité.

La morale est parfois dans le roman plus que dans l'histoire, où l'historien n'a pas toujours le droit de l'introduire. Elle se trouve, d'un bout à l'autre, à force de bonne grâce, de bonne humeur, de bons sentiments et de bons exemples, dans le nouveau roman de M. P.-J. Stahl : *les Patins d'argent*.

L'Académie ne pouvait opposer à M. Stahl le souvenir, si honorable au contraire, de ses premières couronnes ; elle était toutefois disposée à se montrer pour lui d'autant plus exigeante ; mais, parmi les romans soumis à son examen, il lui a paru que celui-ci réunissait encore, au plus haut degré, les conditions du programme.

Comme M. Stahl l'explique lui-même en tête de sa préface, une Américaine, madame Marie-Mapes Dadge, est le premier auteur des *Patins d'argent*. Ce témoignage lui est dû ; mais, composé surtout pour servir de guide dans un voyage en Hollande, son livre était trop en dehors du goût français pour qu'il suffît de le reproduire par une traduction littérale.

C'est à un grand travail d'adaptation, à un remaniement complet qu'a dû se livrer M. Stahl pour rendre ainsi l'ouvrage digne de ses lecteurs et digne, en même temps, de la récompense que l'Académie lui a décernée.

La liste des prix donnés au concours est épuisée ; il ne me reste qu'à parler de trois autres fondations spéciales destinées plutôt à honorer les écrivains eux-mêmes qu'à récompenser leurs travaux.

Anonyme en droit sinon en fait, le prix fondé en 1873 par un de nos anciens confrères, *pour être décerné dans l'intérêt des lettres*, a été attribué cette année jusqu'à concurrence de 2,500 francs à un jeune et vaillant poète que de brillants succès ne cessent de signaler à l'attention de l'Académie. Le lendemain du jour où ce témoignage de vive sympathie lui était ainsi accordé, M. François Coppée s'y créait un nouveau titre. Vingt-quatre heures plus tard, le prix tout entier se fût peut-être offert de lui-même à l'heureux auteur du *Luthier de Crémone*.

Quinze cents francs ont été réservés sur ce prix pour honorer, après sa mort, la vie laborieuse et utile de M. L. Etienne, recteur de l'Académie de Besançon, si malheureusement enlevé à sa famille au moment où, venant de la terminer à peine, il allait publier son *Histoire de la littérature italienne depuis son origine jusqu'à nos jours.* Excellent travail que l'Académie a voulu couronner sur la tombe de son auteur.

Parée en naissant d'un nom cher aux lettres et qui l'eût protégée au besoin, la première fille de Théophile Gautier a voulu se protéger elle-même, en présentant à nos concours un ouvrage en deux volumes intitulé : *l'Usurpateur,* épisode de l'histoire japonaise au commencement du XVIIᵉ siècle. L'auteur, qui a particulièrement étudié les mœurs et les usages de l'extrême Orient, a rempli ce livre agréable et singulier, de détails nouveaux, curieux et intéressants.

L'Académie décerne avec plaisir le prix Lambert à madame Mendès, née Judith Gautier.

Elle partage enfin le prix fondé par M. le comte de Maillé-Latour-Landry entre deux écrivains distingués, MM. André Lemoyne et Alexandre Piédagnel, dont elle a pu déjà, dans plusieurs circonstances, reconnaître le mérite, encourager les efforts et récompenser les travaux.

Voilà, messieurs, notre bilan de cette année. Les bons livres ne nous ont pas plus manqué que les bonnes actions, et, quand les ressources de son budget littéraire s'accroissent encore, l'occasion de les bien placer ne manquera pas davantage à l'Académie.

Digne aussi de son nom, qu'elle portait avec orgueil, et l'honorant même après elle, la veuve de Jules Janin, enlevée hier avant l'âge, vient de fonder, pour l'*écrivain qui aura fait en français la meilleure traduction d'un ouvrage latin,* un prix de 3,000 francs qui sera décerné tous les trois ans et qui s'appellera : Prix de Monsieur Jules Janin.

L'Académie ne sépare pas, dans sa reconnaissance et dans ses regrets, ceux qu'un même bienfait et une même tombe ont à jamais réunis.

SÉANCE PUBLIQUE ANNUELLE

DU JEUDI 2 AOUT 1877

Messieurs,

Ce n'est pas sans raison, et par une sorte de caprice qui vous paraîtrait, j'espère, peu digne d'elle, que l'Académie vous a conviés à venir aujourd'hui l'entendre proclamer le résultat de ses derniers concours, alors que, depuis quelques années, des circonstances particulières l'avaient engagée parfois à retarder jusqu'au mois de novembre l'époque de ce rendez-vous.

Bien loin de manquer à ses traditions et à ses usages. l'Académie y revient au contraire, aimant à s'y conformer,

Si toutes les saisons lui sont également bonnes ; si l'été n'a pas plus que l'hiver le privilège d'interrompre le cours de ses réunions privées ; elle a pensé qu'il n'en était pas de même de ce public ami qu'elle est toujours heureuse de voir répondre à son appel.

Pour vous, Messieurs, pour vos fils que les lycées vont

vous rendre, l'heure des départs sonnera demain ; il
nous a plu de la devancer. L'impatience légitime de nos
lauréats valait aussi qu'on en tînt compte. Quand elle a
redoublé de zèle pour hâter la fin de ses travaux, quand
ses jugements ne se sont pas fait attendre, l'Académie
regretterait de faire attendre ses couronnes.

Plus de deux cents ouvrages se sont présentés cette
année à nos concours, sans compter ceux qui, croyant en
avoir le droit, s'y sont irrégulièrement représentés comme
en appel, après avoir déjà pris part, en première instance,
aux concours de l'année dernière. Satisfaire à tant d'espérances était difficile; mais si, dans ses luttes courtoises,
l'Académie honore les vainqueurs, il n'y a pas de vaincus
pour elle ; aux concurrents moins heureux, elle adresse
ici, par ma voix, plus que des consolations : des témoignages sympathiques d'intérêt, d'estime et d'encouragement.

L'histoire et la philosophie, l'histoire surtout, Messieurs, vont avoir la plus grande part dans nos récompenses. Plusieurs fondations spéciales provoquent directement le travail des historiens et, dans les concours
mêmes qui ne leur appartiennent pas tout à fait, dans
celui, par exemple, qu'a institué M. de Montyon pour les
ouvrages utiles aux mœurs, il ont su encore prendre la
bonne place, à côté des philosophes, des moralistes, des
savants, des romanciers et des poètes.

Le grand prix fondé par M. le baron Gobert, dans
l'intérêt de notre histoire nationale, n'a jamais été moins

disputé que cette fois ; les concurrents semblent avoir reculé d'avance, et désarmé pour ainsi dire, devant une œuvre capitale qui ne craignait pas la lutte, qui plutôt l'eût souhaitée, étant de taille à en braver les périls.

Dans un magnifique volume, intitulé *Charlemagne*, M. Alphonse Vétault a, suivant l'expression du savant rapporteur de la commission compétente, entrepris de peindre une grande époque, une grande figure. Il a réussi, et notre littérature historique y gagnera un monument qui lui manquait. Sur Charlemagne et son temps à peine possédions-nous jusqu'alors quelques pages dispersées : un admirable résumé de Montesquieu ; des chapitres de M. Guizot, de M. Mignet, de M. Michelet ; fragments de haut prix, qui font honneur à notre école moderne ; mais qui, membres épars d'un grand corps en préparation, attendaient qu'on les réunît.

Ancien élève de l'École des chartes, savant archiviste, auteur renommé déjà de deux belles histoires de Suger et de Godefroy de Bouillon, soutenu à la fois par l'étude des vieux textes et par le patriotisme le plus élevé, M. Alphonse Vétault semblait tout préparé pour entreprendre cette tâche difficile et, l'ayant entreprise, pour la mener à bonne fin.

Dans son ensemble, l'ouvrage de M. Vétault se distingue par des qualités vraiment supérieures. Combiné avec art, le tableau général est tracé largement, et la figure du grand empereur y apparaît dans un juste relief. On s'attache tout d'abord aux destinées de ce jeune prince qui, à peine âgé de vingt-six ans, va représenter la cause de la civilisation au milieu de l'Europe barbare ; on assiste

avec curiosité, avec intérêt, avec admiration bientôt, au
développement continu de sa puissance ; n'ayant que le
temps de le suivre, tour à tour et presque à la fois,
d'Italie en Germanie et de Germanie au delà des Pyrénées, avec cette rapidité de la foudre que, dix siècles
plus tard, un autre Charlemagne devait seul dépasser
encore, pour la très grande gloire de la France.

Les chapitres consacrés à la personne de Charlemagne,
à sa vie, à ses goûts, à ses études, achèvent et complètent l'excellent ouvrage auquel, à l'unanimité, l'Académie
décerne le grand prix Gobert.

Plus modeste et dû au même fondateur, le second prix
Gobert était, en 1876, attribué à un savant travail de
M. l'abbé Houssaye sur le cardinal de Bérulle et le cardinal de Richelieu. Aucun ouvrage, de valeur plus grande,
n'étant venu lui faire concurrence, l'Académie maintient
M. l'abbé Houssaye en possession de ce prix qu'il méritait d'obtenir et qu'il mérite de garder.

Fondé pour l'encouragement des travaux historiques
par un de ces maîtres de l'histoire qui, tout à la fois, la
font et l'écrivent, par le premier de nos confrères, glorieux doyen de notre compagnie, le prix Thiers est
décerné à M. Édouard Sayous, pour un ouvrage en deux
volumes qu'il a consacré à l'*Histoire générale des Hongrois*.

Avant d'exécuter ce grand travail, et pour s'y mieux
préparer, M. Sayous n'a pas seulement compulsé tous les
textes, étudié toutes les chroniques : magyares, slaves et

allemandes ; plusieurs fois il a visité la Hongrie ; il en a
consulté les manuscrits, interrogé les hommes, recueilli
les traditions.

. En rendant justice au mérite du livre et à la profonde
érudition de l'auteur, l'Académie a particulièrement distingué chez M. Sayous un rare talent de mise en œuvre
joint à un grand art de composition et de style. Les
tableaux animés de son ouvrage sont comme les actes
émouvants d'un drame héroïque dont les nombreuses
péripéties, précédées d'un prologue sombre et plein de
promesses, se dénoueraient brillamment dans l'éclat d'une
glorieuse apothéose.

Après que le prologue nous a montré dans ses origines
la Hongrie barbare et païenne, voici la pièce qui commence, et les grands acteurs qui entrent en scène : au
premier acte, les rois de la race d'Arpad ; au second,
ceux de la maison d'Anjou ; les rois électifs ensuite, et
toujours le spectacle saisissant des rudes épreuves de la
Hongrie, héroïne touchante, malheureuse et persécutée,
placée d'abord entre les voisinages terribles des Autri-
chiens et des Turcs ; puis soumise un jour à l'Autriche ;
puis bientôt affranchie, relevée, restaurée et devenant
enfin, plus tard, l'un des solides appuis de l'empire qui
l'avait opprimée naguère.

L'auteur a conduit son travail jusqu'à la constitution
présente du pays magyar, et ne l'arrête qu'en 1867,
à l'heure même où l'empereur François-Joseph est couronné à Pesth comme roi de Hongrie, dans une heureuse réconciliation nationale, aussi honorable pour
le souverain que pour le peuple, et dont nulle

ombre, depuis dix ans, n'a voilé le radieux souvenir.

Si l'Académie a pu décerner justement la totalité du
prix Thiers à l'*Histoire générale des Hongrois* de
M. Sayous, un même sentiment de justice l'a décidée,
au contraire, quand plusieurs ouvrages d'un égal mérite
s'offraient à elle pour le concours Thérouanne, à en partager le prix par portions égales entre quatre concurrents,
entre quatre historiens : MM. Foncin, Charles d'Héricault, Berthold Zeller et Ernest Lavisse.

La curieuse et instructive étude de M. Foncin sur *le
Ministère de Turgot* avait commencé par être longue-
ment discutée en bons lieux: à la Sorbonne d'abord, devant
la Faculté des lettres ; à l'Institut ensuite, devant l'Académie des sciences morales et politiques.

Approuvant à son tour l'esprit général du livre et
partageant l'estime de l'auteur, son admiration même
pour le génie de Turgot, l'Académie française, tout en
constatant certaines faiblesses d'exécution, a voulu récompenser, dans cette intéressante étude, l'abondance
des faits, la richesse et la nouveauté des détails dont elle
est remplie.

L'ouvrage de M. Charles d'Héricault porte ce titre : *la
Révolution de thermidor. Robespierre et le Comité de
salut public en l'an II, d'après les sources originales
et les documents inédits.*

Pendant onze mois, du commencement de septembre
1793 à la fin de juillet 1794, M. d'Héricault s'est attaché
à suivre Robespierre comme pas à pas, de semaine en
semaine, de jour en jour ; puis d'heure en heure même,

à la veille du dénoûment; dans ses rapports avec le Comité de salut public, et jusque dans sa feinte et mystérieuse retraite.

La lutte terrible dont, jusqu'au dernier moment, il semblait devoir sortir plus puissant que jamais, seul maître de la Convention et de la France, est racontée avec autant de précision que de clarté. Grâce aux recherches de M. d'Héricault, les points obscurs sortent de l'ombre et les faits douteux s'expliquent, acquis désormais à l'histoire. L'ouvrage de M. d'Héricault n'est pas une œuvre de passion, c'est une œuvre de vérité; un livre de bonne foi, dirait Montaigne. C'est au-dessus de tout, un livre d'histoire. L'Académie l'a jugé à ce titre, sans prévention; à ce titre, elle le couronne, sans arrière-pensée.

S'efforçant à son tour de remonter jusqu'aux sources, et demandant la vérité aux anciennes archives de Florence et de Paris, M. Berthold Zeller, digne fils de notre savant confrère de l'Académie des sciences morales et politiques, a composé une très curieuse étude sur les circonstances qui ont précédé, accompagné et suivi le mariage d'Henri IV avec Marie de Médicis. La conspiration du maréchal de Biron, le procès d'Entragues, les intrigues italiennes pendant les dernières années d'un règne que les ennemis de la France étaient seuls à trouver trop long, la mort enfin de ce roi si cher à son peuple, si fier en face de l'Europe, dont les faiblesses même n'ont pu rien enlever à sa gloire; tout cela, mis en œuvre avec art et avec goût, constitue un récit très attachant, un bon livre plein d'intérêt.

Si M. Berthold Zeller a renouvelé avec bonheur l'aspect
d'une des périodes les plus connues de notre histoire,
c'est une des périodes les plus ignorées de l'histoire de
Prusse que M. Ernest Lavisse a, non pas renouvelée,
mais retrouvée, et qu'il a publiée sous ce titre : *Étude
sur l'une des origines de la monarchie prussienne, ou
la marche de Brandebourg sous la dynastie asca-
nienne.* Rien dans ce livre, aux yeux du patriotisme le
plus délicat et le plus susceptible, n'était de nature à
empêcher l'Académie de couronner un travail très neuf
et très solide qui, à tous égards, ne peut que faire
honneur à notre école historique contemporaine.

La guerre est l'industrie nationale de la Prusse, a dit
Mirabeau, avec le sûr coup d'œil et la précision du
génie, dans son livre sur la monarchie de Frédéric le
Grand. Cette malheureuse condition d'existence se retrouve à chaque pas dans l'histoire, si bien racontée par
M. Lavisse, des vieux Margraves ascaniens, toujours
forcés de se battre pour vivre et de conquérir pour ne
pas être conquis. Ici, du moins, il ne s'agit que de nobles
luttes et de courageux efforts qui ont suscité de grandes
vertus morales, et bien servi dès lors la cause de la civilisation.

Je vous en ai prévenus, Messieurs, l'histoire l'a emporté dans presque tous nos concours. C'est encore à un
livre d'histoire, à un très intéressant travail publié par
M. A. Chantelauze sur *Marie Stuart, son procès et son
exécution* que l'Académie attribue le prix Bordin d'une
valeur de trois mille francs.

3

Depuis le prince Labanoff jusqu'à M. Mignet et M. Jules Gauthier, l'histoire de Marie Stuart est de celles que les érudits ont le plus étudiées. De grandes divergences d'opinions se sont produites à son sujet, et, tandis que les uns, s'attaquant à la reine, ont pu se montrer pour elle trop sévères ; d'autres, au contraire, prenant fait et cause pour la femme, se sont trop attachés peut-être à l'amnistier entièrement. En Angleterre comme en France, la question continue de s'agiter et le dernier mot reste encore à dire.

Ce n'est pas de la vie, c'est seulement de la mort de Marie Stuart et des sept derniers mois de sa captivité douloureuse, que s'occupe aujourd'hui M. Chantelauze, éclairant ce cinquième acte d'une tragédie lamentable de lumières nouvelles que vient de lui révéler le journal même du médecin de la reine, Bourgoing ; document authentique, inconnu jusqu'à ce jour, et qu'un heureux hasard a fait tomber entre ses mains.

Quoi de plus dramatique, et qui soulève plus le cœur indigné, que la scène terrible dans laquelle M. Chantelauze nous montre les commissaires royaux torturant à plaisir l'infortunée souveraine que plus d'un a le remords d'avoir, dans les jours prospères, connue, flattée, admirée, aimée peut-être ?

Quoi de plus touchant, en revanche, de plus noble, et dont l'éloquence soit plus accablante pour l'accusateur, que le plaidoyer sans réplique de cette auguste accusée, livrée à elle-même, à elle seule, sans un défenseur, sans un conseil, sans un ami, sans le secours d'aucune note qui pût seconder sa mémoire, et pourtant parvenant encore à se défendre mieux que pas un n'eût pu le faire?

A côté de cette partie sinistre de la fin de son récit, M. Chantelauze, se retournant du couchant sombre vers la lumineuse aurore, a consacré quelques pages aux plus charmants souvenirs des heures, rapides mais fortunées, où la jeune reine de France recevait à Paris, pour ses blanches mains et ses yeux étoilés, les hommages de Ronsard et les compliments de Brantôme.

Plein d'un intérêt saisissant et soutenu, le livre de M. Chantelauze se distingue, en outre, par le mérite de la forme, par la bonne qualité d'un style élégant et coloré.

Pendant que M. Chantelauze acquérait, dans la petite ville de Cluny, le journal manuscrit du médecin de Marie Stuart, par une bonne fortune égale, analogue au moins, à quelques lieues de là, dans un département limitrophe, M. Charles Capmas, professeur à la Faculté de droit de Dijon, découvrait, au milieu d'objets vulgaires, dans l'étalage d'une marchande de vieux meubles, un autre manuscrit, en six volumes, contenant une partie considérable de la correspondance de madame de Sévigné; plus, des lettres inédites importantes ; plus enfin, pour les parties déjà connues, des restitutions du plus grand intérêt.

Il y a eu, dans cette affaire, une part de mérite et une part de bonheur, disait un de nos éminents confrères, très grand ami de madame de Sévigné, en exposant devant l'Académie les titres de M. Capmas et en parlant de lui comme M. Capmas, à coup sûr, n'eût pu mieux parler de M. de Sacy, le maître à tous en la matière.

La part du bonheur a été de découvrir le manuscrit.

Une fois le manuscrit trouvé, la part du mérite est d'avoir su, profitant de la découverte, la présenter au public précédée d'une introduction remarquable et accompagnée de notes excellentes, dues à un long travail de patiente érudition et de sagacité critique qu'on ne saurait trop louer.

Sur les vingt et une lettres tout à fait nouvelles publiées par M. Capmas, il en est plusieurs que leur grâce exquise place de droit à côté des meilleures que l'admiration publique ait depuis longtemps adoptées. Toutes contribuent à compléter l'œuvre de madame de Sévigné en complétant l'histoire de sa vie, la dernière ne s'arrêtant qu'avec sa vie même.

Quant aux fragments retrouvés, qu'à tort ou à raison les premiers éditeurs avaient détachés des anciennes lettres, sans grande portée littéraire, sans grand intérêt historique, ils servent encore à éclairer utilement certains points demeurés obscurs.

Somme toute, dans son ensemble, la publication de M. Capmas constitue un très bon livre, et l'Académie aime à lui décerner une moitié du prix de cinq mille francs fondé par M. Marcelin Guérin.

L'autre moitié de ce prix est attribuée à M. Eugène Pelletan pour deux volumes d'un tout autre ordre et d'un tout autre genre, deux sortes de romans historiques et philosophiques qui, à ce titre, ont un double mérite, ou, tout au moins, un double charme : *Royan, la naissance d'une ville; Jarousseau, le pasteur du désert.*

· La petite ville de Royan avait eu jadis sa grande page d'histoire. Assiégée par Louis XIII en personne, comme un repaire du calvinisme, elle avait dû capituler après une semaine de tranchée, et, depuis lors, ville ruinée, ville éteinte, ville morte, aucun des progrès de la civilisation n'avait pu l'atteindre.

Deux siècles plus tard, voilà tout à coup qu'un chemin de fer pénètre dans ce tombeau en y rapportant la vie, la vie nouvelle, la vie moderne; avec ses bienfaits, ses lumières, ses élégances, ses passions aussi; et le reste!

Les habitants y ont-ils gagné, la morale y a-t-elle perdu? nous demandait un de nos philosophes.

La ville est prospère et tout y va pour le mieux, lui répond l'ingénieux écrivain qui, né dans le pays dont il nous dépeint la résurrection heureuse, vaut bien qu'on l'en croie sur parole.

L'autre ouvrage de M. Pelletan a plus d'importance, plus d'étendue et de véritable valeur.

C'est dans sa propre famille que l'auteur a puisé son sujet. Le pasteur Jarousseau était son grand-père, et la part de la vérité, la part de l'histoire tirée de ses archives maternelles est au moins aussi considérable que celle de l'invention, dont le mérite lui revient plus personnellement.

L'action se passe d'abord à la fin du règne de Louis XV, puis au commencement de celui de Louis XVI. A peu près tolérées en fait, quoique en droit tout à fait proscrites, quelques familles protestantes vivent encore dans le fond de la Saintonge; mais menacées toujours, ou toujours redoutant de l'être, toute sécurité leur manque.

Homme biblique, simple de cœur et naïvement courageux quand il se croirait timide et faible, le pasteur Jarousseau continue de prêcher dans ce désert, soutenant les âmes, relevant les esprits et donnant, sans qu'il y prétende, les bons conseils par les bons exemples.

La première partie du livre, dans laquelle ce noble et touchant caractère est on ne peut mieux développé, a fixé l'attention de l'Académie et contribué particulièrement à fixer aussi son choix.

Dans la seconde, réservée à une foule d'incidents étranges, voilà que, pour la défense de son troupeau et de sa foi religieuse, le pasteur Jarousseau, héroïque sans le savoir, décide qu'il doit tout quitter et se rendre à Paris. Il part, seul, à cheval, sur son petit bidet nommé Misère. Après trois semaines du plus pénible voyage, il arrive, et, dès le premier jour, son cheval et sa valise lui sont l'un et l'autre immédiatement volés ; puis, ce qui se comprend moins, presque immédiatement rendus l'un et l'autre.

Rien ne l'arrête plus et tout lui devient facile, comme par enchantement. Nous le voyons bientôt, tour à tour, protégé par Malesherbes, conversant avec Franklin et reçu enfin par le jeune roi, qui, tout en réservant la question de principe, consent à lui accorder, pour son compte personnel, la permission de prêcher sans crainte, mais à l'ombre, en secret, en maison fermée. « C'est déjà quelque chose, lui écrit Malesherbes ; c'est un premier pas dans la voie de l'avenir, c'est la liberté de conscience à l'état d'attente. »

Après cette demi-victoire, Jarousseau retourne tranquillement à Saint-Georges de Didonne, où toute la population le reçoit presque en triomphe, rangée sur sa route et bénissant son retour.

— Prions Dieu pour le roi, dit-il à sa digne femme, pour le roi qui nous permet de prier désormais en commun.

Sept ans plus tard, en 1787, Louis XVI, par son édit de tolérance, exauçait le vœu du bon pasteur.

Qu'il aborde, ou plutôt qu'il effleure les questions religieuses et les questions politiques, ce livre, dégagé de tout fanatisme, se distingue, d'un bout à l'autre, par une grande modération. Pour être parfois un peu maniéré, le style de M. Pelletan ne manque ni d'élégance ni de charme. L'Académie a couronné ses deux volumes comme de bons livres dont la morale est honnête et dont la lecture ne peut qu'être agréable et utile.

Un prix nouveau, un prix de quatre mille francs, dû à la générosité de feu M. Archon-Despérouses, était pour la première fois, cette année, à la disposition de l'Académie qui, laissée libre d'en déterminer l'emploi, l'avait affecté à encourager et à récompenser des travaux de philologie.

« L'Académie, disait dans son dernier rapport annuel mon cher et vénéré prédécesseur M. Patin, que je ne saurais trop vous rappeler, l'Académie sera mise ainsi à même d'honorer plus directement qu'il ne lui a encore été donné de le faire, toute une classe d'ouvrages qui ont un titre particulier à son intérêt, ceux où, sous des formes très diverses, lexiques, grammaires, dissertations, éditions critiques, etc., on s'applique aujourd'hui, avec tant d'ardeur et de méthode, à l'étude de notre langue et de ses monuments de tout âge. »

Les éditions critiques étant spécialement et nominativement comprises dans les prévisions du programme, celles des *Grands Ecrivains de la France,* que publie la maison Hachette, et dont notre savant confrère, M. Adolphe Regnier, de l'Académie des inscriptions et belles-lettres, dirige depuis seize ans le travail, avec tant de compétence et d'autorité, semblaient, à tous égards, s'imposer d'elles-mêmes au choix de l'Académie.

« Pour la pureté, l'intégrité parfaite, l'authenticité du texte, aucun soin ne nous paraîtra superflu, aucun scrupule trop minutieux, » disaient en 1861 les éditeurs de cette grande publication, dans un prospectus rempli de séduisantes promesses, dont aucune, en effet, n'a manqué d'être fidèlement tenue. Le monument n'est pas achevé ; mais il semble l'être, à voir et à compter les chefs-d'œuvre que contiennent déjà les cinquante volumes publiés jusqu'à ce jour.

Corrigées presque toutes sur les éditions princeps, et quelques-unes même sur des textes originaux, les *Mémoires de Saint-Simon,* par exemple, dont le manuscrit autographe n'a pas été payé moins de 75,000 francs, ces éditions nouvelles sont toutes notablement améliorées, et des fautes anciennes qui menaçaient de se perpétuer, en se renouvelant sans cesse, ont pu disparaître enfin dans les œuvres de Corneille et de Racine, dans celles de Saint-Simon surtout et du cardinal de Retz.

La plus grande part dans ce grand travail revient cer-

tainement à M. Adolphe Regnier, qui a tout revu lui-
même, avec sa rare expérience de linguiste et de philologue ; mais il ne pouvait tout faire, et, sans attendre
que l'Académie en exprimât la volonté, il a, le premier,
manifesté le désir que la participation de ses collaborateurs fût hautement reconnue et mentionnée publiquement, à leur louange.

Les savantes notices et les excellents classiques de
M. Ludovic Lalanne, sous-bibliothécaire de l'Institut, de
M. Charles Marty-Laveaux et de M. Paul Mesnard, de
MM. G. Servois et Jules Gourdault, ajoutent considéra-
blement au mérite de cette publication. Un souvenir
particulier et un témoignage public de douloureux regret
sont dus encore à six écrivains dont le concours avait été
réclamé et que la mort est venue arracher prématuré-
ment à la tâche qu'ils promettaient de bien remplir : à
notre ancien confrère, M. Monmerqué, à MM. Gilbert,
Eugène Despois, Sommer et Alphonse Feillet ; au plus
cher enfin, au plus dévoué des collaborateurs de M. Adolphe
Regnier, à son jeune et malheureux fils.

Je n'ai rendu justice qu'à demi à M. Adolphe Regnier
en disant qu'à l'heure où l'Académie le récompensait
sans partage, c'est de ses collaborateurs qu'il était le
premier à se préoccuper lui-même. Il me reprocherait,
sans doute, de trahir le secret de sa généreuse abnéga-
tion ; comment me taire pourtant, quand je sais que, partageant encore son prix avec d'autres collaborateurs, non
moins dévoués mais plus modestes, il leur en a distribué
tout l'argent, n'en gardant pour lui que l'honneur ?

Les concurrents de M. Adolphe Regnier méritent,

3.

comme ses collaborateurs, qu'on ne les oublie pas devant
vous, et l'Académie m'a recommandé, Messieurs, de prononcer du moins avec estime le nom de ceux dont elle a
regretté de ne pouvoir couronner les travaux.

Quatorze ouvrages nous avaient été présentés pour ce
nouveau concours ; la plupart, je dois le dire, ne rentraient
guère dans la pensée qui dicta les conditions du programme. C'étaient surtout des traités relatifs à l'origine
du langage ou bien de simples grammaires, dont la valeur,
du reste, et l'utilité pratique sont loin d'avoir été méconnues. J'en sais plusieurs, et la grammaire française de
feu M. Gouzien père est de ce nombre, qui mériteraient
qu'on les citât ; mais, avant tout, messieurs, je dois mentionner trois ouvrages honorablement distingués par
l'Académie : *Rabelais et son œuvre*, étude en deux volumes, dont notre compatriote, M. Jean Fleury, donnait,
en Russie, la primeur aux membres de la faculté historique et philologique de Saint-Pétersbourg, au moment
où, en France, le même sujet était mis au concours pour
le prix d'éloquence de 1876 : *le Glossaire de la vallée
d'Yères*, publié par M. A. Delboulle, professeur au lycée
du Havre, pour servir à l'intelligence du dialecte haut
normand et à l'histoire de la vieille langue française, et
aussi *la Guerre de Metz en* 1324, poème du xive siècle,
publié par M. de Bouteiller, ancien député de Metz. Déjà
très curieuse par elle seule, cette publication, que pré-
cède une excellente préface de M. Léon Gautier, est suivie
d'études critiques très intéressantes, faites sur le texte
par M. F. Bonnardot, ancien élève pensionnaire de
l'École des chartes.

Parmi les ouvrages d'inégale valeur présentés à l'Académie pour le prix Langlois, une traduction de Virgile par M. Hector de Saint-Maur, une traduction de *la Divine Comédie* de Dante, par M. Mongis, ancien procureur général, et une traduction des chants serbes, par M. Dozon, consul de France à Mostar, n'ont pu passer inaperçues. Outre les *Chants serbes*, M. Dozon a déjà publié un curieux volume des chants populaires de la Bulgarie et une traduction non moins intéressante des poésies de Pétœfi. Tant de travaux méritent qu'un mot d'éloge et d'encouragement s'adresse de loin à leur auteur.

La traduction, en dix volumes, des *Œuvres complètes de Shakspeare*, par M. Émile Montégut, était l'œuvre capitale de ce concours; l'Académie l'a couronnée sans partage, aimant ainsi à récompenser tout à la fois, non seulement un bon ouvrage, mais un bon écrivain, depuis longtemps distingué par elle et que tant d'autres titres recommandaient à son estime.

Une traduction des *Colloques* d'Érasme et de l'*Éloge de la folie*, par M. Victor Develay, avait paru un moment pouvoir disputer le prix Langlois, le partager peut-être. L'Académie s'en est souvenue et, pour récompenser autrement M. Develay, elle lui attribue une moitié du prix Lambert, accordant l'autre à la nombreuse et intéressante famille de M. Eugène Despois, trop tôt enlevé aux lettres françaises, que ses premiers travaux honoraient déjà.

Le prix de Jouy, que l'Académie ne décerne que tous les deux ans, est attribué à un volume publié par M. Louis Dépret sous ce titre : *Comme nous sommes ; notes et opinions.* C'est un livre de maximes qui, au-dessous des grands modèles, se distingue modestement par la finesse et la grâce de pensées vraies, délicates, élevées parfois et, presque toujours, exprimées avec bonheur.

Une voix chère au public, et que vous êtes pressés d'entendre, s'élèvera tout à l'heure pour proclamer les résultats du concours fondé par M. de Montyon en faveur des actes de vertu, de dévouement et de courage[1]. La part, non moins importante, destinée en même temps à récompenser des ouvrages utiles aux mœurs, demande à vous occuper encore un moment.

Cent onze ouvrages avaient pris part à ce concours; l'Académie en a couronné neuf; et, pour se réduire à ce chiffre, déjà considérable pourtant si l'on se reporte aux premières intentions du fondateur, il a fallu qu'elle s'imposât de véritables sacrifices.

Marchandant, pour ainsi dire, et bien à regret je vous l'assure, avec les meilleurs concurrents, elle s'est vue forcée d'écarter ceux-ci parce que leur ouvrage, si bon qu'il fût, s'était déjà présenté la veille à une première épreuve, et ceux-là, lauréats d'hier, à cause de leurs couronnes mêmes, trop fraîches encore sur leurs fronts. C'est à peine si les morts ont trouvé grâce devant nous; je suis peut-être de ceux qui leur faisaient presque un

---

1. M. Alexandre Dumas.

crime de n'être puis vivants. L'Académie a refusé d'aller jusque-là, et si, par exemple, un charmant et excellent livre d'histoire, intitulé *le Comte de Plelo*, a été éloigné du concours quand tous les suffrages lui semblaient acquis, ce n'est pas, comme on l'a pu croire, parce que son auteur, M. E-.J.-B. Rathery, était mort depuis sa publication, mais parce que récemment, en 1874, il avait été déjà couronné pour un autre ouvrage sur *Mademoiselle de Scudéry*.

En première ligne, et pour lui faire une part proportionnée à son mérite, l'Académie décerne un prix unique de trois mille francs à *la Philosophie de Maine de Biran*, par M. Jules Gérard, professeur à la Faculté des lettres de Clermont.

Déjà distingué et honoré par l'Académie des sciences morales et politiques, ce livre se fait remarquer par la variété des études qui s'y révèlent et par l'ingénieuse liberté de l'esprit critique qui s'y déploie, avec une aisance pleine de grâce.

« C'est le premier métaphysicien de mon temps, » disait M. Cousin de Maine de Biran en 1834, et, après quarante-trois ans écoulés, Maine de Biran reste encore à la hauteur où le plaçait un si bon juge. Vrai fondateur de la méthode psychologique et du spiritualisme contemporain, il revit dans les graves et savantes pages que M. Gérard consacre à reproduire la pure image de ce profond penseur.

A son exposition critique pleine d'intérêt, M. Jules Gérard a joint des fragments curieux tirés des œuvres inédites de Maine de Biran sur le *système de nos croyances* distinct de *celui de nos connaissances;* ajoutant ainsi un attrait de plus à l'importance de l'excellent travail auquel il a sacrifié plus de dix ans d'une vie studieuse et d'une méditation continue.

Au second rang, l'Académie couronne, en attribuant à chacun d'eux un prix de deux mille cinq cents francs, trois ouvrages de genres très variés et qu'elle aime d'autant plus à rapprocher par une égale récompense : *les Esclaves chrétiens,* par M. Paul Allard, juge suppléant au tribunal civil de Rouen ; *Pensées morales,* par feu M. Sauvage, et *A travers l'Amérique,* par M. Lucien Biart.

Dans son livre à la fois religieux et philosophique, historique et social, sur *les Esclaves chrétiens depuis les premiers temps de l'Église jusqu'à la fin de la domination romaine en Occident,* M. Paul Allard s'attache à nous montrer le christianisme travaillant dès l'origine à détruire l'esclavage, cette plaie originelle des antiques civilisations. Le christianisme n'a sans doute agi pour l'affranchissement que par une influence morale ; mais, marchant dans l'ombre vers son but, il devait ainsi d'autant mieux l'atteindre.

Tel est le sujet de cet ouvrage, qui se fait remarquer ir un bon esprit de polémique honnête, par beaucoup mesure et de goût.

'oyen de la Faculté des lettres de Toulouse, très popul très aimé et très considéré dans une ville éminemment littéraire et passionnément académique, M. Sauvage a vécu en philosophe, pensant et se plaisant à écrire ce qu'il pensait ; c'est en philosophe aussi qu'il est mort,

sans avoir pris le temps ni le soin de publier lui-même
le fruit de ses longues méditations.

Des cœurs fidèles veillaient heureusement sur ce précieux héritage, et ce que M. Sauvage aurait dû faire de
son vivant, le dévouement filial de sa famille l'a fait du
moins après sa mort.

Dans la phalange d'hommes distingués qui, de nos
jours, a donné un nouvel éclat à l'Académie des jeux
floraux de Toulouse, M. Sauvage, suivant la charmante
expression de M. le comte de Rességuier, secrétaire perpétuel de cette Académie, représentait les grâces du langage et la finesse spirituelle de la pensée. Écrites sans
parti pris, au jour le jour, les pensées de M. Sauvage ne
s'annoncent pas comme un cours de psychologie en règle ,
et se contentent de refléter au hasard les mille émotions,
graves ou légères, d'un homme aimable et d'un sage.

Ce livre d'un mort est un livre des plus vivants, plein de
charme, de bon sens, d'esprit, d'élégance et de délicatesse.

Voici, par un heureux contraste, un ouvrage, charmant
aussi, amusant et instructif, dans lequel l'imagination
joue un plus grand rôle. Sous ce titre : *A travers l'Amérique*, M. Lucien Biart a publié, sans trop de suite ni de
transitions, un grand nombre de scènes de mœurs, de
nouvelles et d'anecdotes qui, peut-être, ne sont pas toutes
absolument vraies, mais qui, toutes, ne laissent pas que
d'être assez vraisemblables.

Avec lui, le lecteur pénètre tour à tour dans l'intérieur
des ranchos, des fermes, des villes et des maisons ;
subitement, sans passer par les points intermédiaires, il

s'égare au milieu des glaces du Labrador, juste à temps
pour sauver la pauvre Ouanga emportée sur un glaçon ;
puis, le feuillet tourné, il se promène en plein Canada,
dans la ville pittoresque et toujours française de Montréal ; à la porte de Québec, nous rencontrons la jolie
fermière du Val-Secret, Louise Martin, qui sans nous,
je crois, n'eût jamais pu réussir à épouser son cousin
Pierre. Rien de plus gracieux que cet épisode de la
famille canadienne ; rien de plus sombre en revanche et
de plus frappant que le Niagara glacé, devant lequel
M. Biart nous transporte en plein hiver. Un joyeux bal
de noirs nous attend heureusement à la Havane, pour
nous réchauffer, et bientôt, sans nous être embarqués
même, nous débarquerons au Mexique, dans ce beau
pays des révolutions chroniques que M. Lucien Biart
connaît si bien et que ses premiers livres : *la Terre
chaude, la Terre tempérée,* nous ont déjà si bien fait
connaître.

Deux prix, de deux mille francs chaque, sont décernés : l'un à M. Ferraz, professeur de philosophie à la
Faculté des lettres de Lyon, pour un important travail
intitulé : *Études sur la philosophie en France au
XIXᵉ siècle;* l'autre à un jeune ingénieur, doublé d'un
savant et d'un écrivain, M. Henri de Parville, pour le
dernier volume d'une précieuse collection que, depuis
quinze ans, il continue de publier sous le titre de *Causeries scientifiques.*

Ce n'est pas un travail de compilation banale, c'est un
travail tout personnel, ont dit devant l'Académie nos deux

plus savants confrères, en appréciant les causeries scientifiques de M. de Parville et en présentant leur auteur
comme ayant su se faire une position exceptionnelle et
respectée parmi les écrivains qui, avec plus ou moins
d'autorité et de désintéressement, travaillent à popula-
riser la science. Ayant tout étudié et tout approfondi,
M. de Parville a le droit de parler de tout; sa science est
une science vraie et non une science d'emprunt : utiles
par toutes les lumières qu'ils répandent, ses livres son
d'une lecture agréable et facile; ils charment en instruisant.

Dans son volume sur la philosophie en France au
XIXᵉ siècle, M. Ferraz expose avec goût et simplicité,
sans passion et sans dénigrement, diverses théories
sociales, dont il combat d'autant plus victorieusement
les côtés dangereux que sa polémique est plus polie, plus
digne et plus loyale.

Modestement présenté comme un essai, ce travail de
M. Ferraz est l'œuvre distinguée d'un bon esprit qui se
propose un but honnête, qui le poursuit et qui l'atteint.

J'ai dit que M. de Parville était un jeune ingénieur; je
m'effrayerais d'avoir à en dire autant de M. Charles Lenthéric et de M. René Kerviler, si je ne pouvais encore
ajouter que, étant tous deux des ingénieurs, ils sont
aussi des savants tous deux, et tous deux des écrivains,
ayant mérité l'un et l'autre que l'Académie les couronnât :
M. Charles Lenthéric pour un livre intitulé : *les Villes
mortes du golfe de Lyon*; M. René Kerviler pour un
grand nombre d'intéressantes études qui, tout d'abord, et

par leur objet seul, devaient aller au cœur de l'Académie.

Sous ce titre : *le Chancelier Pierre Séguier, second protecteur de l'Académie française*, M. René Kerviler avait envoyé au concours de 1875 un intéressant volume sur la vie privée, politique et littéraire de l'éminent chancelier, et sur le groupe académique de ses commensaux familiers ; mais, comme dans sa préface il annonçait, en même temps, de nouvelles études sur la cour académique du palais cardinal, l'Académie avait ajourné à son égard l'effet de ses bonnes intentions.

Un nouveau volume a paru depuis, en effet ; il est intitulé : *la Bretagne à l'Académie française*, et contient une intéressante série de notices sur les académiciens bretons ou d'origine bretonne ; notamment sur les trois ducs de Coislin, Armand, Pierre et Henri ; sur Chapelain, qu'il venge des rigueurs de Boileau ; sur les deux Hay du Chastelet, Paul et Daniel, dont le second, par parenthèse, eut à l'Académie Bossuet pour son successeur. C'est un titre rétrospectif dont je lui sais bon gré, disait, à ce propos, l'un de nos spirituels confrères. Moins sensible aux charmes de ce rapprochement posthume, l'humble abbé de Chambon, Daniel du Chastelet, eut trouvé, je crois, que, pour sa part, il en payait l'honneur un peu cher.

Aux deux premiers ouvrages de M. Kerviler étaient jointes six études distinctes, consacrées au souvenir de six des moins connus parmi les fondateurs de notre compagnie.

On n'instruit personne en retraçant une fois de plus la vie des illustres que leur célébrité rappelle à toutes les mémoires. C'est, au contraire, un travail plein d'intérêt que celui qui tire ainsi d'un oubli regrettable, et peut-être injuste, des noms dont le souvenir pâlissait dans les obscurités natales du berceau de l'Académie.

Les bonnes intentions de l'auteur nous avaient, sans doute, d'avance bien disposés en sa faveur ; mais c'est à un titre plus sérieux : c'est au mérite réel de ses persévérants efforts, à l'ensemble de ses travaux, à l'abondance des documents curieux qu'il a recueillis et heureusement présentés, que s'adresse, en toute justice, la récompense dont il est l'objet.

Œuvre, à la fois, d'un géologue, d'un artiste et d'un lettré, le livre de M. Charles Lenthéric : *les Villes mortes du golfe de Lyon*, nous transporte d'abord sur les rivages historiques de la vieille Méditerranée. La mer est toujours la même ; mais, dans le cours des siècles, le littoral a changé. Où s'élèvent aujourd'hui des villes intérieures florissaient autrefois de puissantes villes maritimes ; les dépôts accumulés par le passage éternel du Rhône ont formé des marais là où jadis la navigation était des plus actives.

Il faut avouer, entre parenthèses, que la science de ces messieurs du génie n'est pas toujours très rassurante. Tandis que M. Lenthéric nous montre ici la mer éloignée de nos côtes du Midi par l'envahissement successif des terres d'alluvion, M. Henri de Parville, à qui j'aime à revenir, dans le chapitre premier de son quinzième volume, menaçait tout à l'heure nos côtes de l'Ouest d'être envahies bientôt, et tôt ou tard emportées par la marche constante, par l'implacable travail de l'Océan. La stabilité des continents n'est qu'illusoire, dit-il en propres termes. Ainsi donc, du train dont vont les choses, et surtout les flots, dans dix siècles Paris pourra bien devenir une préfecture maritime ; dans vingt siècles, mettons-en trente et n'en parlons plus, toute la France submergée jusqu'aux Vosges et aux Alpes aura disparu, avec nos tombes, à cent pieds... sous mer.

A côté de ces dangers lointains, M. de Parville ne cesse heureusement de nous montrer ailleurs la science constamment féconde, nous apportant chaque jour, avec de nouvelles découvertes, des bienfaits nouveaux, plus positifs, qui ont au moins ce grand mérite que nous pouvons en jouir tout de suite, de notre vivant, nous-mêmes !

Après l'histoire de la nature, M. Charles Lenthéric aborde l'histoire des villes et des hommes. Dans ces lieux célèbres, devenus des déserts et des lagunes, le lecteur, guidé par lui, se promène comme dans un cimetière avec recueillement, avec émotion, se heurtant à chaque, pas contre les souvenirs les plus doux, les plus pieux et les plus populaires de nos légendes et de notre histoire.

Le livre se termine par des considérations savantes dans lesquelles l'auteur démontre avec autorité qu'il serait possible de rendre tant de marais productifs en y faisant des reboisements considérables. Son œuvre ainsi se complète : agréable et intéressante, elle est instructive et utile.

La poésie, et nous l'en dédommagerons tout à l'heure, n'aura qu'une faible part dans ce concours. Trois volumes de vers avaient attiré d'abord l'attention de l'Académie ;

un seul sera couronné. Sans méconnaître ce qu'il y a de vrai talent poétique dans les recueils que nous avaient présentés M. Henri Cantel et M. Félix Frank, ces œuvres de jeunesse nous ont paru contenir, je ne veux pas dire des défauts, des qualités peut-être, vives et hardies, que la faveur publique accueille à bon droit, mais auxquelles ne s'adressait pas précisément M. de Montyon quand il fondait avec scrupule un concours spécial pour les ouvrages utiles aux mœurs. En nommant ici ces deux poètes, que l'Académie retrouvera, j'espère, et à qui de justes éloges n'en sont pas moins dus, j'aime à leur donner, tout haut, un témoignege de sympathique encouragement.

Aucun reproche du même genre, aucun reproche d'aucun genre, ne peut s'adresser au chaste et charmant volume intitulé : *Nouvelles Glanes,* que mademoiselle Louise Bertin envoyait elle-même, il y a peu de mois, à l'Académie, pour prendre part à ce concours, dont elle attendait avec impatience le résultat, qu'elle n'aura pu que pressentir, sans avoir eu le bonheur d'en connaître le succès mérité.

Fille de M. Bertin aîné, et gardant avec honneur ce grand nom de famille dont le lustre lui doit un nouvel éclat; amie des arts qui furent sa gloire; amie des lettres qui furent sa consolation; se distinguant par beaucoup d'esprit et de goût, de force morale aussi, de résignation, de courage et de philosophie, mademoiselle Louise Bertin semble avoir confié tout son cœur et toute son âme à ce dernier volume, rempli de poésies d'une grâce exquise, et dont plusieurs, d'une véritable élévation, dépassent ces *coteaux modérés* où Sainte-Beuve, qui marquait à chacun sa place, a spirituellement logé tout un monde.

A ceux qui voudraient faire un choix dans les *Nouvelles Glanes*, je recommanderais de préférence les pièces intitulées : *Solitude, Conseils, Mélancolie, Pater Noster;* celle surtout qui s'adresse à notre confrère M. de Sacy. C'est après les avoir lues toutes que l'Académie les couronne sans réserve, en regrettant

> Que son laurier tardif n'ombrage qu'une tombe.

Ma tâche, Messieurs, touche à sa fin. L'Académie n'a plus que deux prix à proclamer : le prix de poésie, dont le sujet, proposé par elle, était *André Chénier;* et ce prix presque anonyme dont le fondateur, ancien membre de l'Académie, qui malheureusement a défendu que son nom fût prononcé dans cette enceinte, nous a légué en 1873, avec le produit annuel d'une action de la *Revue des Deux Mondes*, le droit et la liberté d'employer ce revenu considérable, comme l'Académie l'entendrait, *dans l'intérêt des lettres.*

Dans l'intérêt des lettres, l'Académie, libre ainsi de son choix, s'est plu à regarder autour d'elle et n'a pas eu de peine à se décider.

Ce que, l'année dernière, elle avait fait pour M. Coppée, cette année, Messieurs, elle a voulu le faire encore, et distinguant, non dans l'ombre, mais dans la retraite, un jeune et vrai poète, d'un talent élevé, pur et gracieux, aimé de tous, presque célèbre, dont la place est à part dans le monde des lettres, et qui, par la dignité de sa vie

discrète, augmente ses titres à l'intérêt et à l'estime ;
spontanément, et d'une voix unanime, l'Académie, sans
partager le prix dont, cette fois, le montant s'élève à quatre
mille cinq cents francs, en a décerné tout l'honneur à
M. Sully-Prudhomme.

Pour le prix de poésie, cent vingt-trois pièces ont concouru. Huit d'entre elles, réservées après un premier
examen, portaient les numéros 24, 70, 100, 104, 113,
114, 119 et 121.

A l'unanimité, l'Académie a décerné le prix à la pièce
inscrite sous le n° 100, ayant pour épigraphe ces deux
hémistiches ;

> Disce, puer, virtutem ex me...
> Fortunam ex aliis.
>
> (VIRGILE, Enéide, livre XII.)

M. Camille du Locle en est l'auteur.

Une autre pièce, inscrite sous le n° 70, et portant pour
épigraphe ces mots : *Toi, Vertu, pleure si je meurs*,
tout en étant inférieure à celle que l'Académie couronnait, a paru se distinguer aussi par des qualités différentes.
Plus colorée, mais plus déclamatoire, elle traite le sujet
à un tout autre point de vue. Dans André Chénier, elle
s'attache à l'homme plus qu'au poète ; c'est sa mort qu'elle
met en relief, plus que sa vie. Les incorrections ne
manquent pas dans cette œuvre, mais elles sont rachetées
par des éclairs d'une poésie ardente, par quelques beaux
vers bien frappés :

De tigres, dont l'enfer a dû vomir les âmes
Et que ses traits hardis font rugir de fureur,

. . . .

Il meurt, triste victime, et ce tendre génie
Si faible dans l'amour, contre eux sait rester fort.
Point de pleurs dans ses yeux ; sur sa lèvre pâlie
Point de ces chants plaintifs, vains regrets de la vie
Qui ne cachent souvent que l'effroi de la mort.

Il meurt, mais en poète armé pour sa vengeance,
Nonchalant de ses jours, mais non de ses écrits ;
Superbe, étincelant, terrible d'éloquence,
Il rend à ses bourreaux sentence pour sentence,
Et leur crache au visage un hymne de mépris.

L'auteur de cette pièce remarquable est M. Émile Bouilly, professeur d'histoire et de philosophie au collège de Remiremont (Vosges).

L'Académie lui décerne un premier accessit.

Une mention honorable est accordée enfin à la pièce inscrite sous le n° 24 et qui porte pour épigraphe :

Marmorea caput a cervice revulsum.

(VIRGILE, *Géorgique* IV°.)

Le sujet y est traité avec une élégante simplicité, et la forme se distingue par beaucoup de grâce et d'harmonie. C'est une douce élégie, un peu monotone, exclusivement consacrée à l'éloge du poète, et dans laquelle peut-être ne ressortent pas assez la vie de l'homme, sa mort et son caractère.

L'auteur n'ayant pas répondu à l'appel de la publicité,

le pli cacheté qui cache son nom n'a pas dû être ouvert et j'ai le regret de ne pouvoir mieux le faire connaître.

J'ai fini, Messieurs, et la pièce couronnée est la seule dont je n'aie rien dit. Il m'eût été facile et doux d'entrer ici dans le détail des qualités aimables, brillantes et vraiment poétiques qui l'ont signalée en première ligne aux suffrages de l'Académie. Vous allez l'entendre. C'est le meilleur pour elle et pour vous. Les vers de M. du Locle pouvaient aisément se passer d'être lus par un maître en l'art de bien dire; mais, sans vouloir surfaire leur mérite, le rare talent du lecteur ajoutera encore à leur charme.

SÉANCE PUBLIQUE ANNUELLE

DU JEUDI 2 AOUT 1878

Messieurs,

Pour la troisième fois depuis vingt ans, la France a
convié l'univers à l'un de ces concours solennels que la
voix éloquente de M. Villemain salua d'ici à deux reprises, en appelant la première de nos Expositions : la
grande fête du travail humain; puis, en glorifiant les
merveilles des arts « réunies, disait-il en 1867, dans le
forum de l'Europe et de l'Amérique, au milieu d'une
capitale agrandie ».

Aujourd'hui, Messieurs, au milieu d'une capitale qu'on
aurait tort de croire diminuée, quand elle a d'autant plus
l'ardeur de s'agrandir encore, souffrez qu'à notre tour
nous commencions par rendre hommage à cette nouvelle
grande fête du travail humain, dont la France abattue
n'a pas craint de rêver l'éclat, à ce tournoi magnifique et
pacifique auquel, sans hésitation, accourant, de partout,

au premier appel et nous apportant leurs trésors, tous
les arts, toutes les industries ont voulu venir prendre
part. C'est leur honneur et c'est le nôtre !

Les concours dont j'ai maintenant à vous rendre
compte n'auraient pas, pour être modestes, besoin d'un
si grand contraste. La tâche délicate, sans gloire peut-
être, mais non sans douceur ni quelquefois sans amer-
tume, d'accueillir tant de travaux, d'en apprécier les
mérites divers, et de comparaître enfin devant vous, pour
proclamer ses choix et justifier ses préférences, est imposée chaque année à l'Académie, qui s'en estime heureuse et fière.

Sa récompense, Messieurs, serait d'avoir souvent à
couronner des livres d'une haute portée littéraire; ceux-
là toujours étant pour elle les vrais ouvrages utiles aux
mœurs. Jamais, dans ce but, l'Académie ne cessera de
faire publiquement appel au talent et à la confiance des
meilleurs écrivains dont, par un juste échange, elle
aimerait à honorer dignement les œuvres par de plus
larges récompenses.

Cette bonne fortune, nous l'avons aujourd'hui, du
moins, pour le premier, le plus ancien de nos concours;
pour celui qui, depuis plus de deux siècles, appelle an-
nuellement l'Académie à décerner, tour à tour, un prix
d'éloquence et un prix de poésie.

Ce n'est pas un prix d'éloquence ; mais deux prix
d'éloquence, que, cette année, ont mérités et obtenus
deux de nos concurrents : deux prix entiers, qu'il nous
eût été plus facile d'accorder que d'acquitter, si un mi-

nistre secourable ne nous eût tirés d'embarras, en dou-
blant notre crédit spécial, et en nous permettant ainsi
d'être doublement généreux et doublement équitables.

Après avoir mis successivement au concours des études sur Voltaire, sur Rousseau et sur Montesquieu, l'Académie devait au XVIIIe siècle, elle se devait à elle-même,
comme aux lettres et à la science, réunies et personni-
fiées dans un seul homme, de proposer aussi pour l'un
de ses prix l'*éloge de Buffon*. Elle l'a fait, Messieurs, et
rarement ses appels ont été plus entendus, rarement ses
intentions ont été mieux comprises, rarement ses vœux
mieux exaucés.

Tandis que Linné lui-même avait fini par rendre justice au grand rival dont le dédain superbe ne l'avait pas
épargné; tandis que chez nous Cuvier, reconnaissant
Buffon pour son maître, s'était incliné devant ce qu'il
appelait ses idées de génie; quelques savants plus modernes affectaient, au contraire, de le dédaigner à leur
tour, et de le reléguer parmi les simples littérateurs, en
le rapprochant, avec une malicieuse bonne grâce, les
uns de Fontenelle, de Bernardin de Saint-Pierre les
autres.

Le moment était donc venu, à tous égards, de demander à de nouvelles études la vérité et la justice.

Dix-huit manuscrits nous ont été envoyés pour ce concours. Soumis d'abord à l'examen d'une commission,
chacun d'eux a fini par être lu, en pleine séance, devant
l'Académie, discuté et jugé par elle. A cette première
épreuve, cinq discours avaient survécu; trois seulement
ont résisté à la seconde; ils portaient les n°s 2, 3 et 14.

La supériorité incontestable des deux derniers força
bientôt l'Académie d'écarter le n° 2, et de longues discussions s'engagèrent alors, à l'égard du n° 3 et du
n° 14, sans que, en fin de compte, il fût possible de
faire un choix entre deux œuvres d'un caractère très différent, mais qui, l'une et l'autre, se recommandaient par
des mérites réels, dont les juges étaient également
frappés. Le second (n° 14) rentrait bien dans les conditions du programme; il se renfermait dans des bornes
convenables et, en faisant une part suffisante à la science,
son auteur se distinguait par un vrai mérite littéraire.
Le premier (n° 3) dépassait visiblement les limites que
l'Académie et la nature même du concours avaient pres-
crites aux concurrents; c'était plus qu'un discours, sans
doute; mais, d'un bout à l'autre, le travail était trouvé
excellent, et les qualités supérieures de cette longue
étude semblaient devoir défendre l'auteur et l'ouvrage
contre des observations très justes, contre des reproches
très légitimes. L'Académie se demandait d'ailleurs, s'accusant volontiers elle-même pour excuser le coupable,
si, en proposant l'éloge de Buffon, elle n'avait pas, en
quelque sorte, amnistié d'avance ceux qui se laisseraient
entraîner par l'ampleur, l'étendue et l'importance du
sujet.

Dans cette situation, Messieurs, ne croyant pas juste
de sacrifier aucun de ces discours et ne pouvant même
admettre que l'un des deux fût subordonné à l'autre
l'Académie a été amenée à décider que deux prix égaux,
de deux mille francs chacun, étaient décernés par elle

4.

aux deux discours portant les numéros 3 et 14, pour être proclamés *ex æquo*, sans distinction ni préférence, dans l'ordre que leur assignait leur rang d'inscription.

Le concours étant ainsi terminé, il ne restait plus qu'à procéder à l'ouverture des deux plis cachetés contenant les noms et les adresses des lauréats.

Si j'entre dans de pareils détails, c'est qu'une surprise douloureuse allait bientôt émouvoir l'Académie et donner trop raison au parti qu'elle venait de prendre.

Le discours inscrit sous le numéro 3 portait pour épigraphe :

> Majestati naturæ par ingenium.

Et au-dessous :

> Pendent opera interrupta.
> Les travaux s'arrêtent interrompus!

Ce discours, à qui les plus sévères d'entre nous n'avaient reproché que d'être trop long, n'était même pas destiné, sans doute, à mériter ce reproche.

Sans avoir le temps de le revoir, de l'achever, de le perfectionner en l'abrégeant, son jeune auteur, M. Narcisse Michaut, licencié en droit, docteur ès lettres, était mort à Nancy, à l'âge de trente-deux ans!

Une simple note, d'autant plus touchante, signée par son père et par sa mère, accompagnait cette déclaration officielle.

Interprètes de l'enfant qu'ils viennent de perdre, ils ont, disaient-ils, fait recopier son travail, interrompu par la maladie.

Pendent opera interrupta.

L'Académie a écrit à ce pauvre père et à cette pauvre mère, pour les prier tous deux de déposer en son nom, sur la tombe de leur malheureux fils, la couronne qu'elle lui décerne aujourd'hui.

Le discours inscrit sous le numéro 14 porte pour épigraphe :

Obscura de re tam lucida pango
Carmina...

(LUCRÈCE.)

Son auteur, à peine âgé de trente ans, est M. Félix Hémon, professeur de seconde au lycée de Rennes.

C'est encore au XVIIIᵉ siècle que l'Académie emprunte un sujet pour le nouveau concours d'éloquence, dont le prix sera décerné par elle en 1880.

Buffon aujourd'hui, Rabelais hier, Bourdaloue et Vauban avant eux, Sully et Jean-Jacques Rousseau, ont, depuis dix ans, reçu ici d'éclatants hommages.

Pour varier, Messieurs, et sans qu'elle s'exagère à elle-même l'importance d'un écrivain aimable et aimé, l'Académie propose pour ce concours : l'*Éloge de Marivaux*.

Si, de 1720 à 1746, il composa plus de trente comédies, sans compter une tragédie qu'Annibal aurait plus que moi le droit de lui reprocher, Marivaux n'est guère connu de nos jours que par trois ou quatre de ses plus gracieuses pièces qui, protégées contre l'oubli par le talent de quelques rares comédiennes, figurent encore, non sans honneur, à leur rang et à leur place, dans le répertoire élégant du Théâtre-Français. Quant à ses romans, qu'on ne lit plus qu'à peine, le souvenir même s'en est presque entièrement effacé, mais leur premier succès fut prodigieux; la France et l'Angleterre y applaudirent des deux mains, avec une sorte de rivalité d'enthousiasme, et lorsque *Paméla* parut, dix ans après *Marianne*, Marivaux fut comme soupçonné et loué d'avoir inspiré Richardson : « Les romans de M. de Marivaux, écrivait plus tard d'Alembert, supérieurs à ses comédies par l'intérêt, par la situation, par le but moral qu'il s'y propose, ont le mérite, avec des défauts que nous avouerons sans peine, de ne pas tourner, comme ses pièces de théâtre, dans le cercle étroit d'un amour déguisé, mais d'offrir des peintures plus variées, plus générales, plus dignes du pinceau du philosophe. »

C'est à tous les pinceaux comme à toutes les plumes, à tous les philosophes comme à tous les écrivains, que l'Académie s'adresse à son tour, pour demander que dans un portrait définitif, justice soit rendue à l'auteur de *Marianne* et à l'auteur des *Fausses Confidences*, au moraliste attendri qui connaissait tous les sentiers du cœur humain, s'il n'en savait pas la grande route, comme on le lui a reproché; au raffiné capricieux qui mettait de l'esprit partout, et qui, se piquant de ne rien emprunter, ni aux vivants ni aux morts, eut ce mérite de créer, pour son usage personnel, un genre à part, qui a gardé son empreinte et son nom.

Je disais tout à l'heure que l'éloge de Buffon avait paru exiger et, par conséquent, excuser des développements exceptionnels dont l'Académie a trop souvent lieu de regretter la longueur. Cette fois-ci, du moins, et sans offenser Marivaux, les concurrents vont avoir une belle occasion d'être courts.

Le conseil d'être courts que je donne ainsi volontiers aux autres, je ne manque pas, croyez-le bien, Messieurs, de me le donner d'abord à moi-même. Mais comment le suivre, quand le nombre des ouvrages envoyés à nos concours s'augmente encore chaque année, quand jamais n'a été plus considérable le nombre des livres que l'Académie a généreusement réservés, beaucoup pour des encouragements et quelques-uns pour des couronnes?

Le grand prix Gobert est décerné à M. Chantelauze pour son ouvrage sur *le Cardinal de Retz et l'affaire du chapeau.*

Dans votre intérêt, Messieurs, et dans le mien, je voudrais pouvoir reproduire entièrement devant vous l'excellent rapport que fit à ce sujet devant l'Académie un de nos meilleurs confrères, un des plus savants historiens de la Restauration.

L'affaire du chapeau, disait-il, n'est en réalité, dans cet ouvrage, qu'un épisode, important sans doute, mais

d'une importance secondaire, dans laquelle le cardinal
de Retz joua un rôle si considérable; on peut dire, le
premier rôle. Après tant de mémoires où cette histoire
nous a été racontée, après ceux du cardinal de Retz surtout, qui y confesse ses fautes, ses erreurs et ses mé-
comptes avec l'abandon d'une entière franchise, on pourrait se croire en possession de la vérité tout entière sur
cette singulière époque. Grâce aux documents inédits
que M. Chantelauze est parvenu à se procurer et qu'il a
mis en œuvre avec beaucoup d'habileté, nous savons
maintenant qu'il nous restait encore quelque chose à
apprendre; nous savons que les confessions du cardinal
sont loin d'être complètes et qu'en beaucoup de points
il a dénaturé les faits, à son avantage, cela va sans se
dire, et au préjudice de ses adversaires. Malgré l'admiration que lui inspiraient, à juste titre, le courage,
l'énergie, l'éloquence, le profond esprit politique de son
héros, toutes ces grandes et rares qualités auxquelles
Bossuet lui-même a rendu hommage, M. Chantelauze ne
s'en laisse pas éblouir au point de croire qu'elles puissent tout excuser, justifier tout encore moins.

Partout alors, à Rome comme à Paris, la politique ne
consistait guère qu'en une série d'intrigues compliquées
dans lesquelles le lecteur se perdrait si elles ne lui
étaient exposées tout à la fois d'une façon claire et rapide;
à ce point de vue, le livre de M. Chantelaure ne laisse
rien à désirer. Son style n'a pas la gravité soutenue de
l'histoire proprement dite et ne cherche pas à l'avoir; le
style simple, facile et animé des mémoires convenant
par-dessus tout au récit d'événements, frivoles en eux-

mêmes, si parfois ils furent sérieux dans leurs conséquences.

M. Chantelauze se propose de raconter encore, à l'aide
de nouveaux documents, la lutte que le cardinal de
Retz soutint pendant sept années, dans la prison et dans
l'exil, après l'extinction de la Fronde, contre Mazarin ; et
les missions importantes dont Louis XIV le chargea plus
tard auprès du Saint-Siège. Cette seconde partie n'aura
sans doute pas moins d'intérêt que la première et l'Académie, qui eût hésité, peut-être, à décerner la plus
haute de ses récompenses à un travail inachevé, entend
bien l'appliquer d'avance à l'ensemble, à la totalité de
l'œuvre. M. Chantelauze est un bon débiteur, on lui fait
volontiers crédit.

L'histoire d'une famille écrite avec indépendance, en
dehors des influences intéressées à en exagérer les proportions, peut donner, sur l'état des mœurs et de la vie
domestique aux différentes époques, des informations
détaillées qu'on attend moins des histoires générales.
N'étant pas tenus de dire tout, les écrivains peuvent
choisir et, en s'attachant à mettre en relief les figures
vraiment saillantes, faire une moindre part aux personnages effacés qui ne demandent qu'à rester dans l'ombre.

M. Pingaud l'a compris de la sorte et l'a ainsi pratiqué
dans son livre sur les Saulx-Tavannes.

C'est au grand homme de la maison de Saulx, à celui
qui l'a rendue illustre, au maréchal de Tavannes enfin,
qu'il a consacré la plus grande partie de son travail et la
meilleure. Bien qu'elle eût la prétention fabuleuse de
remonter au delà du second siècle de notre ère, la

maison de Tavannes n'avait figuré jusqu'alors qu'à la
cour des ducs de Bourgogne. Cette province venant d'être
réunie à la couronne, Gaspard de Saulx s'attacha aux
rois de France et servit glorieusement François Ier et
Henri II, avant de prendre part aux guerres civiles qui
désolèrent le pays, sous le règne de Charles IX. Il gagna
des batailles dans un temps où on en livrait peu, bien
qu'on se battît beaucoup. C'était un représentant du
moyen âge, attardé au milieu d'une génération nouvelle
plus policée, plus polie au moins, sans qu'elle eût cessé
d'être cruelle et corrompue. Il avait l'énergie, la vigueur,
la rudesse des chevaliers du xive et du xve siècle, aimant
comme eux la guerre, pour le plaisir qu'y trouvait son
esprit dépourvu de toute culture, pour le pillage aussi et
pour le butin surtout, épargnant peu le sang des vaincus
et n'épargnant jamais le sien.

Deux de ses fils, Guillaume et Jean, l'un ami fervent
d'Henri IV, l'autre ardent ami de Mayenne, luttèrent
ensemble pendant trois ans de suite, royaliste contre
ligueur, et méritèrent tous deux de rester célèbres, non
à côté, mais au-dessous du vainqueur de Jarnac et de
Montcontour, dont ils ont écrit la glorieuse histoire dans
des notices distinctes, dans des mémoires que le temps
a respectés et consacrés.

Après ce père, après ces fils, la maison de Saulx-
Tavannes, puissante encore et honorée, allait voir son éclat
s'affaiblir sous les règnes de Louis XIV et de Louis XV,
pour s'éteindre entièrement de nos jours, dans des circonstances sinistres que M. Pingaud a eu le bon goût de
ne pas rappeler.

A ce livre plein d'intérêt et dont le style est à la fois élégant et correct, l'Académie décerne le second prix Gobert.

Fondé en faveur des meilleurs travaux historiques, le prix Thérouanne était disputé cette fois par de nombreux concurrents, parmi lesquels l'Académie a distingué surtout un ouvrage en deux volumes, intitulé : *les Ducs de Guise et leur époque*, dont l'auteur est M. H. Forneron.

La moitié du prix Thérouanne est attribuée à ce livre.

L'autre moitié est partagée, à titre égal, entre M. Debidour, pour son ouvrage sur *la Fronde angevine*, et M. A. Luchaire, pour un livre intitulé : *Alain le Grand*.

Comme M. Pingaud, pour les Saulx-Tavannes, c'est en quelque sorte la monographie d'une famille que M. Forneron a faite pour les ducs de Guise; mais le rôle de la maison de Guise est si grand, son importance si considérable que l'auteur a pu, tout naturellement, donner à son ouvrage un second titre : *Étude sur le seizième siècle*.

Le xvie siècle, en effet, est retracé là tout entier, dans ses institutions, dans ses mœurs, dans les grands caractères qui l'ont illustré. Rien d'essentiel n'y est omis. Des anecdotes bien choisies, des détails caractéristiques et des citations heureuses y répandent la vie, le mouvement et l'intérêt.

Les trois grands ducs de Guise : Claude, habile, prudent, circonspect, qui a préparé la grandeur de sa maison; François, le héros de Metz, de Calais, de Dreux, qui a fondé et justifié cette grandeur par d'immenses services rendus au pays, ambitieux sans doute, mais avec

5

mesure, et aussi vertueux qu'il était possible de l'être
dans ce siècle pervers ; Henri, enfin, le brillant aventurier, l'ambitieux sans scrupule, ne reculant devant rien
de ce qui pouvait servir ses desseins et ses passions,
employant des talents merveilleux et une popularité sans
égale à des entreprises criminelles, dont une entreprise,
criminelle aussi, devait seule arrêter le cours ; ces trois
personnages sont admirablement peints par M. Forneron.
J'en dois dire autant des portraits de Catherine de Médicis, de Charles IX, de Henri III et de l'amiral de Coligny. Fatigué peut-être vers la fin de son travail, l'auteur
en a un peu pressé le dénouement. Quelques pages de
plus auraient mieux fait connaître le duc de Mayenne,
trop effacé dans l'histoire par l'éclatante renommée de
son père et de son frère.

La Fronde angevine, de M. Debidour, prouve une fois
de plus que les troubles qui agitèrent la France pendant
la minorité de Louis XIV eurent des causes très diverses
et en partie contradictoires. Ce qui distingue surtout le
mouvement angevin, c'est qu'au lieu d'avoir été fomenté,
comme à Paris et à Bordeaux, par la magistrature, à
Angers il fut combattu par elle. La ville d'Angers était
depuis deux siècles en possession de libertés très éten-
dues ; cependant la haute bourgeoisie et la magistrature
étaient parvenues à s'emparer, à peu près exclusivement,
des fonctions municipales et des droits électoraux, usant
de leur pouvoir pour s'assurer à elles-mêmes tous les
avantages et pour s'exonérer de toutes les charges en les
faisant peser sur les classes pauvres. C'est contre ces
abus bien plus que contre l'autorité royale que furent

dirigées pendant la Fronde les révoltes de la population
angevine, et, par une conséquence naturelle, la magistrature, partout ailleurs hostile au ministère, fit à Angers
cause commune avec lui pour réprimer les mouvements
populaires. Par suite de ces funestes divisions, dit
M. Debidour, la ville perdit ses libertés et tomba, pour
plus d'un siècle, dans la dépendance absolue du pouvoir
ministériel. La monarchie, ajoute-t-il, profita-t-elle au
moins de ce long espace de temps pour procurer aux Ange-
vins les avantages qu'ils n'avaient pas su se donner? Leur
fit-elle oublier, à force de bienfaits, leurs immunités per-
dues et leurs droits confisqués! L'état dans lequel les
choses se trouvaient en 1789 prouve qu'elle n'avait pas
su accomplir cette tâche.

Ces réflexions, textuellement empruntées à l'ouvrage de
M. Debidour, sont en quelque sorte le résumé, la morale
des faits exposés par lui, avec beaucoup de jugement et
d'impartialité, dans un récit simple, clair et constamment plein d'intérêt.

En racontant, de son côté, la vie d'*Alain le Grand*,
sire d'Albret, M. Luchaire semble avoir dressé l'acte de
décès de la féodalité. A la fin du XVe siècle, les grandes
dynasties princières qui, lors de l'avènement de la royauté
capétienne, se partageaient le sol de la France, et dont
quelques-unes étaient plus puissantes que cette royauté
elle-même, avaient disparu depuis plus de deux cents
ans. Une partie de leurs vastes domaines avait été réunie
à la couronne ; le reste concédé aux branches apanagées
de la famille royale, qui n'avaient pas tardé à s'éteindre.
Il ne restait plus guère, de cette seconde lignée de

grands feudataires, que le duc de Bourbon, et le moment
n'était pas éloigné où, par l'effet de sa trahison, ses
États devaient aussi se confondre dans le domaine royal ;
bientôt enfin, la royauté allait acquérir une force qui
laisserait à peine à ses vassaux les plus considérables
quelques restes insignifiants de leur ancienne puissance.

Le tableau de la lutte dernière, si dramatique et si
émouvante, de la féodalité contre la royauté absolue,
puissamment secondée par l'action judiciaire, fait le
grand intérêt du livre de M. Luchaire, qui en retrace
les incidents compliqués avec beaucoup de lucidité et
une connaissance parfaite de la matière.

Le souvenir de M. Guizot est toujours si présent parmi
nous, si vivant encore, si cher et si honoré, qu'au moment de proclamer le prix qui porte son nom, j'hésite,
en vérité, comme retenu par l'émotion et le respect.

Le prix Guizot, Messieurs, l'Académie l'attribue à une
Histoire de Montesquieu, dont l'auteur est M. Louis
Vian, avocat à la cour d'appel de Paris.

Ce n'est pas, après tant d'autres, une nouvelle étude
critique et philosophique sur les œuvres de Montesquieu
que M. Vian a voulu faire ; c'est l'écrivain, c'est l'homme
lui-même qu'il a particulièrement étudié et qu'il nous
fait bien connaître dans une biographie très intéressante,
pleine de détails neufs, curieux et instructifs, notamment sur les voyages du grand Président, sur ses habi-
tudes et ses relations de société.

« On ne saurait trop encourager ces études biographiques, qui rajeunissent de grandes figures trop délais-

sées et qui réveillent l'admiration et la reconnaissance. »

J'emprunte avec plaisir cette phrase à la préface dont notre éminent confrère M. Édouard Laboulaye a orné l'ouvrage de M. Vian. L'observation était juste, le conseil était bon ; l'Académie a tenu compte de l'une et de l'autre ; mais en aimant à encourager cette étude biographique qui rajeunit une grande figure, elle n'a pas laissé que de faire certaines réserves, et elle recommande surtout au jeune auteur de revoir avec soin, pour une édition nouvelle, ses deux chapitres sur les prédécesseurs de Montesquieu.

Le temps me manque, mais le courage semblerait me manquer plus encore si je m'arrêtais sans faire part à M. Vian d'un scrupule qui m'est personnel. L'ardeur de son dévouement ne l'entraîne-t-elle pas jusqu'à l'injustice, quand il accuse les descendants actuels de Montesquieu de confisquer entre leurs mains, et au détriment du public, ce qu'ils possèdent de la correspondance et des manuscrits inédits de leur illustre aïeul? Je tiens d'eux, au contraire, que bientôt tout ce qui pourra contribuer à honorer cette grande mémoire et à enrichir le trésor des lettres françaises, sera publié par leurs soins. J'en prends acte et, heureux qu'il en soit ainsi, je l'annonce avec plaisir à ceux qui, comme nous et comme M. Vian, l'espèrent, le désirent et le demandent.

C'est au bruit des clairons, des tambours et des trompettes, que je voudrais pouvoir proclamer le prix Halphen ; l'Académie l'ayant décerné à un général pour quatre gros volumes contenant l'histoire de deux généraux, et cela, sur la proposition d'un quatrième général qui s'y connaît et que vous y reconnaîtriez avec plaisir, s'il m'était permis de reproduire ici, dans leur entier, les termes mêmes de son excellent rapport.

Les Parisiens qui ont assisté aux revues de la garnison de 1830 à 1840, se rappellent la haute taille, la fière tournure à cheval, la belle et imposante figure du général commandant la première division militaire.

C'était le général Pajol.

Pendant de longues années, il avait pris une part brillante à toutes les campagnes de la Révolution et de l'Empire. Parti du dernier échelon, il avait monté, comme tant d'autres, pour ne s'arrêter qu'au sommet.

Cette histoire, qui méritait que le souvenir n'en fût pas perdu, est racontée en détail, avec une simplicité gracieuse et une compétence impartiale, par le fils aîné du général Pajol, général de division lui-même, qui gagna bravement ses grades sur les champs de bataille d'Afrique et de Crimée. Déjà, dans l'intervalle de ses campagnes, et dans les loisirs de la garnison, il cultivait les arts avec ardeur et avec succès. Deux statues en bronze sont sorties de son atelier : l'une d'elles, premier et juste hommage d'un fils à son père, orne à cette heure la promenade de Chamars à Besançon ; l'autre, représentant l'empereur Napoléon Ier, domine majestueusement le pont de Montereau qu'elle voudrait défendre encore. Sans quitter l'ébauchoir ni l'épée, s'armant un jour de la plume, et tenté de mettre en lumière des documents nombreux que l'héritage paternel lui avait transmis, le général-artiste se plut à raconter en trois

volumes les glorieux combats et les événements historiques auxquels son père avait pris part.

Ayant rencontré sur sa route un nom illustre, celui de
Kléber, il consacra un quatrième volume au héros alsacien, au vainqueur de Damiette et d'Héliopolis.

Écrites sans prétentions, ces deux curieuses monogra-
phies, l'une intitulée *Kléber*, l'autre *Pajol*, sont une
mine de renseignements nouveaux et précieux; les récits
sont clairs et exacts, les appréciations judicieuses et
impartiales. C'est un monument un peu fruste, a-t-on
dit, auquel peut manquer la proportion, mais qui pourtant a sa grandeur.

Le même rapport avait signalé avec faveur un autre
ouvrage intitulé : *Histoire de l'établissement des Arabes
dans l'Afrique septentrionale,* composée par un jeune
Français d'Afrique, M. E. Mercier, interprète civil à
Constantine, qui promet d'y occuper bientôt un rang distingué parmi nos arabisants. Ce livre, inspiré par l'importante histoire d'un célèbre écrivain du xvᵉ siècle,
Ibn-Khaldoun, contient des documents curieux, choisis
avec discernement; la lecture en est agréable et intéressante. En m'invitant à le mentionner dans ce rapport,
l'Académie a voulu donner à son auteur un témoignage
d'estime et d'encouragement.

Nous entrons maintenant, Messieurs, dans une série de
prix que l'Académie a été amenée à partager tous, avec
regret peut-être, mais en croyant ainsi se montrer à la
fois juste et bienveillante.

Le prix Bordin est décerné, avec une allocation de

deux mille francs à M. Gustave Merlet pour un tableau de la littérature française, de 1800 à 1815 ;

Le surplus étant attribué à M. le comte de Gobineau, ancien ministre de France en Suède, pour un volume d'études d'histoire et d'art, intitulé : *la Renaissance*.

Sur le prix Marcelin Guérin, deux mille francs sont alloués, en première ligne, à un volume intitulé : *la Russie*, dont l'auteur est M. Alfred Rambaud, professeur de la Faculté des lettres à Nancy.

Et mille francs à chacun des ouvrages suivants :

David d'Angers, deux beaux volumes grand in-octavo, par M. H. Jouin ;

Les Harmonies du son et les instruments de musique, par M. Rambosson ;

L'Instruction publique dans les États du Nord, par M. Hippeau.

M. Gustave Merlet est un lettré et un érudit ; il sait tout et porte sur tout des jugements très sains et très judicieux.

Dans son tableau de la littérature pendant les quinze premières années du XIXe siècle, il a su faire d'excellents choix entre les écrivains modernes, et donner à chacun d'eux la part qui lui revenait : ses portraits les rappellent à ceux qui pouvaient les oublier : à ceux qui les connaissaient mal, il apprend à les bien connaître.

M. le comte de Gobineau a fait, en hommes de lettres plus encore qu'en historien, son livre sur la Renaissance. Si quelques erreurs chronologiques ont paru lui échapper, c'est volontairement sans doute qu'il les a commises ; usant de la liberté que s'arrogent souvent les romanciers

et les auteurs dramatiques, de rapprocher, pour les
besoins de leur cause, des hommes et des événements
que l'austère vérité voudrait qu'on tînt à distance. Avec
des noms et des personnages historiques, M. de Gobineau
a composé une série de tableaux qui ont leur mérite,
leur grâce et leur charme et dont l'ensemble constitue
une lecture agréable et intéressante.

Historien véritable et déjà connu par d'importantes
publications que l'Académie a remarquées, M. Alfred
Rambaud a condensé dans son nouvel ouvrage toutes les
parties éparses de l'histoire de la Russie. Ce n'est pas
l'impression passagère d'un voyage fait à la hâte qui se
reproduit dans son livre; le pays lui est bien connu; il
l'a visité et même habité; c'est donc le fruit d'un long
séjour et d'une longue étude qu'il publie, avec une libre
facilité de forme qui, sans qu'elle aille jamais jusqu'à
l'incorrection, constraste parfois un peu, par son élégance même, avec l'exacte sévérité du fond.

Au moment de quitter la Russie, dont M. Rambaud
vient de nous enseigner l'histoire, nous rencontrons à sa
frontière M. Hippeau qui nous y retient un instant encore. Après avoir visité toutes les institutions de l'Europe
et de l'Amérique, M. Hippeau a terminé sa tâche en allant
inspecter pour nous les écoles de la Russie, de la Suède,
de la Norvège et du Danemark. Plein d'observations
intéressantes sur l'organisation de l'instruction publique
dans les États du Nord, le livre qu'il en rapporte se recommandait à l'attention de l'Académie.

Au même titre, Messieurs, et du droit qu'elle croit avoir
d'encourager, pour des mérites de forme et de style, des

5.

travaux d'art ou de science qui, tout d'abord, sembleraient peut-être échapper à sa compétence naturelle, l'Académie a distingué l'ouvrage de M. Jouin sur *David d'Angers* et celui de M. Rambosson sur *les Harmonies du son et les instruments de musique.*

Dans chacun de ces livres, à côté de certains détails techniques dont nous ne saurions être les juges ni les garants, une part considérable est faite à la philosophie, comme à l'étude des mœurs et des caractères. Tandis que l'honnête et savant ouvrage de M. Rambosson est écrit avec une élégante simplicité, le portrait de David d'Angers est dessiné de main de maître par M. Jouin et le tableau des rapports que le grand artiste eut avec les hommes illustres de son temps est si heureusement présenté, si habilement mis en relief, qu'en faisant un livre d'art, l'auteur se trouve, en fin de compte, avoir fait aussi un livre de bonne littérature et de saine morale.

Parmi les ouvrages présentés pour le prix de traduction fondé par M. Langlois, la plupart étaient naturellement consacrés aux grands anciens, poètes ou prosateurs, toujours traduits et que toujours on aime à traduire encore. Horace et Virgile, Perse et Homère, Sénèque et Cervantès ont eu, cette fois, à lutter contre des œuvres contemporaines, dont trois, d'inégal mérite, frappaient particulièrement l'attention de l'Académie.

Pendant que M. Alfred Rambaud préparait en Russie l'excellent ouvrage dont je vous parlais tout à l'heure, un écrivain anglais, alors peu connu, célèbre aujourd'hui, M. Mackensie Wallace, poursuivait le même but, faisait le même voyage, se livrait au même travail, voyant tout, apprenant tout, pénétrant à la fois dans les institutions anciennes du pays, dans ses mœurs actuelles et dans ses besoins nouveaux; et bientôt, voilà deux ans à peine, le fruit de ses études paraissait à Londres sous ce titre : *la Russie, le Pays, les Institutions, les Mœurs*. Le succès fut tel que 35 000 exemplaires s'en vendirent en quelques semaines.

Si bon qu'il soit, et si grande que puisse être sa popularité en Angleterre, ce n'est pas cet ouvrage que l'Académie couronne; il échappe à nos récompenses, sans pouvoir échapper à nos éloges. En le traduisant, M. Henri Bellenger a fait une œuvre utile; il a fait une œuvre agréable en lui prêtant le charme d'un style élégant et correct.

L'Académie lui décerne le prix Langlois.

Sous ce titre : *Théorie générale de l'État*, M. Bluntschli, professeur à l'Université d'Heidelberg, correspondant de l'Institut de France, a publié un livre savant et purement théorique dont le succès d'un autre ordre, sans égaler celui qu'obtenait en Angleterre l'ouvrage de M. Mackensie Wallace, fut aussi, en Allemagne, très grand et très honorable. Rempli d'idées auxquelles je ne reproche pas d'être anciennes, quand elles sont présentées d'une façon ingénieuse qui les rajeunit, cet ouvrage abonde en détails historiques fort intéressants et se fait remarquer par des jugements, qui sont des arrêts, sur les hommes et sur les choses.

Au point de vue spécial du concours Langlois, ce livre

a le mérite d'être traduit en bon style, élégant et clair.

Rendant justice à ces qualités, l'Académie m'a recommandé de mentionner ici avec honneur le nom et le travail du traducteur français, M. Armand de Riedmatten, docteur en droit, avocat à la Cour d'appel de Paris.

Un pareil témoignage de sympathie et d'encouragement est accordé par elle à M. le baron d'Estournelles de Constant, pour sa traduction du drame de *Galatée*, qu'un jeune poète grec, mort récemment avant l'âge, mais non avant la célébrité, M. Basiliadis, faisait, il y a peu d'années, représenter et applaudir, à la clarté du gaz, sur le premier, sur le seul théâtre d'Athènes. Cette résurrection de l'antique est, pour le moins, curieuse et originale; elle nous montre comment l'art dramatique est compris maintenant dans la patrie d'Eschyle et de Sophocle; je devrais dire surtout dans la patrie d'Euripide, puisque Euripide, ainsi que nous le rappelait ici dernièrement, avec tant d'esprit et de grâce, le plus jeune de nos confrères, osa le premier ouvrir à l'amour les portes de la scène tragique; jusqu'ici, l'amour avait le mérite d'avoir donné la vie à Galatée; il lui donne aujourd'hui la mort.

L'Académie n'a pu voir sans intérêt cette œuvre toute moderne d'un petit-fils des grands anciens. Je félicite en son nom le jeune traducteur, qui, déjà connu d'elle, se recommande doublement à ses yeux par plusieurs travaux littéraires distingués et par le souvenir protecteur de Benjamin Constant, son grand-oncle.

Quand, l'année dernière, l'Académie ayant à décerner,

pour la première fois, le prix Archon Despérouses, l'at-
tribuait à la belle et importante publication des *Grands
Écrivains de la France*, parmi les meilleurs et les plus
utiles collaborateurs de notre savant confrère M. Adolphe
Régnier, je nommais d'abord M. Marty-Laveaux à qui
cette vaste collection était redevable d'une édition de
Corneille et d'un lexique de Racine.

Pour d'autres titres, pour d'autres travaux plus personnels, M. Marty-Laveaux s'est présenté directement,
cette année, au concours fondé par M. Archon Despérouses et spécialement affecté à la science philologique,
à l'étude de notre langue et à ses monuments de tout
âge.

Sa *Pléiade française*, qui permet d'apprécier saine-
ment l'école de Ronsard; les textes fidèles et corrects
de Rabelais que nous lui devons; son édition de La Fontaine, remplie de rectifications et d'éclaircissements
précieux; sa *Grammaire historique*, qui explique les
anomalies apparentes de notre langue, en les présentant
comme des débris du langage de diverses époques, ré-
pondent à tous les désirs, à toutes les prescriptions du
programme et témoignent d'une connaissance approfondie
et délicate des moindres particularités de la philologie
française.

Le montant annuel de cette fondation s'élevant à quatre
mille francs, l'Académie a cru devoir en former deux
prix inégaux ; le plus considérable, de deux mille cinq
cents francs, mérité en première ligne par un vétéran de
la science, est décerné à M. Ch. Marty-Laveaux.

L'autre, de quinze cents francs, est attribué, par contre,

à un débutant, à un jeune érudit déjà très connu en France
et à l'étranger, M. Arsène Darmesteter, pour deux mémoires sur les noms composés et sur le néologisme. Le
bagage semble mince au premier coup d'œil; mais il a
son poids et sa valeur. M. Darmesteter a groupé dans
quelques pages une suite d'études curieuses sur l'orga-
nisme, sur la structure du langage, sans négliger même
l'examen de ce que le xviiᵉ siècle appelait dédaigneuse-
ment le jargon. Cette méthode rigoureuse, absolue, qui
s'occupe des causes plus encore que des résultats, n'est
pas née en France; mais elle s'y acclimate depuis quelque
temps avec succès. Elle méritait qu'on l'encourageât, et,
l'occasion étant bonne, l'Académie l'a saisie avec empressement.

Quatre-vingt-treize ouvrages seulement nous ont été
adressés cette année pour le concours Montyon (ouvrages
utiles aux mœurs). Je dis seulement, parce que, d'habitude, en 1877 par exemple, et surtout en 1876, c'est
à cent vingt que s'était élevé le chiffre des concurrents.

Ne vous hâtez pas, Messieurs, d'en conclure que le
nombre de nos prix ait dû diminuer d'autant; au contraire. Si nous avons reçu moins de livres, nous nous
sommes vus, à regret, entraînés à en récompenser encore
davantage. Dans des proportions plus ou moins grandes,
et avec plus ou moins de faveur, onze ouvrages vont être
couronnés devant vous, et ce ne sera pas tout. Je com-
mencerai par en mentionner, par en désigner sommai-
rement quelques-uns auxquels, sans pouvoir s'y arrêter

tout à fait, l'Académie a voulu donner, en passant, un témoignage d'intérêt et d'encouragement.

Avant tout, Messieurs, j'ai à vous parler d'un livre qui, tout en se présentant au jugement de l'Académie, se plaçait, pour ainsi dire, en dehors du concours; sollicitant moins une récompense effective qu'une sorte de consécration morale, et d'approbation honorifique.

Sous ce titre : *Feuilles volantes*, M. Louvet, ancien ministre, a publié un recueil de pensées dont on ne saurait trop louer la justesse, la solidité et l'honnête modération. C'est le résumé d'une noble vie, vouée au culte des sentiments les plus élevés, à la pratique de la vertu et à l'amour du bien public.

En mourant, M. Garsonnet, ancien inspecteur général de l'instruction publique, avait laissé derrière lui, publiés déjà, mais épars dans les journaux et les revues, des articles, des notices, des études qui méritaient qu'on les recueillît et qu'une publicité plus durable leur fût assurée.

La piété de son fils s'est chargée de ce soin. Les œuvres de M. Garsonnet ont été réunies dans un volume vraiment agréable et intéressant, intitulé : *Essai de critique et de littérature.*

Comme l'ouvrage de M. Louvet, ce livre ne pouvait passer inaperçu. L'Académie les a distingués l'un et l'autre avec une sympathie toute particulière.

Après eux et au-dessous d'eux, elle a vu avec intérêt deux honnêtes romans, et trois charmants recueils de poésies : *la Casa giojosa* par mademoiselle Benoît, directrice d'un pensionnat de demoiselles à Reims, et *la*

Pupille de Salomon, par mademoiselle Marthe Lachèze, d'Angers; *Poèmes anecdotiques*, par M. Louis Tronche; *Poèmes sincères*, par M. Chantavoine; et *Jours d'été*, par M. Gaston David.

Déjà connu de l'Académie, déjà mentionné honorablement dans l'un de nos derniers rapports, M. Gaston David se distingue toujours par une grande pureté de langage et une rare délicatesse de sentiments. Il en est de même de M. Chantavoine, dont la muse gracieuse et discrète a le vol plus soutenu qu'élevé, plus doux que présomptueux ; tandis que M. Louis Tronche se fait remarquer, au contraire, par sa verve, sa force, et sa hardiesse. Récemment couronné dans la patrie de Clémence Isaure, M. Louis Tronche mérite qu'après Toulouse, Paris l'encourage encore. Comme M. Chantavoine et M. Gaston David, il est de ceux avec qui l'on compte et sur qui l'on aime à compter.

Non moins intéressante et non moins vertueuse que *la Pupille* de mademoiselle Lachèze, *la Casa giojosa* de mademoiselle Benoît a déjà valu à son estimable auteur une des médailles de la Société d'encouragement au bien. Ce livre, qui semble composé tout exprès pour le concours des ouvrages utiles aux mœurs, est, à coup sûr, un des plus agréables et des plus édifiants que les mères puissent, sans crainte, mettre entre les mains de leurs filles.

Trois prix de deux mille francs chacun ; cinq de quinze cents francs ; et trois de mille francs ; onze en tout, voilà, Messieurs, je le répète, le résultat du concours fondé par M. de Montyon.

L'Académie les décerne aux ouvrages suivants savoir :

Prix de 2,000 francs.

Un Homme d'autrefois, souvenirs recueillis par son arrière-petit-fils, M. le marquis Costa de Beauregard ;

Montcalm et le Canada français, par M. Charles de Bonnechose ;

Dosia, par Henry Gréville.

Prix de 1,500 francs.

Autour du foyer, par M. Octave Noël ;

Dans les herbages, par M. Gustave Levavasseur ;

Poèmes et Poésies, par M. Prosper Blanchemain ;

Mademoiselle Sauvan, par M. Émile Gossot ;

Le Mont Blanc, par M. Charles Durier.

Prix de 1000 francs.

L'Égypte à petites journées, par M. Arthur Rhoné ;

Le Pôle et l'Équateur, par M. Lucien Dubois ;

Essai sur la critique d'art, par M. A. Bougot.

Un Homme d'autrefois, par M. le marquis Costa de Beauregard, et *Montcalm et le Canada français*, par M. Charles de Bonnechose, sont deux études très intéressantes ; des ouvrages d'histoire, plus encore que des biographies historiques.

L'histoire d'*Un Homme d'autrefois* a ce premier mérite d'être écrite par un homme d'aujourd'hui.

Français d'hier, appartenant à la plus haute noblesse de l'ancienne Savoie, M. le marquis Costa de Beauregard se battit héroïquement en 1870, à la tête du bataillon décimé des mobiles savoyards, qu'il commandait, et, tandis qu'un de ses frères, Olivier Costa de Beauregard, jeune sous-lieutenant de lanciers, tombait en brave, frappé au front, sur un de nos champs de douleur, il versait, lui aussi, une part de son sang pour la défense..., que ne puis-je dire pour le salut de sa nouvelle patrie !

De pareils souvenirs eussent protégé un autre livre; celui-ci n'en avait pas besoin, se recommandant de lui-même.

A l'âge de quinze ans à peine, celui dont son petit-fils vient d'écrire l'histoire, Henri de Costa, est amené à Paris, en 1767, et rien de plus curieux, rien de plus piquant que de voir ce jeune homme, cet enfant, dans les lettres, plus mûres que lui, qu'il ne cesse d'écrire à son père et à sa mère, parler de tout à la fois, des hommes et des choses : de Diderot qu'il évite et de Marmontel qu'il recherche ; de Michel Vanloo, de Greuze et de Boucher, à qui il ne craint pas de montrer lui-même ses premières esquisses ; jugeant volontiers, avec un peu d'aplomb peut-être, mais avec beaucoup d'esprit, de finesse et de malice, les grands écrivains et les grands artistes de son temps.

. Devenu plus tard l'intime ami de Joseph de Maistre, le marquis libéral ne partage pas toujours ses idées philosophiques; mais à ces différences mêmes d'opinions nous devons de mieux connaître le noble comte, et de connaître surtout de lui des lettres nouvelles qui sont vraiment admirables. Plus tard encore, le contre-coup de la Révolution française ayant retenti au delà des Alpes, Henri de Costa se rencontre un jour avec le vainqueur de Montenotte, avec le général Bonaparte, pour discuter, au nom du roi de Piémont, la suspension d'armes de Cherasco, dans une scène dont l'effet dramatique est des plus puissants. Le temps marche et l'intérêt du livre augmente à chaque page. Le retour du marquis auprès de sa famille émigrée et sa visite nocturne au château ruiné de Beauregard émeuvent le lecteur comme pourrait le faire un roman.

Dans cette histoire de plus d'un siècle, où deux nationalités, et, par conséquent, deux patriotismes se trouvent en présence, souvent en lutte, avant de s'unir et de se confondre, l'Académie française, qui comprend tous les sentiments mais qui n'en a qu'un, a dû naturellement faire certaines réserves que je devrais reproduire ici en son nom. Elle aime mieux rendre hautement justice à l'ensemble de l'ouvrage, à l'élévation des pensées généreuses qui le remplissent et qui sont exprimées dans un style d'une grande élégance et d'une rare distinction.

Aucune réserve ne saurait être faite par le patriotisme le plus ombrageux contre l'ouvrage de M. Charles de Bonnechose : *Montcalm et le Canada français*. Tout est français dans son livre, comme tout est resté français dans ce beau pays perdu pour la France, mais où, depuis plus d'un siècle, le souvenir de la France n'a pas cessé de régner encore.

Une poignée de Français luttant, sans secours, contre

l'armée anglaise puissante et pourvue de tout : voilà le drame navrant et glorieux à la fois qui se déroule, devant nos yeux, devant nos cœurs, dans ce livre touchant, et plein d'une émotion sincère.

Magistrat estimé, mais condamné d'avance, en quelque sorte, à devenir un jour écrivain, M. Charles de Bonnechose reçut en naissant un nom cher aux lettres, un nom respecté, dont il s'honore et qu'il honore. A son père, M. Émile de Bonnechose, l'Angleterre et la France doivent deux de leurs meilleurs histoires, et, de son côté, l'Académie se souvient avec plaisir qu'en 1833, à pareil jour, à pareille fête, quand, ayant mis au concours pour le prix de poésie *la Mort de Bailly*, elle en couronnait ici l'auteur, c'est le nom de M. de Bonnechose qui, pour la première fois, et non pour la dernière, était applaudi dans cette enceinte.

Plusieurs romans estimables, inspirés par les sentiments les meilleurs, étaient adressés à ce concours, où leur part naturellement ne peut être que très restreinte. Une femme distinguée qui, sous le nom de Henry Gréville, a conquis depuis quelque temps en France, comme elle l'avait fait en Russie d'abord, une renommée honorable, nous avait, entre autres, présenté quatre de ses ouvrages ; le dessus de son panier, sans doute. Elle aurait pu n'en rien garder et, fleurs et fruits, y joindre presque tout le reste. N'ayant que l'embarras du choix, l'Académie a compris et englobé tout ce charmant bagage dans une seule et même récompense, dans un de ses premiers prix, qu'elle décerne à *Dosia;* œuvre exotique et exquise, aimable entre toutes, élégante et de bonne

compagnie; très attachante aussi, comme un petit drame
du grand monde, et d'une exécution à part qui, a son
cachet, sa grâce et son charme ; pleine de touches légères,
de nuances subtiles et délicates.

« Ça se respire plus que ça ne se définit, et ça sent
très bon », a dit, de ce livre et de ce talent, celui de nos
confrères qui s'y connaît le mieux, étant lui-même le
modèle que madame Gréville semble le plus vouloir
imiter; de loin encore.

Au sortir du salon élégant et parfumé, le livre de
M. Gustave Levavasseur nous conduit brusquement *dans
les herbages;* c'est-à-dire dans la chaumière, dont l'o-
deur... locale nous saisit d'abord à la gorge. Ce livre est
l'œuvre d'un gentilhomme qui fait valoir ses terres et qui,
tantôt en vers, tantôt en prose, esquissant, *inter amicos,*
des *études d'après nature,* et des *portraits rustiques*
d'une grâce originale, écrit comme ses fermiers labou-
rent, avec une grande vigueur d'exécution, dans un style
savoureux, à la fois brillant, simple et fort. Il semble
n'avoir étudié qu'un petit coin de la Normandie : mais
ce petit coin est à lui; il le sait par cœur et il se plaît à
nous le montrer, en vrai propriétaire qu'il est, dans ses
moindres détails, sans en rien omettre; faisant volontiers le tour d'un brin d'herbe, nous le faisant faire
avec lui, et nous amenant bientôt à y trouver du plaisir.

Ce livre étrange, au parfum champêtre, n'a rien de
commun avec la grâce ambrée de *Dosia.* Les rapprochant
sans les confondre, et faisant à chacun sa part, l'Académie, qui ne s'effraye d'aucun contraste et que charment

tous les talents, les a couronnés l'un et l'autre, l'un après l'autre.

Voici un livre utile, qui se présente sans bruit et sans étalage, sous un titre peu fait pour piquer la curiosité publique et pour se concilier d'avance l'attention du lecteur : *Autour du foyer*.

Déjà, sans doute, on a publié un grand nombre de livres spéciaux destinés à répandre les connaissances usuelles, et à mettre la science de l'économie domestique et politique à la portée de tout le monde ; mais, presque toujours, arides comme les sujets qu'ils traitent, ces manuels manquent le but qu'ils devraient atteindre.

Souvent mêlé d'anecdotes agréables, écrit d'ailleurs avec beaucoup de clarté et de charme, l'ouvrage de M. Octave Noël a cela d'excellent qu'il ne sépare pas la morale de l'instruction. Bon à lire *autour de tous les foyers*, pour les gens du monde comme pour les ouvriers, il contient des notions élémentaires très précieuses, sur la fortune publique et privée, sur la formation de la propriété, sur le capital, le crédit et les institutions de banque ; il démontre l'heureuse influence des machines substituées au travail manuel, qu'elles ne dépossèdent pas entièrement, mais dont elles sont les plus utiles auxiliaires ; il fait la part du bon luxe et celle du mauvais ; il va enfin jusqu'à justifier l'impôt en le défendant contre les préjugés qui l'attaquent.

Somme toute, et dans son ensemble, cet ouvrage est très estimable ; il rentrait particulièrement dans les conditions de notre concours, et M. de Montyon l'eût encouragé avec plaisir.

Au nom de cet homme de bien, qui nous en a légué la tâche, l'Académie encouragea jadis et récompensa souvent, sans jamais croire l'honorer assez, une femme... de bien, elle aussi, dont M. Émile Gossot, dans un petit livre simplement publié sous ce titre : *Mademoiselle Sauvan*, nous a retracé la vie modeste et les éclatants services.

« Sa vie est un modèle à suivre, » disait, en parlant de Franklin, notre cher doyen M. Mignet : « Chacun peut y apprendre quelque chose ; le pauvre comme le riche, l'ignorant comme le savant, le simple citoyen comme l'homme d'État. »

La vie de mademoiselle Sauvan est aussi un modèle à suivre ; le pauvre comme le riche, l'ignorant comme le savant, chacun peut y apprendre quelque chose. Première inspectrice des écoles de filles de la ville de Paris, mademoiselle Sauvan eut ce mérite et cet honneur de réformer, de transformer l'enseignement primaire. Son œuvre lui a survécu, et, la trace féconde qu'elle a laissée derrière elle, elle n'a pas à craindre que rien l'efface.

Peu d'hommes ont fait autant de bien et répandu autant de lumière que cette petite femme d'un si grand cœur et d'une si grande énergie, de qui Delille semblerait avoir dit d'avance, comme des abeilles de Virgile :

> Et dans un faible corps s'allume un grand courage.

Plusieurs des livres qu'elle publiait dans l'intérêt de l'enseignement ayant été alors récompensés par l'Académie qui jamais ne voulait se trouver quitte envers elle :

— Donnez-nous-en un tous les ans et nous le couronne-rons, lui disait M. Villemain en 1840.

C'était donc à l'auteur plus qu'à l'ouvrage, à la femme surtout, à ses vertus, à son zèle, à son dévouement que s'adressaient des encouragements toujours mérités et jours offerts.

Aujourd'hui, Messieurs, c'est encore mademoiselle Sauvan que l'Académie couronne, en accordant un prix à la notice pleine d'intérêt que M. Émile Gossot vient de consacrer à sa mémoire.

M. Prosper Blanchemain est un érudit fort distingué, dont tout le monde a lu la savante étude sur *Ronsard* et les curieuses notices sur les *Écrivains de la Renaissance*; un érudit et un poète! Le poète seul a frappé à notre porte. Elle s'est ouverte avec plaisir devant les cinq volumes de vers qu'il nous présentait et qui contiennent l'ensemble de ses travaux poétiques pendant sa longue et laborieuse carrière si honorablement remplie.

Ne pouvant couronner à la fois cinq volumes du même auteur, l'Académie a particulièrement remarqué, a choisi comme le plus complet et le plus digne de recevoir la consécration qu'ils méritaient tous, celui qui porte ce titre simple et sans prétention : *Poèmes et poésies*. L'élé-vation s'y fait remarquer à chaque page et la forme en est toujours élégante, agréable et pure.

Si la muse ailée de M. Blanchemain nous a emportés un moment avec elle dans les hauteurs poétiques de l'*idéal*, voici celle de M. Charles Durier qui, d'un autre air et d'une autre allure, *musa pedestris*, armée de haches, de cordes et de bâtons ferrés, toute vêtue de velours et guêtrée de chamois, comme un *Balmat de Chamonix*, s'empare de nous et, de force d'abord, de bon gré ensuite, tant il y a plaisir à la suivre dans sa lutte héroïque contre la nature, nous transporte tout haletants, mais tout éblouis, jusqu'au sommet du jeune Mont-Blanc, plus rude à franchir que l'ancien Parnasse et que le vieil Hélicon. Rien de plus intéressant et de plus instructif que ce terrible voyage, si commodément fait, en bonne compagnie, avec un pareil guide, solide, aimable et savant, qui nous dispenserait de partir de Paris pour aller visiter *sa montagne*, s'il ne nous en donnait, au contraire, le goût, l'envie et le besoin.

Les trois ouvrages suivants, aussi estimés que les autres, n'eussent pas été matériellement moins récompensés qu'eux, si les ressources de la fondation l'eussent permis. Peut-être ne rentraient-ils pas tout à fait dans les conditions précises de notre concours, et peut-être, sans méconnaître leur mérite, l'Académie s'est-elle encore demandé si, en accueillant deux livres de science et un livre d'art, elle n'empiéterait pas trop sur la frontière des voisins.

C'est en savant plus qu'en touriste que M. A. Rhoné a parcouru *l'Égypte à petites journées*, et l'excellent livre dans lequel, avec ses impressions et ses souvenirs, il a consigné le fruit heureux de ses recherches, est un ouvrage d'érudition, qui se recommandait particulièrement à notre estime par l'élégance d'un style brillant, correct et distingué.

M. Lucien Dubois n'a pas fait, comme M. Charles Durier et M. A. Rhoné, le grand voyage qu'il nous fait

6

faire *au Pôle et à l'Équateur*; mais il a studieusement
puisé aux meilleures sources; il s'est instruit pour nous
instruire; si bien qu'on s'y trompe et que, dans son livre,
qui n'a rien d'un roman que l'intérêt, on voit, grâce à
lui, tout ce qu'il n'a pas vu lui-même.

L'*Essai sur la critique d'art*, par M. Bougot, comprend
deux parties : la première, toute théorique, sur l'utilité
de la critique d'art, sur ses règles et ses principes, est
un long développement esthétique, sage, raisonnable et
instructif. Dans la seconde partie, M. Bougot fait, dans
des conditios nouvelles et très distinguées, l'histoire de
la critique d'art en France. On ne peut trop louer ce qu'il
dit de Félibien, de Du Bos et de Diderot surtout; jamais
peut-être ce côté important de l'histoire de nos deux
grands siècles littéraires n'avait été mieux étudié ni plus
clairement mis à la portée du lecteur.

J'en ai fini, Messieurs, avec le concours Montyon, et, à
proprement parler, avec tous les concours dont l'Académie est chargée.

Trois prix qui, ceux-là, ne sont pas l'objet d'un concours, restent à proclamer encore : le prix Lambert,
le prix Maillé-Latour-Landry et le prix sans nom, mais
non sans honneur, qu'un de nos anciens et illustres confrères légua en 1873 à l'Académie, *pour être employé,
comme elle l'entendra, dans l'intérêt des lettres.*

Ce dernier prix, dont le montant formé par le produit
annuel d'une action de la *Revue des Deux Mondes*,
s'élève, pour cette fois, à 5,750 francs, est décerné par
moitiés égales, sans préférence et sans distinction, à

deux poètes: M. Édouard Grenier et M. Joséphin Soulary.

Trois fois déjà, M. Éd. Grenier avait obtenu de l'Académie des encouragements et des récompenses : en 1860, au concours Montyon, pour un volume intitulé : *Petits Poèmes*; en 1867 et 1869, au concours de poésie, pour deux pièces de vers très justement remarquées : *La Mort de Lincoln* et *Seméïa*. Nous le connaissions, en outre, comme auteur d'un volume de *Poèmes dramatiques*, et d'un autre poème intitulé *Marcel*, dans lequel la passion politique jouait peut-être un trop grand rôle, mais dont le mérite littéraire avait été par tous apprécié à sa juste valeur. En sollicitant de nouveau les suffrages de l'Académie, M. Édouard Grenier était certain d'avance de ne rencontrer chez nous que de bons souvenirs, des préventions favorables et une grande estime pour son talent comme pour sa personne.

Jamais, au contraire, M. Joséphin Soulary n'avait rien demandé à l'Académie, et son premier appel a été entendu, prévenu même, avec d'autant plus d'empressement et de sympathie. M. Joséphin Soulary habite et a toujours habité la ville de Lyon; mais sa réputation l'avait devancé à Paris, et, quand, cette année, il nous a envoyé ses vers, déjà l'Académie se préparait à les couronner.

S'il n'atteint pas la perfection absolue, M. Soulary s'en rapproche dans quelques-uns de ses sonnets, et se distingue par beaucoup de verve, de passion et de fierté : tantôt par des touches douces et gracieuses, tantôt par une puissante énergie. C'est un esprit essentiellement moderne, qui, parfois, va jusqu'à se montrer injuste envers les anciens. Quelques mots malséants lui ont échappé contre Malherbe et contre Boileau lui-même; nous nous reprocherions de ne pas les lui reprocher.

Poète par le tempérament plus que par le sentiment, M. Soulary n'élève presque jamais sa pensée dans les hauteurs religieuses du spiritualisme; la terre est sa patrie, il y reste, s'y complaît à la fois et s'y déplaît. S'il s'en détache un peu, ce n'est guère que dans ses dernières œuvres. Présentant son talent sous un nouveau jour, elles ajoutent aux titres qui le signalaient à la bienveillance de ses juges.

C'est un des premiers devoirs de l'Académie, une de ses tâches les plus douces, de tendre la main à la jeunesse et d'encourager les débuts. Très jeune encore, M. Gustave Toudouze a déjà publié plusieurs romans qui se distinguent par l'élégance de la forme et par l'honnête élévation des sentiments. Dans chacun d'eux, dans *la Coupe d'Hercule*, *le Coffret de Salomé*, *Octave*, *la Sirène* et *le Cécube*, l'Académie a retrouvé avec plaisir les mêmes qualités, et volontiers elle eût attribué à M. G. Toudouze la totalité du prix fondé par M. le comte Maillé-Latour-Landry.

Des mérites différents et des titres d'un autre ordre recommandaient en même temps à son attention un homme de bien, qui, dans la maturité de son âge, a paru digne aussi d'obtenir un témoignage de sympathie et d'intérêt. Ancien capitaine de dragons, blessé en Afrique et contraint dès lors de renoncer au service militaire, M. Émile Andrieu a écrit avec son épée deux volumes intitulés : *Scènes et Tableaux de la vie d'Afrique* que,

l'année dernière, il présentait à notre concours des ouvrages utiles aux mœurs. Le souvenir n'en a pas été vainement invoqué.

Ainsi, Messieurs, deux écrivains que trente années
séparent, se trouvent réunis à cette heure. Couronnant
l'un au choix et l'autre à l'ancienneté, l'Académie décerne le prix Maillé-Latour-Landry, chacun par moitié,
à M. Emile Andrieu et à M. Gustave Toudouze.

Un mot encore, Messieurs, et je m'arrête ; heureux de
céder enfin la parole à notre savant directeur[1] pour qu'à
son tour il proclame d'autres récompenses accordées, non
plus à de bons livres, mais à des bonnes œuvres, à des
actes de vertu, de courage et de dévouement.

Avant son rapport, que vous attendez, et qui vous dé
dommagera de la longueur et de l'aridité du mien, un de
nos confrères, habile en l'art de bien dire, lira devant
vous quelques passages tirés des deux *Éloges de Buffon*
qui, l'un et l'autre, je vous le rappelle, ont obtenu le prix
d'éloquence. Tous deux méritent d'être écoutés avec une
égale faveur ; mais ce n'est pas, j'en suis sûr, sans quelque
émotion que vous entendrez un fragment du beau et bon
travail de ce pauvre Narcisse Michaut, si cruellement, si
fatalement interrompu par la mort,

Pendent opera interrupta !

Cette devise, Messieurs, pourrait être aussi celle du
lauréat dont il me reste à prononcer le nom. C'est sur un

---

1. M. J.-B. Dumas.

6.

lit de douleur que j'ai à déposer la dernière couronne de l'Académie.

Très connu et très aimé dans le monde des lettres où sa vie était facile, heureuse et brillante, M. Xavier Aubryet s'est vu subitement, en 1874, foudroyé, terrassé, paralysé à l'âge de la grande force : son intelligence aujourd'hui survit seule à la ruine de tous ses organes. Couché toujours, non pour dormir, mais pour souffrir, entièrement aveugle, et de ses mains raidies ne pouvant même plus signer son nom, il travaille encore, Messieurs, il pense encore, il dicte encore, et son dernier ouvrage intitulé : *Chez nous et chez nos voisins*, est un charmant livre, plein d'esprit, de bon sens, de bonne humeur, de gaieté même... qui fait pleurer !

Son honorable fondateur l'ayant destiné surtout *à un homme de lettres auquel il serait juste de donner une marque d'intérêt public*, le prix Lambert ne pouvait recevoir un meilleur, un plus digne emploi. Avec une touchante unanimité qui sera, j'espère, une consolation pour ce patient, pour ce martyr, qui, dans sa préface, hélas ! s'appelle lui-même le supplicié, l'Académie a décerné le prix Lambert à M. Xavier Aubryet.

SÉANCE PUBLIQUE ANNUELLE

DU JEUDI 7 AOUT 1879

Messieurs,

On m'a reproché d'abuser de votre patience. On a eu raison, et, malheureusement, voilà que, plus que jamais, je vais mériter ce reproche. Presque triplé depuis dix ans, le nombre de nos concours vient de s'accroître encore. Ceux qui me suivront, dans ce nouveau voyage à travers les livres, trouveront donc la route bien longue, et m'en voudront, j'en ai peur, de m'attarder à chaque station. Plus d'un, en revanche, parmi ceux dont la part vous aura semblé trop grande, m'accusera au contraire d'avoir dérobé quelque chose à l'éloge qu'il se croyait dû.

Trois nouveaux prix : *le prix Monbinne, le prix Juglar et le prix Jean Reynaud,* vont, dans cette séance, être décernés pour la première fois par l'Académie qui, chargée souvent d'une tâche ingrate, trouve toujours son

dédommagement et sa récompense dans le bien à faire,
dans le talent à encourager.

Le prix Jean Reynaud, Messieurs, s'il est le dernier
venu de nos prix, en devient aussitôt le premier par sa
valeur, par son importance. Il consiste dans une somme
annuelle de dix mille francs que chacune des cinq classes
de l'Institut doit, à son tour, et sans pouvoir la diviser,
décerner à une œuvre originale, élevée, ayant un caractère d'invention et de nouveauté, et qui se serait produite
dans une période de cinq ans.

Voilà un beau programme! trop beau peut-être.

Il y a quinze ans, un vrai philosophe, un rare écrivain,
dont l'Institut ne demandait qu'à s'enrichir, M. Jean
Reynaud, mourait avant l'âge, laissant après lui la gloire
d'un nom sans tache; si honoré qu'un de nos meilleurs
confrères a pu dire de lui : *C'était presque le plus bel
exemplaire de l'homme qu'il m'ait été donné d'admirer.*
Poète autant que savant et qu'historien, M. Jean Reynaud avait, au plus haut point, témoigné de ces qualités
diverses dans la composition de deux ouvrages fondamen-
taux dont notre jeunesse salua l'apparition et dont près
de quarante années n'ont pu que consacrer le succès.
Terre et Ciel et *l'Esprit de la Gaule* mériteraient que
l'Académie leur attribuât le prix fondé en souvenir de
leur auteur. C'est à de pareilles œuvres que devait songer,
en rédigeant son programme, la noble femme qui, après
avoir partagé et charmé la vie du philosophe, vient, par

un généreux sacrifice, de lui élever un monument qui ne peut manquer de rendre sa mémoire impérissable, en la faisant toujours bénir.

Pour fonder un prix pareil, l'argent ne suffit pas ; il faut que les sentiments soient au-dessus de la fortune. Et, quand une fois le prix existe, pour le bien donner, la difficulté n'est pas moindre. Madame Jean Reynaud avait cru simplifier les choses en stipulant que les membres de l'Institut pourraient prendre part au concours. L'Académie en a décidé autrement, pour cette fois du moins, et sans engager l'avenir. L'embarras du choix était devenu trop grand pour elle ; tant de nos confrères pouvant y prétendre ; soit que, se taisant, ils laissassent leurs œuvres se présenter d'elles-mêmes ; soit que, cédant aux instances de leurs amis, ils consentissent à entrer franchement dans l'arène, où bientôt, sortant de leurs tombes, d'illustres morts allaient revivre tout à coup pour leur disputer la couronne. Si glorieuse que fût la lutte, elle eût été trop pénible entre amis, entre confrères, entre membres d'une même famille. Chacun a reculé devant ce péril, et l'Académie s'est récusée la première, estimant que, pour elle, il est plus digne de donner que de recevoir.

Plusieurs poètes, dont, je dois le dire, aucun n'avait sollicité nos suffrages, ont, tout d'abord, et à leur insu, obtenu cet honneur de nous être dénoncés par leur talent. Méritant tous la préférence, par l'ensemble de leurs travaux, comme par l'éclat de leurs succès et de leurs bonnes renommées, les uns avaient contre eux le souvenir de récompenses trop récentes, qui les recommandaient pourtant ; les autres, par la date de leurs derniers ouvrages, se trouvaient placés de droit en dehors des conditions du programme ; l'un d'eux enfin, que le danger n'effraye jamais, avait poussé la modestie jusqu'à décliner toute compétition. Plus on a de titres, plus on tient à s'en créer d'autres.

Parmi les candidats, peu nombreux d'ailleurs, qui nous avaient envoyé leurs livres, des raisons de principe en ont fait écarter deux ou trois. Le reste... il y a, pour ne pas nommer le reste, un vers de Corneille que vous connaissez mieux que moi.

Aux termes de la donation, je le répète, une œuvre originale, élevée, ayant un caractère d'invention et de nouveauté, et qui se serait produite dans une période de cinq ans, pouvait seule être couronnée. Cette œuvre existait, Messieurs. Par modestie ou par orgueil, elle aussi ne nous demandait rien ; mais son succès parlait pour elle. Pendant plus de cent représentations consécutives, le public avait applaudi, sur la première scène française, une tragédie héroïque, inspirée par les sentiments les plus nobles, par le patriotisme le plus élevé et le plus consolant ; une vraie tragédie, joignant même aux qualités du genre ce que, dans ses *Lettres sur OEdipe*, Voltaire n'a pas craint d'appeler ses défauts nécessaires. Une tragédie à l'heure qu'il est, c'est une nouveauté, Messieurs, et celle-ci, qui se jouera encore, était représentée pour la première fois il y a quatre ans, le 15 février 1875.

La voix publique nous a dicté notre choix. C'est à son autorité, à sa faveur, à sa justice, que répond l'Académie en décernant le prix *Jean Reynaud* à la tragédie populaire de M. le vicomte Henri de Bornier : *la Fille de Roland*.

Le prix Juglar ne présentait pas les mêmes inconvénients et ne soulevait pas les mêmes difficultés. La personne charitable qui en a eu la pensée généreuse et qui s'est voilée à demi en ne lui donnant que la moitié de son nom, avait voulu, sous la dénomination de *prix de madame Marie-Joséphine Juglar*, consacrer une somme de trois mille francs à aider un jeune homme ayant déjà fait preuve de talent, et à honorer un vieil écrivain estimé pour son mérite.

Estimé pour son mérite, comme pour l'honnêteté de son caractère, pour sa vie laborieuse et son infatigable vieillesse, l'auteur des *Contes de l'atelier*, de *Daniel le lapidaire*, des *Souvenirs d'un enfant du peuple*, de tant d'autres romans restés populaires et d'ouvrages nombreux applaudis sur tous nos théâtres, M. Michel Masson réunissait, et au delà, les conditions fixées par la donatrice. Une part du prix Juglar a été mise à sa disposition. En songeant à lui spontanément, l'Académie eût été heureuse de pouvoir lui offrir davantage.

Le surplus du prix a été attribué, pour deux mille francs, à un jeune poète, un peu indiscipliné, disait de lui le rapporteur bienveillant qui recommandait sa candidature à l'attention de l'Académie. M. Charles Cros a fait preuve de talent en composant des poésies dont l'une, intitulée *le Fleuve*, mérite d'être particulièrement remarquée. Nous connaissons de lui plusieurs saynètes en vers, originales et piquantes, qu'un comédien d'esprit a fait sou-

vent applaudir dans les salons de Paris. M. Cros sait
l'hébreu et possède, à un haut degré, le sentiment des
littératures étrangères. Il a présenté enfin quelques mémoires à l'Académie des sciences. En voilà plus qu'il n'en
fallait pour justifier notre choix. J'oublie à dessein un
nouveau petit volume de vers, quelque peu... gaulois,
dit-on, que M. Cros aurait publié depuis la décision de
l'Académie et dont l'Académie n'a pas eu à connaître.
Dans ces limites, et sous ces réserves qu'elle m'a chargé
de faire, l'Académie encourage avec plaisir dans M. Cros
un jeune poète, un jeune savant, et un jeune père de
famille, digne d'intérêt à tous ces titres.

En souvenir de leur ancien caissier, M. Théodore-
Nicolas Monbinne, deux agents de change de Paris, à qui
ce brave employé avait légué le fruit de ses économies,
M. Eugène Lecomte et M. Léon Delaville Le Roux, ont
fait don à l'Académie française, comme à l'Académie des
beaux-arts, d'une inscription de quinze cents francs de
rente à l'effet de fonder un prix biennal de trois mille francs,
qui porterait le nom de *prix Monbinne* et qui serait particulièrement applicable à des personnes ayant suivi la
carrière des lettres ou de l'enseignement.

Quand l'Académie française, accomplissant à son tour
sa douce mission, va, pour sa part, donner suite aux
intentions généreuses de ces deux messieurs, elle aime
à remercier, avant tout, le caissier fidèle qui, même après
sa mort, soucieux de son petit pécule, savait ce qu'il faisait en le plaçant si bien; elle aime à remercier aussi
ceux qui se sont doublement honorés en acceptant d'une

main, et en rendant de l'autre, un honnête argent, gagné par un honnête homme et dont ils ont fait un honnête emploi.

L'Académie a répondu de son mieux à leur confiance en partageant le *prix Monbinne* entre trois personnes dignes d'intérêt, d'estime et de sympathie : M. Xavier Aubryet, M. Albéric Second et madame veuve Henry Monnier.

Un prix du même genre, institué dans le même but, *le prix Lambert*, de la somme de seize cents francs, est décerné avec honneur à un respectable vieillard, âgé de quatre-vingt-dix ans et aveugle, M. P.-M. Quitard, qui, cette année, présentait encore à l'un de nos concours plusieurs de ses ouvrages récemment composés, tandis que, dans sa première jeunesse, à soixante et dix ans de distance, il s'était fait connaître et s'était même rendu populaire en publiant un très bon livre dans lequel nous avons tous appris à lire et à penser : *la Morale en action*.

Plus de six cent mille exemplaires de ce livre ont été vendus depuis lors, sans profit, mais non sans gloire, pour le digne homme qui, dans l'origine, avait cédé d'avance, à bas prix, la propriété de sa fortune.

L'an dernier, Messieurs, le grand prix Gobert, d'une valeur presque égale au nouveau prix Jean Reynaud, était décerné à M. Chantelauze pour son ouvrage sur *le cardinal de Retz et l'affaire du chapeau*.

En le proclamant ici, j'ajoutais : « M. Chantelauze se

7

propose de raconter encore, à l'aide de nouveaux documents, la lutte que le cardinal de Retz soutint pendant
sept années, dans la prison et dans l'exil, après l'extinction de la Fronde, contre Mazarin ; et les missions importantes dont Louis XIV le chargea plus tard auprès du
saint siège. »

M. Chantelauze a tenu parole, et cette seconde partie,
qui promettait de n'avoir pas moins d'intérêt que la première, il l'a publiée sous ce titre : *le Cardinal de Retz et
ses missions diplomatiques à Rome*.

Le chef de parti a fini son grand rôle d'agitateur politique, disait à l'Académie le savant historien auquel je
voudrais pouvoir emprunter la totalité de son rapport ; il
nous apparaît aujourd'hui sous un aspect nouveau,
comme un diplomate consommé, employant au service
de l'État sa grande expérience, sa merveilleuse sagacité
et toutes les ressources de l'esprit le plus subtil.

Moins piquant que le premier volume et d'un intérêt
moins vif, ce qui tient à la nature même du sujet, le
nouvel ouvrage de M. Chantelauze se distingue comme
l'autre par des qualités estimables ; son style, plus élégant et plus sévère, semble s'élever avec l'importance
des événements qu'il raconte.

Ces deux parties d'un même tout ne devant plus être
séparées, l'Académie les réunit et les récompense en
décernant de nouveau le grand prix Gobert à M. Chantelauze, pour l'ensemble de ses travaux sur le cardinal de
Retz.

Le second prix Gobert est attribuée à un très bon livre
de M. l'abbé Mathieu, professeur au séminaire de Pont-

à-Mousson : *L'ancien régime dans la province de Lorraine et Barrois* ; un de ces rares ouvrages qui, sous un
titre modeste, ont le grand mérite de tenir plus qu'ils ne
promettent.

L'histoire de la Lorraine, avec son organisation ecclé-
siastique, féodale, judiciaire, administrative et financière,
est exposée là de la façon la plus claire, et cette savante
étude, dont le but apparent est de nous faire connaître
une seule province, embrasse presque entièrement l'ensemble de la monarchie française. Équitable et modéré
dans les jugements qu'il porte sur les causes qui, en Lorraine comme ailleurs, ont préparé les bouleversements
de la Révolution, M. l'abbé Mathieu fait, avec conve-
nance et réserve, mais avec la plus louable impartialité,
la part de tous les torts, même des torts du clergé et des
ordres religieux ; il les diminue en n'affectant pas de les
méconnaître. Son style est excellent, et, quand un pareil
ouvrage semblait ne demander que de la correction, ce
n'est pas sans quelque surprise qu'on y trouve, par surcroît, l'agrément d'une élégance simple et naturelle.

Le livre de M. Ernest Denis sur *Huss et la guerre des
Hussites* est une œuvre considérable qui atteste une
grande érudition et une puissante faculté de travail. Les
symptômes précurseurs de la révolution religieuse du
xvi⁰ siècle apparaissent dès la fin du xiv⁰. Après un coup
d'œil jeté sur cette préface de son histoire, Jean Huss
entre en scène ; le voilà tout entier ; si sincère dans sa
piété, si courageux en présence d'un supplice horrible,
si fermement convaincu jusqu'au dernier moment qu'il

restait fidèle au catholicisme, alors qu'il en sapait les
bases fondamentales et qu'il ouvrait la porte à Luther.
L'indignation que sa mère excite en Bohême, le soulève-
ment de ce petit peuple qui, pour défendre sa nationalité
et sa religion telle qu'il la comprend, lutte avec succès
contre l'Église et l'Empire, repousse cinq invasions,
porte la guerre chez ses agresseurs qui d'abord s'éton-
nent et reculent : plus tard enfin, lorsque cinquante années de luttes ont épuisé ses ressources, lorsque la division s'est mise dans ses rangs, le respect qu'il continue
d'inspirer à ses ennemis et qui lui vaut d'obtenir la paix
à des conditions honorables : tels sont les tableaux que
déroule sous nos yeux l'intéressant ouvrage de M. Ernest
Denis. J'hésite à me demander si, à la sympathie, à l'admiration que ses héros lui inspirent ne se mêle pas un
peu d'exagération; ce qui s'expliquerait d'ailleurs par la
grandeur des événements et des caractères au milieu
desquels d'attrayantes études ont fait vivre longtemps
l'auteur de ce beau travail.

L'Académie lui décerne une moitié du prix Thérouanne; l'autre étant attribuée à M. Félix Rocquain,
pour son livre intitulé : *l'Esprit révolutionnaire avant
la Révolution.*

Préparée par la ruine des finances, par l'abus des
privilèges, par les querelles enfin et les luttes incessantes
des pouvoirs dirigeants, la Révolution était prévue longtemps avant qu'elle éclatât. Personne ne l'ignore. Elle
avait été prophétisée en termes effrayants par le marquis
d'Argenson, et Louis XV, avec son insouciance historique, prédisait que ses petits-fils auraient fort à faire

avec les *Républiquins*, — employant déjà ce mot, mais n'en sachant pas encore l'orthographe.

Le mérite du livre de M. Rocquain, c'est de nous présenter dans l'ordre chronologique et en s'appuyant sur des faits nombreux, sur des citations curieuses, les progrès de cette décomposition de l'ancienne monarchie; c'est de nous mettre à même d'apprécier graduellement, avec équité, la part qu'ont prise à ce mouvement ceux-là qui, par leurs fautes, pour ne pas dire plus, allaient le rendre inévitable, ceux-là qui, les premiers devaient en être victimes. L'esprit philosophique, que l'on considère volontiers comme ayant enfanté l'esprit révolutionnaire, nous apparaît, au contraire, comme en étant moins la cause que l'effet; la monarchie et la religion voyaient leur culte singulièrement affaibli, quand la jeune philosophie, timide jusqu'alors et se cachant dans l'ombre, osa lever son drapeau. L'ouvrage de M. Rocquain, ne fût-il qu'un recueil de documents, aurait déjà une grande valeur, qui s'augmente de l'habileté avec laquelle ont été mis en œuvre tous les matériaux qui s'y trouvent, non entassés, mais réunis.

Ayant épuisé les couronnes de ce concours, l'Académie a voulu, du moins, qu'un mot de souvenir témoignât ici de son estime pour une *Étude historique* pleine d'intérêt et d'agrément que M. le comte de Baillon a publiée *sur Henriette-Marie de France, reine d'Angleterre.*

Si préoccupée qu'elle soit toujours de ne pas déprécier

ses récompenses en les prodiguant, l'Académie résiste difficilement au plaisir d'encourager les bons livres par quelque témoignage de sympathie et d'approbation. Sa tâche s'en augmente; la nôtre aussi.

Sur les cinq mille francs, montant du prix fondé par M. Marcelin Guérin, elle en attribue quatre à M. Charles Aubertin pour son livre sur l'*Histoire de la langue et de la littérature française au moyen âge*. Le surplus est accordé à M. Gustave Boissière pour son ouvrage intitulé : *Esquisse d'une histoire de la conquête et de l'administration romaine dans le nord de l'Afrique et particulièrement dans la province de Numidie.*

Sur les trois mille francs montant de la fondation Bordin, deux mille sont attribués à M. Charles Schmidt pour son *Histoire littéraire de l'Alsace*, et mille à M. Lichtenberger, pour son *Étude sur les poésies de Gœthe*.

Ce n'est pas tout.

Deux autres ouvrages ont été distingués parmi ceux qui se présentaient pour ce dernier concours : l'*Italie au xvi° siècle*, par M. de Tréverret; *Camoëns et la Lusiade*, par M. Clovis Lamarre; et trois parmi les candidats au prix Marcelin Guerin : *Histoire de Henri de la Tour d'Auvergne, vicomte de Turenne, maréchal de France*, par M. L. Armagnac; *la Philothée de saint François de Sales, Vie de Madame de Charmoisy*, par M. Jules Vuy, ancien président de la cour de cassation du canton de Genève, et deux volumes de madame Mary Summer, intitulés : *Contes et Légendes de l'Inde ancienne; les Héroïnes de Kalidasa et les Héroïnes de Shakspeare*.

Ces cinq ouvrages, ne pouvant être couronnés comme

les quatre autres, ont paru mériter au moins d'être mentionnés dans ce rapport.

Écrit avec beaucoup de grâce, le recueil des *Contes et Légendes de l'Inde ancienne,* par madame Summer, rappelle agréablement les contes des *Mille et une Nuits,* dont Galland a pris la fleur. Le second volume, dans lequel les héroïnes du vieil Hindou sont ingénieusement, et un peu subtilement, comparées aux incomparables héroïnes du grand Anglais, est rempli de portraits fins et délicats; il contient, en outre, des documents instructifs et précieux qui, sous le pseudonyme dont elle se couvre, font reconnaître dans leur auteur, la femme, savante elle-même, d'un très savant orientaliste, M. Foucaux, professeur au Collège de France.

En racontant l'histoire touchante d'une sainte parente de saint François de Sales, M. Jules Vuy a fait un bon livre doublement utile par l'exemple d'une belle vie et par l'exemple d'une belle mort. Tandis que M. Armagnac nous fait admirer dans Turenne l'image même du courage et l'une des plus hautes personnifications de la gloire militaire, M. Clovis Lamarre élève un monument nouveau à la mémoire immortelle du Camoëns et, dans son livre sur l'Italie au XVIᵉ siècle, M. de Tréverret, professeur de littérature étrangère à la Faculté des Lettres de Bordeaux, nous charme et nous instruit par de savantes études sur les grands hommes de ce temps et de ce pays, depuis Machiavel jusqu'à l'Arioste et Guichardin.

Sans nous séparer tout à fait de cette radieuse Renaissance à laquelle nous ramènerait bientôt le beau livre de M. Aubertin, reculons un moment avec M. Charles

Schmidt jusque dans la pénombre du xv⁰ siècle qui finit et du xvi⁰ qui va commencer. Déviant un peu de la route qu'il devait suivre, son important ouvrage, comme il le dit lui-même dans sa préface, a pris une tournure plutôt érudite que littéraire. Il contient notamment de curieuses études biographiques sur des savants et des écrivains dont les noms et les œuvres méritaient qu'on les remît en lumière. Satires, poèmes, livres latins, l'auteur a tout lu et nous fait tout lire; c'est un travail énorme, solide et instructif, que l'Académie a distingué en première ligne parmi ceux qui lui étaient présentés pour le prix Bordin.

Dans l'agréable et piquante étude que le même prix a récompensée, M. Ernest Litchtenberger s'attache, — j'ai failli dire, s'acharne, — à expliquer les œuvres poétiques de Gœthe par les divers incidents de sa vie, par les émotions diverses de son âme. A l'en croire, soumis tour à tour à de douces joies et à de vives souffrances, Gœthe n'aurait fait que reproduire, que photographier en quelque sorte les unes et les autres dans ces poésies indiscrètes qui, en nous charmant, le trahiraient.

En les écrivant jour par jour, sous la dictée de son cœur, dont M. Lichtenberger a trouvé la clef, Gœthe nous aurait livré d'avance le secret de sa vie et de ses sentiments, de ses plaisirs et de ses peines, de ses amours et de ses regrets, de ses sourires et de ses larmes! Dangereuse théorie, paradoxe aimable, dont il ne faudrait pas trop abuser !

Le style de M. Lichtenberger est excellent : plein de nuances délicates et d'une élégance soutenue.

En revenant ainsi sur nos pas, nous trouvons devant nous, Messieurs, le livre de M. Boissière. En remontant encore, nous arriverons bientôt à celui de M. Aubertin.

Ancien inspecteur d'académie en Algérie, et appelé ainsi à vivre pendant quelque temps sur cette terre d'Afrique, jadis romaine, aujourd'hui française, M. Gustave Boissière a fait là de sérieuses études et recueilli le témoignage précieux des écrivains latins sur des luttes célèbres qu'il nous apprend à mieux connaître.

Dans la dernière partie de son ouvrage, après avoir comparé aux travaux de la colonisation romaine les débuts de la nôtre dans le même pays, M. Boissière venge la France des attaques et des préventions dont elle fut trop longtemps victime, et démontre qu'en fin de compte, elle a plus fait en Afrique depuis un demi-siècle que, dans le même laps de temps et toute proportion gardée, n'y avaient fait d'abord les Romains eux-mêmes.

Ce livre ne diminue pas Rome, il grandit la France ; et notre patriotisme lui en sait bon gré.

Comme écrivain, comme érudit, M. Aubertin est très connu de l'Académie qui l'a déjà couronné ; il se rattache même à l'Institut comme correspondant de l'Académie des sciences morales et politiques.

Son nouvel ouvrage embrasse l'histoire des lettres françaises depuis son origine jusqu'à la fin du xvie siècle. Pour accomplir une pareille tâche, l'auteur s'est naturellement aidé des recherches faites avant lui ; choisissant bien, sans dissimuler ses emprunts et condensant avec art les idées, les faits et les choses. Il n'y avait pas moins de huit cents manuscrits de poèmes à examiner, pas

7.

moins de quatre millions de vers à lire ; les chansons de
geste à elles seules formant quarante volumes et contenant quatre cent mille vers !

M. Aubertin n'a pas tout lu ; mais il en a lu plus que
personne. Il faut l'en croire sur parole.

Plus faciles à contrôler, ses jugements sur les premiers
historiens de la France et sur les monuments qu'on leur
doit ont paru dignes de tout éloge et au-dessus de toute
critique.

Avec l'autorité que lui donnent ses premiers travaux,
M. Aubertin, parvenu à la conclusion morale de son
œuvre, la termine en exposant le mouvement heureux
de la Renaissance dans une brillante étude sur le génie
national du XVIᵉ siècle. Lui reprocherons-nous d'avoir
quelquefois dépassé la mesure et fait à certains auteurs
une part trop grande, hors de proportion avec leur
mérite honnête et leur talent modeste ? Si quelques exa-
gérations, si quelques taches ont été signalées çà et là
dans cette grande *Histoire de la langue et de la litté-*
rature française au moyen âge, le livre, dans son
ensemble, n'en est pas moins très distingué, très savant,
et remarquablement bien composé. C'est, à coup sûr, un
des meilleurs que l'Académie ait eu à couronner dans
ses différents concours.

Pour le concours de traduction, fondé par M. Langlois,
quatorze ouvrages nous avaient été présentés ; cinq
d'entre eux, par des mérites divers, ont disputé les suffrages de l'Académie.

Les deux plus importants, entre lesquels le prix est

partagé par portions égales, sont : une traduction des *OEuvres de Synésius,* due à M. H. Druon, et une traduction faite par madame Henriette Loreau de dix volumes, publiés en langue anglaise, sur les illustres voyageurs *Burton, Livingstone, Schweinfurth, Cameron* et *Stanley.*

Personnage important du xiv° siècle, Synésius se distinguait à la fois comme philosophe et comme écrivain avant de se distinguer comme évêque. Sa conversion religieuse s'opéra si simplement, si doucement, qu'on a dit de lui qu'il avait coulé dans la doctrine chrétienne.

Ses lettres sur les affaires du temps ont une certaine grâce jointe à tous les défauts de la décadence grecque ; remplies de subtilités et de faux brillants, elles se rapprochent parfois du style qu'affectèrent Balzac et Voiture ; mais ses dissertations philosophiques, ses hymnes surtout que l'on a exaltées et comparées aux chants de Pindare, sont d'une rare élévation. Était-ce donc un beau génie, comme l'a dit un maître? C'était plutôt un bel esprit.

En traduisant ses œuvres, M. Druon a rendu un véritable service aux savants et aux lettrés ; il l'a fait en très bon style et, en tête de sa traduction, il a placé une introduction remarquable qui ajoute encore au mérite de son ouvrage.

Les dix gros volumes traduits par madame Loreau avec autant d'élégance que de fidélité appartiennent à un autre genre et à une autre époque. On le leur a reproché. En couronnant cette intéressante publication, l'Académie, je dois le dire, a cédé surtout à l'admiration que lui inspiraient les intrépides voyageurs qui ont enrichi la science de leurs précieuses découvertes.

L'Académie s'est demandé si M. Langlois se préoccupait des livres modernes lorsque la pensée lui vint de fonder un prix de traduction. Savant distingué, ami des œuvres sérieuses, M. Langlois a répondu d'avance et tracé son programme en donnant lui-même l'exemple des choix à faire et des livres à répandre.

Quoi qu'il en soit, une récompense était due à madame Loreau pour le grand et excellent travail auquel sa vie s'est consacrée.

Rien de plus intéressant, de plus curieux et de plus émouvant que ce recueil des voyages célèbres faits de nos jours, sur la côte australe et jusque dans le centre de l'Afrique, par des explorateurs anglais et américains, par des Français aussi : depuis le temps où, au XIVe siècle, des marins, partis de Dieppe, abordaient les côtes de la Guinée, jusqu'au jour où, en perçant hier l'isthme de Suez, comme il percera demain l'isthme de Panama, notre savant compatriote, notre illustre confrère et ami M. Ferdinand de Lesseps, faisait une sorte de grande île de ce vaste continent africain qu'ont traversé avec tant de hardiesse et d'honneur, de péril surtout, les vaillants, les généreux, les téméraires, dont ces dix volumes nous racontent l'histoire, qui n'est pas finie.

La gloire, hélas ! a tenté trop de nobles cœurs : n'obéissant qu'à son courage, on veut aller la chercher là-bas : on l'y trouve : mais, comme elle a ses héros, elle a trop souvent ses martyrs !

Au-dessous des deux ouvrages couronnés par elle,
l'Académie en a réservé trois qu'elle m'a recommandé de
mentionner avec estime :

Deux petits volumes publiés par M. Eugène Fallex sous
ce titre : *Anthologie des poètes latins;*

Une traduction d'*Eunape* par M. le baron Stéphane
de Rouville (Vies des philosophes et des sophistes) ;

Et une traduction en vers des sonnets de Pétrarque,
par M. Philibert Leduc; travail solide et correct qui, ser-
rant le texte de près, concilie le respect dû au poète
italien et le respect dû à la langue française.

Nommer Pétrarque suffit à sa gloire. Je n'en dirai pas
autant d'Eunape, dont beaucoup ignorent jusqu'au nom.
Rhéteur et biographe du ıvᵉ siècle, il a composé une
sorte d'histoire de vingt personnages que nous avions le
tort de moins connaître encore, et son livre instructif
abonde en détails curieux sur les choses d'alors, sur les
personnes et sur l'état des esprits. La traduction que
M. de Rouville en a faite est agréable et facile. Plusieurs
fois déjà, il avait présenté à nos concours des traductions
intéressantes de divers ouvrages grecs; l'Académie, qui
s'en souvient, aime à lui en tenir compte.

Précieuse pour les amis des lettres, qui n'ont pas le
temps de lire en entier les chefs-d'œuvre de l'esprit
humain, l'*Anthologie* de M. Eugène Fallex leur donne un
spécimen de quarante poètes latins qui ont brillé deux
siècles avant l'ère chrétienne, et quatre cents ans après,
depuis Livius Andronicus jusqu'à Rutilius Numatianus.

Au mérite d'avoir choisi habilement dans la grande
littérature, et discrètement dans la littérature libre, les

passages les plus propres à faire apprécier chaque
auteur, M. Fallex joint celui d'avoir bien traduit ces
fragments de choix et de s'être toujours, autant que possible, rapproché de l'original.

Avant d'arriver au concours Montyon, l'un des plus
anciens, l'un de ceux qui, d'ordinaire, intéressent le plus
les mères de famille, étant consacré surtout aux ouvrages
utiles aux mœurs, laissez-moi vous dire un mot de trois
autres concours, d'origine récente, qui, par leur but et
leurs résultats, sont vraiment dignes d'attention :

Le prix Archon-Despérouses, le prix de Jouy et ce prix
sans nom, que nous ne savions jamais comment qualifier,
mais qui, par la force des choses, malgré la volonté et la
modestie de son fondateur, finira par s'appeler le prix
Vitet, remontent tous trois à cinq ans à peine.

Affecté spécialement à la philologie française, le prix
Archon-Despérouses s'est vu disputé cette année par de
nombreux concurrents : un ouvrage intitulé *Histoire et
théorie de la conjugaison française*, par M. Camille
Chabaneau, a paru mériter qu'on le distinguât en première ligne. C'est l'œuvre d'un érudit qui, non content
de savoir ce qu'ont fait les autres, veut encore aller plus
loin qu'eux. Son livre se compose de deux parties : l'une
plus générale, plus philosophique, où il cherche à préciser la signification exacte des divers temps et la raison
d'être de chacun d'eux, montrant en quoi ils se rapprochent ou diffèrent, et comment, par leur moyen, l'esprit
arrive à exprimer les nuances les plus fines du passé, du
présent et du futur; l'autre, plus historique, où il fait

voir de quelle manière nos conjugaisons se sont formées
du latin et où, sur chacune d'elles, il émet des idées
nouvelles et profondes.

A cet excellent ouvrage, dont la forme est aussi précise
et aussi nette que le fond en est solide, l'Académie décerne un prix de *deux mille francs.*

Elle accorde deux prix de *mille francs* chaque, l'un
à M. de Chambure pour son *Glossaire du Morvan,* un
de ces livres consciencieux et utiles où l'étude des patois
locaux sert à l'histoire de la langue nationale ; l'autre à
M. Luchaire pour une savante *Étude sur les idiomes
pyrénéens de la région française,* pour des recherches
philologiqves des plus intéressantes sur la langue basque,
sur les patois gascon, languedocien et catalan dans cette
partie des Pyrénées qu'habitent encore aujourd'hui les
descendants directs de tant de races diverses.

Si, pour ce concours, l'Académie avait eu un prix de
plus à décerner, elle l'eût donné avec plaisir à M. Cha-
zaud pour sa belle et curieuse publication des *Enseignements d'Anne de France à Suzanne de Bourbon.* Ce
livre charmant d'une mère à sa fille, plein de raison
et plein de grâce, pourra être mis à côté des meilleurs, parmi les ouvrages exquis que nous a laissés le
XVI° siècle.

Fondé par la fille du célèbre ermite de la Chaussée
d'Antin, pour être distribué tous les deux ans *à un ouvrage, soit d'observation, soit d'imagination, soit de
critique, et ayant pour objet l'étude des mœurs actuelles,* le prix de Jouy est décerné à M. Édouard Dru-

mont pour un petit volume d'études publié par lui sous
ce titre : *Mon vieux Paris.*

Je m'empresse d'ajouter que ce titre M. Drumont ne
l'a donné que par une sorte d'antiphrase à son livre qui,
tout aussi bien, mieux peut-être, mais en y perdant quelque chose de sa bonne grâce et de sa bonhomie, aurait pu
s'appeler : *Paris nouveau.*

A propos de l'Exposition de 1878, M. Drumont, jetant
un coup d'œil en arrière, remonte à l'origine des Expositions universelles et ne s'éloigne un moment de notre
époque que pour bien vite y revenir. En parcourant les
nouvelles rues et les nouveaux boulevards, le boulevard
Saint-Germain notamment, il retrouve incessamment le
passé, que le présent remplace ; il étudie l'un par l'autre,
les compare et les éclaire. Il amuse en instruisant. C'est
bien là un ouvrage d'observation et de critique dans lequel
même ne manque pas l'imagination et dont une partie a
pour objet l'étude des mœurs actuelles.

En accordant le prix de Jouy à ce livre de M. Drumont,
l'Académie a distingué un petit volume de M. Strenne,
intitulé *Perle*, livre agréable, simple, attachant et moral
qui, peut-être, eût mieux trouvé sa place dans un autre
de nos concours.

Je vous disais tout à l'heure que le prix anonyme, fondé
en 1873, finirait, quoi qu'il en eût, par s'appeler un jour
le prix Vitet ; la famille de notre illustre confrère a compris, comme l'Académie, que, malgré tout, le secret dont
voulait s'entourer cette libéralité généreuse était devenu
le secret de la comédie et qu'il y aurait quelque puérilité
à défendre plus longtemps une chère mémoire contre la

reconnaissance qui lui est due. Va donc pour le prix
Vitet! Et, puisqu'en tout il n'y a que le premier pas qui
coûte, à cette indiscrétion je vais en ajouter une autre,
dont vous me remercierez. Au lieu de vous rendre compte
moi-même du résultat de ce concours, comme ce serait
mon devoir, je vais céder la place et la parole à l'un de
ceux que vous aimeriez le plus à écouter parmi nous, à
celui qui veut le moins qu'on l'entende, tant la tristesse
de son âme le retient, à nos dépens, sous sa tente.

« Parmi les romanciers qui se sont produits en ces
derniers temps, disait M. Jules Sandeau, dans son rapport sur le prix Vitet, il en est un qui mérite une place
à part et qui ne pouvait échapper à l'attention de l'Académie. Comme tous les biens honnêtement amassés,
cette fortune littéraire ne s'est pas élevée en un jour. La
mode et l'enseignement n'y sauraient rien prétendre; le
travail et le talent ont tout fait. Si mes souvenirs ne me
trompent pas, c'est en 1872, au lendemain de nos désastres, que parurent les premiers essais de madame Thérèse Bentzon. Bien que l'heure fût peu clémente, ces
essais ne passèrent pas pourtant inaperçus. Ils étaient
pour plaire aux délicats et s'adressaient à cette portion
du public qui s'appelait autrefois le parti des honnêtes
gens. Ils allèrent à leur adresse. Dès lors, les œuvres de
madame Bentzon se succédèrent d'année en année discrètement, sans bruit ni fanfares. Jamais talent ne s'af-
firma d'une façon plus modeste et plus fière. Par un de
ces bonheurs qui ne doivent rien au hasard et dont le
travail a seul le secret, chaque œuvre nouvelle marquait
un progrès, un pas de plus vers la perfection. Les plus

aimables qualités du romancier et de l'écrivain se trouvaient réunies dans ces récits de la vie moderne. La
passion n'en était pas exclue; bien loin de là, elle en
était l'âme. Mais, grâce à la pente naturelle d'un cœur
droit et d'un esprit sain, l'auteur, sans étalage de morale,
finissait toujours par la ramener et par l'asservir aux
vérités et aux lois éternelles. Ses deux derniers ouvrages :
le Remords et *l'Obstacle* ont mis le sceau à sa réputation.

» Combien d'autres que j'aimerais à citer ! *La Petite
Perle* par exemple. C'est le nom de l'héroïne. Ce nom
sert de titre au volume, et, s'il est vrai de dire que jamais
nom ne fut mieux porté, il est juste de reconnaître que
jamais titre ne fut mieux justifié. Car c'est une perle, en
effet ; c'est un bijou que ce joli roman.

» A tant de mérites qui plaident pour madame Bentzon auprès de l'Académie, il faut joindre la fleur d'estime qui s'attache à sa personne. Elle-même l'a dit : « Rien
» n'honore une femme autant que la conquête légitime de
» l'indépendance par le travail. » Aussi vit-elle honorée de
sympathies et de respects. Cela n'ajoute rien au talent,
mais n'y gâte rien, que je sache.

» M. Jules Claretie est un écrivain jeune encore, qui a
déjà beaucoup écrit et qui n'en est pas à faire ses preuves
de talent. Il méritait bien, lui aussi, d'attirer l'attention
de l'Académie. Son dernier ouvrage, intitulé *le Drapeau*,
n'a pas le caractère d'un roman ou d'une nouvelle. Ce
n'est, à vrai dire, qu'une anecdote racontée, mais qui
offre, dans sa simplicité même, quelque chose d'héroïque
et d'épique dont il est impossible de n'être pas frappé :

l'amour de la patrie et le fanatisme du drapeau ont rarement inspiré de plus nobles accents. »

Répondant à cet appel, et couronnant dans ces deux auteurs l'ensemble distingué de leurs œuvres, l'Académie a décerné le prix Vitet, d'une valeur d'environ *six mille francs*, à madame Thérèse Bentzon et à M. Jules Claretie.

Ma tâche avance, Messieurs, et je n'ai plus à vous parler que de deux concours; du concours Montyon, il est vrai; celui que poursuivent toujours les plus nombreux prétendants, et du plus ancien de tous, dont la fondation remonte à plus de deux siècles : le concours de poésie.

Cent vingt auteurs, dont plusieurs avec plusieurs livres, ont pris part, cette année, au concours fondé par M. de Montyon pour les ouvrages utiles aux mœurs. Huit prix leur ont été accordés, et je craindrais de vous effrayer si je vous disais tout de suite, en bloc et sans préparation, de combien de volumes j'aurai à mentionner au moins les titres dans ce rapport déjà trop long. Il est bon, après tout, que le nombre des ouvrages méritants dépasse à ce point le nombre des prix destinés à récompenser leur mérite.

Ayant toujours à tenir compte des intentions morales du donateur, l'Académie était aussi guidée dans ses choix par le besoin de faire une part à peu près égale aux divers genres de travaux soumis à son examen.

Deux ouvrages bien différents, par leur genre, sinon par leur but, ont été placés en première ligne sur le même plan, l'*Histoire de la duchesse d'Aiguillon*, par

M. Bonneau-Avenant, et un roman de M. Hector Malot, intitulé : *Sans famille*.

L'Académie décerne à chacun d'eux un prix égal de *deux mille cinq cents francs*.

Plusieurs autres romans avaient été distingués tout d'abord et je dois nommer ici particulièrement : *Sœur Louise*, par M. Charles Deslys; *la Fin du Marquisat d'Aurel*, par M. Henri de la Madelène; *Primavera*, par M. Maryan; *Boisgentil*, par madame de Pressensé; les *Histoires de mon Parrain* et *Maroussia*, par M. P.-J. Stahl, qui, je vous dirai bientôt pourquoi, aura sa place à part dans ce concours.

En dédiant son livre à sa fille, M. Hector Malot a, tout de suite, indiqué lui-même qu'il ne s'agissait pas, cette fois, d'un de ces romans de mœurs vulgaires ou d'élégantes immoralités que les pères cachent à leurs enfants et que les auteurs se gardent bien d'adresser à l'Académie.

Sans famille est un livre très amusant, plein d'intérêt, et d'une douce morale, fait pour le plaisir de la jeunesse, qu'il ne peut qu'édifier d'ailleurs en lui montrant à chaque page comment, dans une nature primitivement bonne, une âme honnête résiste à la mauvaise fortune et domine les événements contraires auxquels il semblerait trop facile qu'elle succombât.

Fort attachante par son sujet même et d'une lecture fort agréable, la monographie de *la duchesse d'Aiguillon*, nièce du cardinal de Richelieu, contient en outre un grand nombre de curieux détails historiques sur saint Vincent de Paul, par exemple, et principalement sur le caractère du grand cardinal, et sur la partie moins con-

nue de sa vie, dans l'intimité de la famille ; sur la vertueuse femme enfin qui, à force de services rendus à
l'humanité souffrante, mérite d'être placée parmi les
saintes du xviiᵉ siècle.

« Désabusée des vanités trompeuses de ce monde, dit
Fléchier en parlant de la duchesse d'Aiguillon, cette
grande chrétienne n'avait été occupée qu'à distribuer ses
richesses, sans se mettre en peine d'en jouir. — Elle
n'avait été grande que pour servir Dieu noblement, riche
que pour assister libéralement les pauvres, et vivante que
pour se disposer à bien mourir. »

Le souvenir d'une existence si remplie d'enseignements
utiles devait être disputé à l'oubli.

M. Bonneau-Avenant a bien accompli cette tâche. Jamais on n'a pu dire plus justement d'un bon livre qu'il
était une bonne action.

Écrire l'histoire de Vauban était une tâche plus grande
encore.

« La fortune m'a fait naître le plus pauvre gentilhomme de France, » écrivait à Louvois celui qui, par
son génie, devait s'illustrer entre tous, dans un siècle
qui a compté de si grands hommes, tant de si grands
hommes !

Avec un sujet pareil, M. Georges Michel eût pu composer un poème épique ; il a été plus modeste. A son
livre, qui est, lui aussi, une monographie plus qu'une
histoire, on ne peut reprocher que de n'être pas assez
complet et de contenir peut-être quelques erreurs de
détail. Un descendant de Vauban possède, nous le savons,
sur son glorieux ancêtre, des documents inédits très pré-

cieux et très authentiques. Puisse-t-il ne pas persister à en garder pour lui le secret!

Quoi de plus intéressant déjà, quoi de plus beau, qui enseigne plus le bien et nous y porte davantage, que le grand exemple de cette noble vie, entièrement consacrée au travail, à la lutte et aux plus généreux efforts de patriotisme.

A l'intérêt du fond s'ajoute le charme de la forme, et l'Académie a su bon gré à M. Georges Michel de son style clair, correct et même élégant. Elle a placé ce livre en tête de quatre ouvrages auxquels sont décernés quatre prix de *deux mille francs* chaque.

Les trois autres sont :

1° Trois volumes de M. Louis Simonin, intitulés : *l'Or et l'Argent, le Monde américain*, et *les Grands Ports de commerce de la France*.

2° *Histoire critique des doctrines de l'éducation en France depuis le* xvie *siècle*, par M. Gabriel Compayré, professeur de philosophie à la Faculté des lettres de Toulouse.

3° *Les Femmes dans la société chrétienne*, par M. Alphonse Dantier.

Ingénieur distingué, savant économiste, voyageur intrépide et brillant écrivain, M. Louis Simonin, dans ses trois volumes présentés à notre concours, nous fait d'abord visiter avec lui toute l'Amérique du Nord, qu'il a parcourue six fois, où, lui-même, il a dirigé, en Californie, une exploitation importante; tantôt nous faisant pénétrer dans les entrailles de la terre, dans les mines de métaux précieux, nous en expliquant les secrets et

mettant à la portée de tous l'art ou plutôt la science de
la métallurgie; tantôt étudiant devant nous, et pour nous,
l'origine du nouveau monde, son prodigieux développement, ses institutions, sa société, ses mœurs et son industrie; sans oublier sa merveilleuse organisation hospita-
lière, qu'il nous fait connaître en détail, l'exposant avec
une rare compétence et de la façon la plus saisissante;
puis enfin, rentré en France, voilà que du Havre à Marseille, par Nantes et Bordeaux, il nous introduit dans
nos grands ports de commerce dont il connaît les souffrances, qu'il nous montre et nous fait comprendre. Non
content de signaler ce qui lui paraît défectueux dans la
constitution commerciale de notre pays, il s'efforce surtout d'y remédier; recherchant, en homme pratique, le
moyen de conserver à la France un rang que la concurrence et l'initiative étrangères menacent de lui enlever.

Si chacun de ces volumes a son cachet personnel et son
intérêt particulier, tous les trois se tiennent et se complètent. L'Académie n'a pas voulu les séparer.

*L'Histoire critique des doctrines de l'éducation en
France depuis le* XVIe *siècle*, publiée en deux volumes
par M. Gabriel Compayré, est le développement d'un mémoire déjà couronné en 1877 par l'Académie des sciences
morales et politiques. Plus que doublé depuis lors, cet
ouvrage, sans rien perdre de son ancien mérite, a pris
une importance plus grande, qui ne pouvait que justifier
une récompense nouvelle. En un temps où l'éducation
n'est plus seulement une affaire domestique, où elle est
devenue un problème social, comme l'auteur nous le dit
dans sa préface, il est utile, en effet, d'examiner l'his-

toire des systèmes, pour y chercher les vérités durables;
mais M. Compayré ne va-t-il pas trop loin, quand il se
flatte d'y trouver les éléments certains d'une théorie
définitive?

Remarquable par la critique, la science et le goût qui
le distinguent, cet ouvrage apporte aux questions qui
s'agitent en ce moment des documents précieux et des
renseignements utiles.

En le couronnant pour son érudition profonde et pour
un rare mérite d'analyse, qui l'a frappée surtout dans le
premier volume, l'Académie a fait de sérieuses réserves
sur la dernière partie du livre, où l'auteur a tracé, en
manière de conclusion, l'esquisse d'une théorie de l'éducation. S'associant au jugement qu'en a porté une autre
Académie, elle voit une illusion dans cette idée d'une pédagogie future absolument certaine, rendue évidente
comme une science mathématique. L'enseignement n'est
pas du domaine de la chimère, et peut-être n'est-il pas
sans inconvénient de rêver pour lui des destinées trop
ambitieuses. On le servirait mieux, peut-être, en affer-
missant chez les maîtres la confiance aux choses éprouvées, qu'en la troublant par la perspective de perfection-
nements plus ou moins imaginaires.

Deux autres ouvrages, d'importance presque égale,
ont disputé à M. Compayré cette couronne que, par cela
même, il a eu d'autant plus de mérite à conserver. A
défaut d'une récompense pareille, l'Académie a voulu du
moins que ces deux livres, mentionnés ici avec honneur,
reçussent d'elle un témoignage d'estime et d'encouragement.

L'un, déjà couronné aussi sous la forme d'un mémoire par l'Académie des sciences morales et politiques, est intitulé : *la Science positive et la Métaphysique*. Son auteur est M. Louis Liard, professeur de philosophie à la Faculté des lettres de Bordeaux.

L'autre, composé par M. Jules Rolland, avocat à la cour d'appel de Paris, est une *Histoire littéraire de la ville d'Albi*.

Estimant que la grande histoire est faite, M. Rolland en conclut que les efforts des savants n'ont plus qu'à se rabattre sur les coins restés obscurs, sur les *personnalités* intéressantes, les détails inconnus ou négligés, en un mot sur la monographie. Histoire ou monographie, son livre est l'œuvre distinguée d'un honnête esprit dans un jeune cœur. La maturité ne manque pas à ses jugements et il se place, avec bon sens et sérénité, devant les faits, quand il s'agit d'une comparaison à faire et d'un arrêt à prononcer.

Cette sérénité, dont on lui a fait un mérite, l'abandonne un moment vers la fin de son travail. Il y a sur Voltaire, et même sur l'Académie, un mauvais mot que je ne veux pas citer, mais que je puis encore moins couvrir ici de mon silence.

Rien ne ressemble moins au livre de M. Rolland que celui de M. Liard sur la science positive et la métaphysique. Savant par-dessus tout, mais, pour nous, d'une science abstraite et parfois obscure, ce beau travail relevait naturellement d'une autre Académie qui lui a rendu pleine justice. Nous ne pouvions néanmoins laisser passer une pareille œuvre sans louer, comme elle le mérite,

8

la vigueur de dialectique avec laquelle les doctrines de
l'empirisme et du sensualisme contemporains y sont exa-
minées et discutées. Nous signalerons surtout une discussion approfondie sur les *théories positives*, sur la
psychologie anglaise de l'association et la *doctrine de
l'évolution*, qui préoccupent si justement l'opinion scientifique de notre époque.

A côté de ces deux ouvrages, l'Académie en avait distingué trois autres qui, à défaut d'un plus long éloge dont
ils seraient dignes, demandent au moins à être mentionnés ici avec estime : *la Jeunesse d'Élisabeth d'Angleterre*, par M. Louis Wiesener ; *le Cardinal Bessarion*,
par M. Henri Vast, professeur agrégé d'histoire au lycée
Fontanes ; et *Essai sur l'Esprit public dans l'histoire*, par M. le vicomte Philippe d'Ussel : trois bons
livres pleins d'intérêt, qui se sont un peu trompés de
porte en se présentant à nous pour le concours Montyon.

Après quelques arrêts et quelques détours, j'arrive au
quatrième ouvrage, qu'un prix de *deux mille francs* a
récompensé : *les Femmes dans la société chrétienne*,
par M. Alphonse Dantier ; véritable monument élevé à la
gloire de celles qui, par leur foi, leur charité ou leur
patriotisme, se sont pieusement illustrées ; depuis
l'avènement du christianisme jusqu'aux temps modernes, depuis les patriciennes de Rome jusqu'à nos
vertueuses contemporaines, depuis sainte Cécile jusqu'à
la sœur Rosalie, en saluant au passage sainte Catherine
de Sienne, Blanche de Castille, Jeanne d'Arc, sainte
Thérèse et madame Swetchine, cette sainte d'hier, dont
l'esprit égalait le cœur.

Serviteur dévoué de la science et des lettres, M. A. Dantier leur a sacrifié jusqu'aux restes d'une santé cruellement atteinte. Deux fois déjà l'Académie a encouragé ses persévérants efforts. Un nouveau témoignage d'estime et de sympathie hâtera, j'espère, la publication attendue de la Correspondance littéraire des Bénédictins de Saint-Maur, que M. Patin nous annonçait, en 1874, comme devant être le couronnement des travaux du savant modeste et infatigable que, de son côté, Sainte-Beuve appelait spirituellement *un Bénédictin in partibus*.

Un autre souvenir a protégé encore l'ouvrage et l'auteur auprès de l'Académie. M. de Sacy, dont je cherchais à prononcer ici le nom, les honorait tous deux d'un intérêt particulier; il nous en parlait en mourant, et c'est presque de cette main chère et vénérée que M. Dantier reçoit aujourd'hui sa couronne.

Si, dans cette galerie des femmes illustres, M. Alphonse Dantier a placé à son rang au premier, l'image glorieuse de Jeanne d'Arc, c'est un volume tout entier, un gros et magnifique volume, que M. Frédéric Godefroy lui a consacré à son tour et qu'il a intitulé : *la Mission de Jeanne d'Arc*.

Le patriotisme et la religion recommandaient cet ouvrage comme éminemment utile aux mœurs. L'auteur se recommandait aussi de lui-même par des travaux d'érudition que l'Académie connaît, qu'elle a distingués et encouragés, auxquels vient de s'ajouter encore une intéressante *Histoire de la littérature française*, dont huit volumes ont déjà paru.

L'Académie décerne un prix de *quinze cents francs*

à M. Frédéric Godefroy, pour son livre sur la mission de Jeanne d'Arc.

Un prix pareil est accordé à un jeune poète, M. Lucien Paté, pour un petit volume de vers, publié par lui sous ce simple titre, qui dit beaucoup en un seul mot : *Poésies.*

Dans ce livre, dont personne n'a méconnu le mérite, M. Lucien Paté a mis tout ce que son cœur renfermait de tendresse et d'enthousiasme. L'exaltation des meilleurs sentiments, de l'amour filial et du patriotisme, l'a parfois entraîné trop loin. Je voudrais n'avoir que des éloges à lui donner en ce moment; mais, sans lui reprendre sa couronne, l'Académie m'a prescrit de faire des réserves contre ce qu'elle a trouvé d'excessif, dans quelques-unes des pièces que contient ce volume.

Je n'aurais plus à vous parler, Messieurs, que du concours de poésie, si, comme je vous en ai prévenus, un grand nombre d'ouvrages n'avaient été mis en réserve pour être l'objet de mentions honorifiques; j'en ai déjà cité quelques-uns, je vais vous dire un mot des autres. L'heure nous presse et je rougis de vous faire attendre.

Voici d'abord un beau volume, plein des meilleurs sentiments, des meilleurs conseils et des meilleurs exemples; un de ceux que les mères peuvent, sans crainte et avec fruit, mettre dans les mains de la jeunesse; un roman rempli d'intérêt, ou plutôt un livre d'éducation d'une lecture très agréable, intitulé : *Heur et malheur,* dont l'auteur, madame Charles de Comberousse, se cache trop modestement sous le pseudonyme d'Emma d'Erwin. J'aime à révéler son vrai nom, depuis longtemps connu dans le monde des lettres et qui nous est resté cher.

Causeries champêtres, œuvre honnête et sympathique d'un respectable vieillard, M. Pierre Bouilhac, ancien président des comices agricoles de Bergerac, Sarlat et autres lieux. Poète à sa façon, M. Bouilhac a constamment subi le charme de la vie des champs et des travaux rustiques. Il a rempli son livre des sentiments qui remplissaient son cœur.

Deux bons ouvrages, dont le premier conviendrait mieux peut-être à une autre Académie et le second à un autre de nos concours, ont paru pourtant mériter de ne pas être passés sous silence.

Le Village sous l'ancien régime, par M. A. Babeau, est un livre technique spécial, plein de renseignements utiles et de recherches savantes. Libéral et moderne à la fois, tout en étant respectueux du passé, l'auteur a tâché de rester impartial en traitant un sujet délicat. Y'a-t-il réussi toujours? A-t-il eu raison, en outre, d'appliquer à la France entière ce qui appartenait surtout à la région qu'il a particulièrement étudiée, qu'il connaît bien et qu'il fait bien connaître?

Un charmant livre qui, n'étant qu'une traduction, aurait plutôt pu prétendre au prix Langlois, a plu tellement à ses juges qu'au lieu de l'écarter du concours, ils l'ont retenu, au contraire, en le signalant comme un ouvrage original et d'un intérêt particulier, qui a son cachet et sa grâce et qui, même en se fourvoyant ainsi, méritait de nous un gracieux accueil. Intitulé : *Voyage d'une famille autour du monde, à bord de son yacht le Sunbeam, raconté par la mère*, ce livre a été composé

8.

en anglais par mistress Brasser; il est traduit en français, en bon français, clair, correct et élégant, par un Parisien distingué qui s'est traduit en anglais lui-même et qui s'appelle pour le moment : M. J. Butler.

Sous ce titre : *Lettres de Jean-François Ducis,* M. Paul Albert, professeur au Collège de France, a publié un livre excellent dont il est plutôt le parrain que le père. Le premier mérite en revient à Ducis et c'est lui qu'il faudrait couronner, tant ces lettres, aujourd'hui complétées et restituées, abondent en curieux détails, en citations piquantes, en souvenirs intéressants; tant nous y retrouverons l'histoire intime de nos pères et le portrait rajeuni de nos ancêtres académiques. On connaissait mal Ducis avant de les avoir lues; on le connaît mieux à présent, on l'estime plus, on l'aime et on l'honore davantage.

En tête de ce livre, M. Paul Albert a publié sur Ducis une étude qu'il qualifie simplement d'essai, mais qui vaut beaucoup par son mérite littéraire, par la finesse de ses critiques et la portée de ses jugements.

Je vous disais tout à l'heure, Messieurs, que M. Stahl, le collaborateur juré de M. Hetzel, aurait une place à part dans ce concours. Par une disposition entièrement nouvelle, l'Académie la lui donne, entre les prix auxquels il pouvait légitimement aspirer, et les mentions honorables qui, dans cette circonstance, n'eussent pas été pour lui une récompense suffisante.

Quatre fois déjà, en moins de dix ans, M. Stahl a vu couronner quatre de ses ouvrages d'éducation qui tous méritaient la faveur dont ils étaient l'objet. L'habitude

est douce, mais l'Académie n'a pas de clients attitrés;
elle les redoute au contraire et son goût la porte vers les
nouveaux venus. Il n'y a pourtant pas de règle absolue,
et comment repousser un bon livre, uniquement parce
que son auteur a bien fait déjà, et parce que l'Académie
a déjà bien fait aussi, en l'encourageant à plusieurs
reprises ?

Les deux nouveaux volumes de M. Stahl sont de charmants livres. L'histoire de *Maroussia* est une véritable
épopée enfantine, et cette petite fille, plus grande que
nature, sorte de Jeanne d'Arc moderne, inspirée aussi
par son patriotisme, fera longtemps couler les pleurs de
ses jeunes lecteurs émus et passionnés.

Ne pouvant écarter du concours des livres que, dans
toute autre circonstance, elle eût certainement couronnés,
l'Académie, prenant un moyen terme, s'est arrêtée à une
mesure exceptionnelle qui ne saurait créer un fâcheux
précédent, la première condition pour y prétendre étant
que le même auteur ait mérité quatre fois, et quatre fois
obtenu, non des mentions, mais des couronnes.

Au lieu d'un cinquième prix, c'est un rappel de prix que
l'Académie décerne à M. Stahl, un prix platonique qui ne
coûtera rien à ses concurrents, mais qui sera pour lui
encore une honorable récompense et une consécration de
plus pour son talent.

Lorsque, en 1876, l'Académie eut à désigner deux
sujets : l'un pour le prix de poésie de 1877, l'autre pour
le prix d'éloquence de 1878 ; *la Poésie et la Science* fut
le premier qui lui vint à l'esprit. Après quelques débats

qui l'arrêtèrent, elle crut devoir opérer la disjonction.
Personnifiant la poésie dans André Chénier et la science
dans Buffon, elle indiqua l'*Éloge de Buffon* pour le prix
d'éloquence, *André Chénier* pour le prix de la poésie.

Deux ans plus tard, si satisfaisant qu'eût été pour elle
le résultat des deux concours, son but ne lui semblait
pas atteint. Ce que d'abord elle avait voulu, elle le voulait encore. Son sujet était escompté, mais non épuisé.
Le reprenant en sous-œuvre, elle proposa pour le concours de cette année *la Poésie de la Science*, sans se
dissimuler à quelles difficultés elle exposait les concurrents. Si la grandeur de la science et sa démonstration
magnifique frappaient les yeux de tous, quelques-uns
trouvaient sa poésie plus contestable ; ils se trompaient.
En répondant à notre appel, cent vingt-sept poètes nous
ont prouvé qu'il y a une poésie de la science.

Les cent vingt-sept pièces de vers que ce sujet a inspirées étaient toutes plus ou moins incomplètes ; mais
dans toutes on a remarqué des parties brillantes ; presque
toutes ont mérité un reproche dont je dois être l'interprète : en proposant aux poètes de traiter un pareil sujet,
la Poésie de la Science, l'Académie pouvait croire qu'ils
s'inspireraient de la grande tradition qui nous montre,
à toutes les époques, la poésie comme l'interprète inspiré
des énergies triomphantes de la nature. Orphée, Hésiode,
Homère, Virgile, Lucrèce et Ovide dans les temps anciens ; la belle prose de Buffon, les beaux vers de Voltaire, de Delille, d'André Chénier, de Gœthe et de Le-
mercier chez les modernes, ont offert tour à tour le
tableau de la création et celui de la conception du monde.

La poésie descriptive s'était inspirée des beautés de l'univers; l'âme des poètes s'était émue en présence d'une philosophie nouvelle née des dogmes de la science. Les services rendus à l'humanité par les découvertes modernes étaient restés dans l'ombre. C'est à cet aspect utilitaire que se sont placés la plupart de nos concurrents, moins émus de la grandeur même de la science que frappés des progrès du bien-être et des miracles accomplis par elle au point de vue pratique depuis le commencement du siècle.

Après un mûr examen, après de longues et consciencieuses comparaisons, trois pièces ayant fini par être réservées, deux d'entre elles partageaient à ce point l'Académie, que, ne pouvant se décider à en sacrifier aucune, elle se tira d'affaire en les couronnant à la fois toutes deux : l'une inscrite sous le n° 91, l'autre sous le n° 125, un accessit étant en outre accordé à la pièce portant le n° 43, qui avait eu aussi ses défenseurs.

Plusieurs surprises attendaient alors l'Académie et allaient témoigner une fois de plus de son impartialité; prenant son bien où elle le trouve, elle ne tient compte que du talent et ne lui demande jamais d'où il vient.

Le prix de poésie, qu'elle avait cru partager entre deux concurrents, s'est trouvé tout à coup, en réalité, décerné à trois poètes : trois poètes et un savant!

Doublement connu pour d'heureux débuts sur une grande scène littéraire et pour d'importants travaux scientifiques, M. Louis Denayrouse personnifiait d'avance en lui seul la science et la poésie; il s'est fortifié encore pour la lutte en s'associant avec un de nos plus jeunes poètes, les plus dignes des regards de l'Académie et de ses encouragements.

La pièce inscrite sur le n° 125, et portant cette épigraphe significative : *Arcades ambo*, est due à la collaboration de MM. Louis Denayrouze et Jacques Normand.

M. Georges Renard, professeur de littérature française à Lausanne, est l'auteur de la première pièce couronnée sous le n° 91, avec cette épigraphe qu'il avait le droit de choisir et qu'il a su justifier :

La poésie sera de la raison chantée.

L'accessit, accordé au n° 43, a été revendiqué par un compatriote de Soulary, par un poète qui demeure à Caluire, près Lyon, et qui se nomme, oui Messieurs, qui se nomme M. Henri... Thiers !

Les trois pièces de vers ainsi distinguées par l'Académie mériteraient qu'on vous les lût dans leur entier; le temps nous manque. Vous entendrez du moins quelques fragments des deux premières entre lesquelles le prix se trouve partagé.

« La Poésie c'est le Cœur; la Science c'est la Raison, marions-les; » disait, à propos de ce concours, un de nos jeunes confrères, ami des dénouements heureux. Vous approuverez, j'espère, avec lui, Messieurs, cette union de la raison et du cœur, de la science et de la poésie.

SÉANCE PUBLIQUE ANNUELLE

DU JEUDI 5 AOUT 1880

Messieurs,

Il y a aujourd'hui deux ans, l'Académie était conviée à l'inauguration d'une statue que la ville de Mâcon élevait à la gloire de Lamartine; occasion favorable, qui fut saisie avec d'autant plus d'empressement que, jusqu'alors, par suite de circonstances regrettées, l'éloge d'un de ceux qui méritaient le plus qu'on les louât n'avait pu être prononcé dans aucune de nos réunions publiques.

Cette fois pourtant, Messieurs, cette fois encore, par une sorte de fatalité persistante, l'expression de notre hommage ne put se faire entendre dans une cérémonie à laquelle l'Académie avait le droit, le devoir et la volonté de prendre part.

Un de nos meilleurs confrères, un poète digne d'en célébrer un autre, un grand ami de Lamartine, avait accepté, revendiqué même pour lui, l'honneur d'être, à cette fête, l'interprète de la Compagnie.

Au dernier moment, et quand il touchait aux portes de Mâcon, retenu par la maladie, vaincu par la souffrance, M. de Laprade ne put aller jusqu'au bout, et, de nouveau, l'Académie, à son chagrin, presque à sa honte, fut privée de saluer, au pied de la statue du poète, une mémoire chère, glorieuse et respectée.

On nous l'a reproché peut-être; nous le regrettions trop nous-mêmes pour que ce reproche fût mérité.

Si l'Académie est en retard avec M. de Lamartine, elle est plus en avance avec une autre mémoire qui, pour lui moins appartenir, ne laissait pas que d'avoir des droits sur elle. A deux reprises déjà, elle a honoré celui que Corneille appela un jour son père et qui, au contraire, dans Corneille, et avec raison, reconnut toujours son maître.

Mise au concours en 1811, *la Mort de Rotrou* inspira de charmants vers à l'aimable auteur du *Poète mourant* et de la *Chute des feuilles*; à ce jeune Millevoye qui, bientôt après, allait mourir aussi dans sa fleur.

Cinquante ans plus tard, deux voix éloquentes s'élevaient, au nom de l'Académie, devant le monument nouveau que, dans sa reconnaissance, la ville de Dreux consacrait à l'illustre auteur de *Venceslas* et de *Saint-Genest*, au magistrat courageux qui mourut chez elle et pour elle.

Rotrou était à Paris quand éclata dans sa ville natale cette épidémie devenue célèbre. Il part, il reprend son poste à la tête de ses concitoyens décimés, et, aux Parisiens qui le rappellent, aux amis qui s'efforcent de l'arracher au danger, il se contente de répondre : « Qui de vous peut me promettre une plus belle occasion de mourir? » Le lendemain, il était mort !

Pour honorer deux grands poètes qui furent tous deux de grands citoyens, pour achever de s'acquitter envers l'un, pour commencer à payer à l'autre un arriéré d'hommage et d'admiration, l'Académie propose l'*Éloge de Rotrou*, comme sujet du prix d'éloquence qui sera décerné en 1882.

Comme sujet du prix de poésie, qui sera décerné en 1881, elle a choisi *Lamartine*.

Ce nom, à lui seul, est tout un programme. Jamais les concurrents n'auront une occasion meilleure de faire, sous une invocation si haute, l'éloge de la poésie et l'apologie du poète.

En attendant, Messieurs, ce n'est ni à un grand poète ni à un grand tragique, c'est à l'aimable auteur de deux romans qui ont eu leur gloire et de plusieurs comédies charmantes qui enrichissent encore le répertoire de notre première scène française, c'est à Marivaux enfin que devaient, cette année, s'adresser les éloges des candidats au prix d'éloquence.

Trente manuscrits nous ont été présentés.

En les lisant, notre pensée se reportait avec tristesse vers un excellent confrère qui, récemment, publiait, sur la vie et les œuvres de Marivaux, une savante

9

notice pleine de documents curieux, inédits jusqu'alors.
M. Édouard Fournier n'avait pas pris part à notre dernier concours. Souvent couronné par l'Académie, il pouvait désormais avoir une ambition plus haute ; mais son
travail n'aura pas été inutile aux concurrents et leur
reconnaissance peut s'ajouter au regret que nous a causé
la mort prématurée de ce galant homme.

Après un long et sérieux examen des trente discours
qui se disputaient ses suffrages, l'Académie en a d'abord
retenu quatre qui, par des mérites divers, semblaient
plus ou moins dignes de fixer son attention : ils portaient
les numéros 4, 19, 29 et 30.

Très supérieur aux trois premiers, se séparant d'eux et
s'en distinguant par de grandes qualités de composition,
d'ordonnance et de forme, rentrant mieux enfin, et à tous
égards, dans les conditions du programme, c'est le discours inscrit sous le numéro 30 qui l'a emporté, c'est lui
que l'Académie couronne.

M. de Lescure en est l'auteur.

Au lieu de se borner à faire un éloge de Marivaux,
comme il le devait peut-être, l'auteur du numéro 19 a
composé une longue étude, une œuvre complète, un gros
volume qu'il pourrait publier sous ce titre : *Marivaux,
sa vie et son temps.* On y remarquerait avec plaisir une
série d'analyses bien faites, et leur développement excessif n'aurait plus alors aucun inconvénient.

Presque tous les autres manuscrits méritaient le
même reproche.

Les concurrents étaient bien prévenus cependant, et,
pour ma part, depuis quatre ans, je n'avais cessé de leur

dire : « Ce n'est pas un livre, c'est un discours qu'on vous demande. » Pas du tout ! avertissements, injonctions, prières, rien n'a été entendu.

Aujourd'hui, Messieurs, la voix de l'Académie sera plus puissante et plus écoutée que la mienne.

Si l'Académie persiste à renfermer les concurrents dans certaines limites, ce n'est pas, croyez-le bien, par routine, par entêtement et encore bien moins, à coup sûr, par une taquinerie mesquine qui serait indigne d'elle. L'Académie se doit à elle-même de respecter et de faire que l'on respecte un genre qui lui est propre ; dans lequel, depuis deux cents ans, et de nos jours encore, se sont illustrés tant de maîtres en l'art d'écrire.

Nous avons appris d'eux qu'en conservant le caractère oratoire et en dédaignant de s'engager dans les menus détails de la biographie et de la bibliographie, l'éloge académique se distingue surtout par une certaine mesure et une certaine réserve, par le scrupuleux souci de se contenir au lieu de se répandre ; par le goût enfin et par la méthode ; en suivant fidèlement un ordre qui détermine le choix, l'emplacement et la liaison des parties. Ces derniers mots sont de Voltaire.

« Jeune homme, disait à ce propos notre illustre confrère Sainte-Beuve, en feignant de s'adresser, au nom de l'Académie, à un concurrent imaginaire, débitez-nous un discours élégant, agréable, justement mesuré, où tout soit en cadence et qui fasse un tout ; où la pensée et l'expression s'accordent, s'enchaînent ; dont les membres aient du liant, de la souplesse, du nombre ; un discours animé d'un seul et même souffle. »

Avant lui, M. Villemain, qui donnait toujours l'exemple, avait aussi donné le précepte, en présentant comme le modèle du genre « une œuvre d'esprit et de goût qui plaît dans sa juste mesure de savoir littéraire bien choisi et d'élégante brièveté ».

L'élégante brièveté, Messieurs, nous l'avons trouvée dans le discours de M. de Lescure plus qu'ailleurs ; nous voudrions la trouver partout.

N'ayant pas le pouvoir de décréter l'élégance, l'Académie, du moins, use de son droit en décrétant aujourd'hui la brièveté.

De même que pour le prix de poésie, une limite de trois cents vers est imposée aux concurrents, une limite, plus difficile à préciser et à définir, demandait à leur être assignée désormais pour le concours du prix d'éloquence.

Lu devant vous, le discours de M. de Lescure ne dépasserait guère une heure ; c'est la durée normale de ceux que chaque élu vient prononcer ici pour sa réception et, dans le format officiel des documents de l'Institut, il en est peu qui, à l'impression, doivent remplir plus de trente pages.

L'Académie n'en demande pas plus, et, dorénavant, tout le monde étant bien et dûment averti, elle n'en acceptera pas davantage.

A quel portrait ne suffira pas un pareil cadre ; à quel mérite un éloge de cette longueur pourrait-il ne pas suffire ?

Tous ces éloges, faits ou à faire, nous amènent naturellement au principal objet de notre réunion ; je n'ai pas dit au plus attrayant ; il aura son tour. Quand j'aurai rempli ma tâche et proclamé le résultat de nos concours littéraires, vous entendrez, Messieurs, vous aurez le plaisir d'entendre quelques fragments du discours que l'Académie a couronné. Notre jeune président[1] vous parlera ensuite de la vertu, en homme à qui rien d'humain n'est étranger, aurait dit Térence ; — avec son esprit et son cœur.

Trois de nos prix, trois de ceux qui, par leur importance morale et matérielle, se placent d'eux-mêmes au premier rang, le prix Gobert, le prix Thiers et le prix Thérouanne, ont été attribués à des travaux historiques d'un mérite réel et d'une rare distinction.

L'*Histoire de France pendant la minorité de Louis XIV* n'est pas encore terminée ; le quatrième et dernier volume paraîtra bientôt et les trois premiers, qui comprennent la période de 1643 à 1650, suffisent pour faire apprécier la grande valeur de cet ouvrage, dont j'aime à nommer ici l'éminent et respectable auteur, M. Chéruel. C'est à lui, c'est à son excellent travail que l'Académie décerne le grand prix Gobert, dont le montant s'élève à près de dix mille francs.

En traitant le même sujet, en étudiant la même époque, presque tous les historiens ont négligé les lettres et les carnets de Mazarin, qui leur eussent fourni des indications utiles. M. V. Cousin avait connu les carnets et s'en

1. M. V. Sardou.

était servi; mais seulement pour la première année de
la régence d'Anne d'Autriche et les intrigues de la cabale
des Importants; alors que ces documents, conservés à la
Bibliothèque nationale, s'étendent jusqu'en 1651. De
leur côté, les lettres qui embrassent tout le ministère du
cardinal avaient été consultées par M. Chantelauze,
mais seulement pour une question restreinte, se rattachant au chapeau et aux négociations du cardinal de Retz.

M. Chéruel a fait plus : dans les lettres et dans les carnets, il a puisé des deux mains et, sur toute la période de
la minorité de Louis XIV, il a trouvé des renseignements
précieux restés dans l'ombre jusqu'à ce jour, inédits,
presque inconnus, qu'avec sa grande compétence il a su
mettre en lumière et qui, grâce à lui, éclaireront désormais des points obscurs de la grande politique française
de Mazarin en Italie et de sa politique italienne dans les
coulisses de la cour de France.

Le second prix Gobert, disais-je ici l'an dernier, est
attribué à un très bon livre de M. l'abbé Mathieu, professeur au séminaire de Pont-à-Mousson : l'*Ancien Régime dans les provinces de Lorraine et Barrois*, un de
ces rares ouvrages qui, sous un titre modeste, ont le
grand mérite de tenir plus qu'ils ne promettent.

A ce très bon livre de M. l'abbé Mathieu, qui a le
grand mérite de tenir plus qu'il ne promet, l'Académie,
cette année encore, ainsi qu'elle peut le faire aux termes
de la fondation, décerne le second prix Gobert.

Dans un ouvrage de courte étendue, mais d'importance

considérable, M. Charveriat a exposé avec clarté, avec
autorité, et sans que rien d'essentiel y manque, les
causes, les détails et les résultats de la *guerre de Trente
ans*. Au récit des faits joignant le portrait des hommes
qui, avec l'épée ou avec la plume, ont lutté dans ce long
tournoi, souverains, ministres, négociateurs, généraux,
il les fait tous revivre à nos yeux : Gustave-Adolphe et
Oxenstiern, le cardinal de Richelieu et le baron de Tilly;
Walstein et Bernard de Weimar, Guébriant et Condé,
Turenne enfin : Turenne au début, à l'aurore de sa glorieuse carrière !

Intéressant comme un drame, dont il a le mouvement
et le charme, ce livre atteste dans son auteur une solide
érudition.

L'Académie décerne le prix Thiers à M. Charveriat.

Le prix Thérouanne est partagé inégalement entre
deux ouvrages qui ont particulièrement attiré l'attention
de l'Académie.

Deux mille cinq cents francs sont attribués à M. Ernest
Lavisse pour ses *Études sur l'histoire de Prusse*; le
surplus (1,500 fr.) étant accordé à l'*Histoire de la monarchie de Juillet*, par M. du Bled.

A un point de vue dont l'originalité n'exclut pas
l'exactitude, M. Ernest Lavisse explique bien et fait bien
comprendre la formation et les accroissements successifs
d'une puissance redoutable dont nous ne connaissons que
trop la force. Rien, dans son livre, n'est de nature à
blesser notre patriotisme : il l'émeut pourtant; mais il
nous instruit et nous éclaire. C'est l'œuvre sérieuse,

savante et utile d'un bon historien et d'un bon Français.

En couronnant les *Études* de M. Lavisse *sur l'histoire de Prusse*, l'Académie a imité l'impartialité de leur auteur.

Quoiqu'ils soient d'hier, les événements que raconte son *Histoire de la monarchie de Juillet*, M. du Bled n'a pu les voir, et je l'en félicite. Il connaît bien les faits : ses récits sont exacts, vivants, rapides, animés, pleins d'intérêt. Connaît-il aussi bien les hommes, les grands hommes qui s'illustrèrent alors par leur talent et leur courage, par la hauteur et l'éclat de ces débats parlementaires dont l'équitable histoire honorera le souvenir ?

Au-dessous, et presque à côté des excellents livres de M. Lavisse et de M. du Bled, l'Académie avait remarqué un curieux volume intitulé : *Étude historique sur le maréchal Fabert*, dont M. Bourelly est l'auteur.

Un seul volume, en effet, a paru jusqu'à ce jour et le mérite de l'ensemble ne peut encore être apprécié complètement; mais déjà, dans le récit touchant de la vie de son héros, l'auteur nous apprend ce qu'il fallait alors de valeur, de travail, de persévérance, de génie, à un homme sorti des rangs inférieurs de la société, pour parvenir aux honneurs suprêmes de la carrière militaire. Né en Lorraine dans les derniers jours du xvie siècle, Fabert est le premier roturier qui soit devenu maréchal de France. La France garde sa gloire; sa statue est restée à Metz.

L'Académie accorde une mention honorable à M. Bou-

relly pour cette intéressante étude, qui mérite d'être
achevée.

Le luxe est-il un bien ou un mal ? s'est-on demandé de
tout temps; est-ce une action salutaire ou une action
malfaisante qu'il exerce sur les sociétés et sur les individus ? Est-il un vrai besoin de l'âme humaine ? a-t-il
contribué à l'élever ou à la corrompre ?

Si les premiers prédicateurs chrétiens l'avaient combattu, si, après eux, de sages moralistes avaient voulu le
proscrire, des voies éloquentes et libérales s'élevèrent
souvent pour sa défense; Voltaire, il est vrai, fut quelque
peu conspué lorsque, dans son célèbre conte, le Mon-
dain prit fait et cause pour le luxe, pour le superflu,
chose si nécessaire !

La question semblant insoluble, notre confrère M. Baudrillart, membre de l'Académie des sciences morales et
politiques, s'est d'autant plus attaché à la résoudre. Pour
la première fois, en 1866, avec l'autorité d'un érudit et
d'un philosophe, d'un économiste et d'un historien, il
abordait le sujet dans sa chaire du Collège de France; il
achève aujourd'hui de le traiter en publiant le quatrième
et dernier des volumes qu'il a consacrés à cette savante
et curieuse étude.

Loin de le condamner d'avance et de parti pris, comme
les rigoristes; loin de ne voir dans le luxe qu'une super-
fluité malsaine, M. Baudrillart, estimant en principe que
tout dépend de l'usage qu'on en fait, repousse d'abord
comme dangereux ce luxe abusif qui, avec la corruption
du goût amène celle des mœurs; mais, en revanche, quand

9.

le luxe est un des éléments du bien-être qu'il importe de généraliser le plus possible, il n'hésite plus ; il en reconnaît, il en proclame l'utilité. « Moralement, dit-il, on ne doit accepter que le luxe relatif et permis qui suscite réellement le travail et tend à créer plus de capital qu'il n'en produit. »

Le mauvais luxe est le mauvais usage du superflu, a dit un moraliste contemporain ; M. Baudrillart le répète à son tour, et le consacre. C'est la saine conclusion du beau et bon livre qu'il a mis courageusement quatorze années de sa vie à écrire et dont la lecture instructive est pleine d'intérêt et de charme.

L'Académie décerne, sans partage, la totalité du prix Bordin à M. Baudrillart, c'est-à-dire à l'*Histoire du luxe public et privé, depuis l'antiquité jusqu'à nos jours.*

Le prix Marcelin Guérin était disputé cette fois par des concurrents si sérieux, par des œuvres d'un mérite si distingué, qu'il a fallu le partager entre les trois plus dignes, sans que, pour chacun des lauréats, l'honneur en fût diminué.

Deux prix, de deux mille francs chacun, sont attribués à la *Mythologie de la Grèce antique*, par M. Decharmes, et au travail de M. Paul Stapfer sur *Shakspeare et l'antiquité*; le troisième prix étant décerné à M. Ernest Bertin pour un piquant volume intitulé : *les Mariages dans l'ancienne société française.*

Tandis que, depuis Benjamin Constant, qui en donna l'exemple, mais qui plus tard se reprocha de l'avoir fait,

tant d'écrivains, en France et à l'étranger, ont aujourd'hui
des systèmes fixes et préconçus, les uns sur l'histoire, les
autres sur l'origine des religions et sur les religions elles-
mêmes; le livre, l'excellent livre de M. Decharmes, *la
Mythologie de la Grèce antique*, se distingue précisément
par l'absence de parti pris et de prévention systématique.
Équitable avant tout, cet ouvrage, qui nous manquait en
France, est, à la fois, sérieux et charmant. A la solidité de
ses jugements il joint le rare mérite d'une forme pure,
correcte et très élégamment littéraire.

Le savant ouvrage de M. Stapfer, dans sa première partie surtout qu'il consacre à l'analyse des pièces que l'antiquité grecque et l'antiquité latine ont inspirées au grand
poète tragique de l'Angleterre, contient des vues d'art
supérieures, de sages critiques, de fines analyses et des
jugements définitifs. L'état actuel de la polémique sur
Shakspeare y est exposé en détail, avec une lucidité
remarquable; mais le dernier mot n'est pas dit pour cela;
engagée depuis longtemps, la lutte des opinions contradictoires durera longtemps encore et la critique se perdra
toujours à rechercher inutilement si Shakspeare avait ou
non la tradition d'Aristote; si, l'ayant connue, il s'en
écartait à dessein; s'il savait l'histoire, et pourquoi, la
sachant, tant d'anachronismes, tant d'inexactitudes de
temps et de lieu, tant de manquements à la vérité locale
faisaient douter qu'il l'eût apprise. Shakspeare avait
l'instruction moyenne de son temps, a dit un de nos confrères; mais, ce qu'il avait appris, il l'animait du souffle
de son génie. Tout est là : c'est à l'étude de ce génie que

M. Stapfer s'est attaché, et nous lui devons un livre d'un
intérêt puissant, d'une grande érudition et d'un charme
plus grand encore.

Un livre sur les *Mariages dans l'ancienne société
française* devait naturellement contenir des détails assez
piquants pour qu'on pût le trouver trop satirique, l'accuser même de manquer de bienveillance et d'impartialité.
L'auteur s'en défend, et j'aime aussi à l'en défendre. Ce
n'est pas dans les mémoires secrets, dans les chroniques
scandaleuses, encore moins dans les commérages d'une
société corrompue, qui ne s'en privait pas du reste, que
M. Ernest Bertin a puisé ses informations. En recherchant
les motifs qui décidèrent longtemps des mariages dans les
familles nobles, il a étudié sous cet aspect nouveau la
constitution et l'esprit de l'ancienne société française, et,
par la force des choses, il a été amené à décrire les
manèges, les intrigues, les incidents et les péripéties de
la comédie matrimoniale, ainsi que la physionomie et les
sentiments des personnages qui y jouaient leur rôle. S'il
arrive alors parfois que la comédie dégénère et qu'elle
aille jusqu'à la satire, la faute en est aux mœurs, et non à
leur historien.

C'est à Saint-Simon surtout et à madame. de Sévigné
que M. Bertin a demandé des confidences, en ayant soin
toujours de les soumettre au contrôle de l'honnête Dan-
geau, dont l'esprit exact et l'humeur débonnaire corri-
geaient d'avance ce qu'il pouvait y avoir d'excessif dans
la verve endiablée du fier duc et dans la malicieuse
finesse de l'inimitable marquise.

Jusqu'ici, Messieurs, l'Académie n'avait qu'un prix de traduction, le prix Langlois, à décerner tous les ans. Tous les trois ans, et à partir d'aujourd'hui, elle y ajoutera désormais un prix de trois mille francs dont madame Jules Janin a doté les lettres, en souvenir de l'aimable et spirituel écrivain dont elle portait le nom et dont elle a voulu perpétuer la mémoire en l'honorant par un bienfait.

Destiné à la *meilleure traduction d'un auteur latin*, ce prix a été convoité par de nombreux candidats. Jules Janin, vous le savez, était l'intime ami d'Horace, qu'il avait même traduit à sa manière, avec beaucoup de grâce et d'esprit. Provoquées par son appel posthume, les traductions d'Horace ont abondé dans ce concours; l'Académie en a distingué plusieurs, deux notamment, d'une correction élégante et agréable que je commence par mentionner ici en son nom : l'œuvre entière d'Horace traduite en vers par M. Charles Chautard, et les satires, également traduites en vers par M. Gustave Asse, conseiller honoraire à la cour d'appel de Rouen.

Ayant commencé, lui aussi, par traduire Horace, traducteur aujourd'hui des satires de Perse et de Juvénal, M. Cass-Robine reçoit de l'Académie un prix de deux mille francs sur la fondation Janin, dont le surplus est attribué à la traduction en vers des poésies de Catulle par un jeune écrivain renommé à Marseille et que Paris commence à connaître : M. Eugène Rostand.

On a beaucoup loué et blâmé un peu M. Rostand d'avoir pris la peine de traduire Catulle, vers pour vers : c'est un grand effort dont, en principe, l'utilité peut être contestable, mais qui souvent a permis à M. E. Rostand d'at-

teindre avec bonheur à cette précision poétique qui est
l'idéal de la traduction.

Dans l'accomplissement de son œuvre, M. Rostand a
été très utilement secondé par le concours et les conseils,
consilio manuque, dirait le barbier de Beaumarchais,
d'un savant modeste, M. E. Benoist, professeur de poésie
latine à la Faculté des lettres de Paris, où il a l'honneur
de remplacer celui qui fut son maître et le nôtre, M. Patin.
Après avoir mis au service de son collaborateur un texte
nouveau du poète latin, revu d'après les travaux récents
de la philologie, M. Benoist y a joint un commentaire
critique et explicatif d'une érudition profonde et d'un
puissant intérêt.

Estimant, de son côté, que l'intérêt du traducteur est
parfois en désaccord avec celui de l'original et que ce qui
sert à l'un peut trop souvent nuire à l'autre, M. Cass-
Robine, en traduisant tour à tour Horace, Perse et Juvénal, s'est étudié à calquer pour ainsi dire le texte latin, à
le suivre pas à pas, mot par mot, en respectant même
ses inversions et en les reproduisant avec une rigoureuse
exactitude. Ainsi faisaient Montaigne et Rabelais, deux
grands modèles. Je dois ajouter que le système contraire
a été pratiqué, de nos jours, avec bonheur aussi et avec
éclat, par des maîtres qui ont fait école, par M. Villemain
surtout et M. Cousin, comme par MM. Burnouf et de
Rémusat.

Selon M. Cass-Robine, le rôle d'un traducteur n'est pas
de montrer ce qu'un poète comme Juvénal aurait dit en
français, mais de constater ce qu'il a dit en latin. Voilà
donc ce qu'il a voulu faire et ce qu'il a fait. « Sa phrase,

écrivait un savant critique[1], est si parfaitement ajustée
sur le vers latin, que, derrière chaque mot, on sent repa-
raître le mot du texte. Au tour serré de la période, on
reconnaît le tour de l'original, qu'elle dessine en le mode-
lant, et un homme qui aurait su son Horace par cœur
pourrait, avec la seule traduction de M. Cass-Robine, le
retrouver au fond de sa mémoire. »

Ayant ainsi fait une large part aux poètes latins et à
leurs traducteurs, l'Académie s'est trouvée plus libre pour
le concours Langlois. Elle en partage le prix entre deux
ouvrages qui eussent mérité l'un et l'autre qu'on le leur
donnât tout entier.

Le premier est une traduction de la *Géographie* de
Strabon par le savant bibliothécaire de l'Institut, M. Amé-
dée Tardieu, œuvre considérable, en trois volumes com-
pacts, qui a demandé à son auteur plus de quinze années
de travail. Depuis un demi-siècle, la critique s'est beaucoup occupée de Strabon; elle en a éclairci le sens et
renouvelé le texte. M. Tardieu s'est tenu au courant de
tous ces travaux, il les a étudiés avec conscience et il nous
en fait profiter. Sa traduction n'a pas seulement le mérite
d'être exacte, elle est précise, nette, élégante. On la con-
sultera avec fruit, on la lira avec plaisir.

L'autre ouvrage est la *Véridique histoire de la conquête de la Nouvelle-Espagne*, de Bernal Diaz, traduite

1. M. Édouard Thierry.

par un jeune poète espagnol, qui est un poète français,
M. José-Maria de Hérédia.

Dans les dernières années de sa vie, un vieux soldat de
Fernand Cortès s'avisa d'écrire, pour son usage et pour
son plaisir, le récit de la conquête du Mexique à laquelle
il avait pris part. Il le fit sans aucune prétention littéraire,
disant tout bonnement les choses comme il les avait vues,
et rapportant toutes ses impressions comme il les avait
éprouvées. Beaucoup ressemblaient alors à Bernal Diaz;
ce n'est donc pas seulement un homme, c'est un temps,
c'est une époque que son histoire nous fait connaître.
Pour mieux rendre une langue qui a quelque peu vieilli,
M. de Hérédia a eu la bonne pensée de vieillir aussi son
style, à la façon dont on écrivait en France dans le XVIᵉ siècle. Cette imitation, qui ne constitue pas un pastiche, est
discrètement faite, avec beaucoup d'à-propos, d'habileté
et de charme. Le vieux soldat de Cortès revit là tout entier; c'est l'original lui-même que nous croyons voir et
que nous aimons à entendre.

Consacré par l'Académie à récompenser des travaux
d'érudition et de philologie française, le prix de quatre
mille francs dû à la générosité de M. Archon-Despérouses
est partagé entre deux ouvrages d'un rare et incontestable
mérite.

C'est d'abord une édition nouvelle des *Remarques de
Vaugelas sur la langue française*, publiée par M. Chassang, inspecteur général de l'Université et déjà lauréat de
l'Académie. Non seulement les remarques de Vaugelas
nous font bien connaître l'état de notre langue au com-

mencement du xviiᵉ siècle, mais elles ont été le point de départ d'un grand travail grammatical dont la langue française a particulièrement profité. M. Chassang a revu le texte sur l'édition que Vaugelas publiait trois ans avant de mourir; il y a joint les remarques de Thomas Corneille, celles de Patru et les observations de l'Académie française. Il a été assez heureux pour découvrir dans un manuscrit de l'Arsenal quelques remarques inédites qu'il a recueillies; il a éclairci les obscurités de l'auteur par quelques notes discrètes et savantes; il a trouvé enfin dans les papiers de Conrart, où l'on trouve tant de choses, une clef manuscrite faite sous ses yeux et qui, en nous apprenant le nom des personnages dont Vaugelas veut parler, donne plus de piquant à ses citations. Fort intéressante en elle-même, la publication de M. Chassang l'est surtout pour l'Académie, à qui elle restitue dans sa pureté un monument domestique : « C'est, dit M. Chassang, une véritable enquête sur la langue française qui a rempli tout le xviiᵉ siècle et qui, commencée dans la petite chambre de Malherbe et dans le salon bleu de l'hôtel Rambouillet, a été close par les décisions collectives de l'Académie. »

L'autre ouvrage, également récompensé, est le *Livre des Métiers*, qu'Étienne Boileau composa au xiiiᵉ siècle, par ordre de saint Louis. Il fait partie des publications que la ville de Paris a entreprises pour éclairer son histoire. Le texte a été revu, avec beaucoup de soin, sur les meilleurs manuscrits, par MM. René de Lespinasse et François Bonnardot, anciens élèves de l'École des

Chartes, qui s'en sont partagé le travail : M. de Lespinasse, dans une longue et savante introduction, a fait un
curieux tableau des corporations qui remplissaient Paris
au XIIIe siècle ; M. Bonnardot a joint au texte un excellent
glossaire qui non seulement nous fait mieux connaître les
termes spéciaux dont se servaient les diverses industries,
mais qui souvent ajoute encore à la connaissance de la
langue générale. Chacun a fait sa part avec un égal mérite.

Sans que j'ose dire qu'il touche à son terme, mon rapport avance assez, Messieurs, pour que je n'aie plus à
solliciter de vous que quelques moments de patience et
d'indulgente attention. Je finirai bientôt, en proclamant
le résultat du concours Montyon et les récompenses décer-
nées aux ouvrages utiles aux mœurs.

Voici d'abord trois prix d'un ordre particulier, qui, à
des degrés différents, ont pour objet de soulager ceux qui
souffrent, d'encourager ceux qui travaillent, et d'honorer
les parvenus que leurs succès et leur mérite ont signalé
à la faveur du public comme aux suffrages de l'Académie.

En 1874, le prix d'éloquence était décerné, pour un
remarquable *Éloge de Bourdaloue*, à M. Anatole Feugère,
qui, depuis, professeur suppléant au Collège de France,
se distingua, à son tour, dans la chaire de notre excellent
et regretté confrère M. de Loménie. Le titulaire et le
suppléant furent enlevés bientôt à peu de distance l'un
de l'autre, et, le jour même où la mort frappait le

plus jeune, en plein bonheur et en plein talent, madame Feugère mettait au monde un fils à qui son père n'a pu léguer qu'un nom cher aux lettres et un souvenir honoré de tous.

Le prix Lambert, dont l'importance morale augmente la valeur, est attribué par l'Académie à la veuve si intéressante de M. Anatole Feugère.

Le prix d'encouragement fondé par M. le comte Maillé de Latour-Landry est alloué à un écrivain que, depuis plusieurs années, une maladie cruelle retient sur son lit de douleur, à M. Henry de la Madelène, auteur de plusieurs romans dont l'un, *la Fin du marquisat d'Aurel*, avait été, en 1879, distingué par l'Académie.

Le prix Vitet enfin, un gros prix qui, cette année, ne s'élève pas à moins de 6,400 fr., et qui compte encore plus qu'il ne pèse, son illustre fondateur ayant demandé qu'il fût employé dans l'intérêt des lettres, est décerné par l'Académie à deux lettrés, bien connus d'elle, qui se sont distingués à la fois, l'un et l'autre, comme poètes, comme auteurs dramatiques et comme romanciers : MM. André Theuriet et Albert Delpit.

Comme d'habitude, cent ouvrages, plus ou moins utiles aux mœurs, étaient présentés, cette année, au concours Montyon.

L'Académie en couronne dix. Elle en avait d'abord distingué vingt autres dont je voudrais au moins citer les titres.

Mes Pensées, par madame Calmon, forment un charmant recueil, dont la lecture, qui fait songer, est à la fois douce, saine et agréable.

Le *Voyage*, de M. Lucien Bonnemère, *à travers les Gaules*, est un livre instructif, fort intéressant. L'*Inconsolée*, par M. Barbé, est une histoire d'hier, triste et touchante, qui fera couler bien des larmes.

Voici enfin quatre volumes qu'on eût voulu pouvoir couronner : *les Amis de Dieu au* XIVe *siècle*, par M. A. Jundt; *Eustache Deschamps*, par M. Sarradin; *Patrons et Ouvriers de Paris*, par M. A. Fougerousse; *Lettres aux mères de famille sur l'éducation*, par feu M. L. Liebrich, dont ses amis ont honoré la mémoire en publiant, après sa mort, cet intéressant recueil, plein de bons et utiles conseils.

Tout à l'heure, en finissant, je vous parlerai, avec quelque détail, du poète inconnu que l'Académie a couronné. En attendant, Messieurs, deux tout petits recueils de vers méritent ici une mention particulière : *les Premiers Chants*, par mademoiselle Céline Renard et surtout les *Poésies posthumes* de M. Henri-Charles Read.

Mort à dix-neuf ans, le jeune homme qui a écrit ces vers promettait d'être un vrai poète; il l'était déjà; il en avait le cœur et l'instinct; il en avait l'art et la science. En réunissant les premières poésies de cet aimable enfant, notre ami François Coppée les a présentées au public avec autant de goût que d'émotion et de grâce, dans quelques vers exquis dont voici du moins la première strophe qui vous fera désirer les autres :

Celui qui fit ces vers est mort à dix-neuf ans !
— Tel l'amandier précoce, au début du printemps,
Meurt, pour une neige qui tombe.
Il ne reste de lui que ce bouquet glané,
Et d'une main pieuse, ainsi qu'un frère aîné
Je viens le poser sur sa tombe.

Les pièces de théâtre ne sont guère du domaine de
nos concours. C'est au public réuni qu'il appartient surtout de les juger. Cette année pourtant, on en a présenté
deux au concours des ouvrages utiles aux mœurs : *Madame Daroles, ou le Secret de l'amiral*, drame en quatre
actes, par M. de Valbezen ; *le Châtiment*, drame en cinq
actes, par M. G. Rivet.

Joué plus de cent fois de suite sur une scène modeste,
mais qui, étant utile, aurait le droit d'être fière, sur le
théâtre de Cluny, *le Châtiment* a déjà reçu sa récompense.

Le drame de M. de Valbezen, au contraire, n'a été re-
présenté qu'une fois ; mais il a eu l'honneur de contribuer grandement à une belle et bonne action ; son aimable et spirituel auteur, que l'Académie connaît bien,
l'ayant fait monter lui-même, à ses frais, pour être joué,
le 3 avril 1875, sur l'ex-théâtre Ventadour, au profit de
la Société des Alsaciens-Lorrains.

Le succès en fut très grand et très fructueux ; plus fructueux et plus grand pour les bénéficiaires que pour le
généreux auteur, qui n'a oublié que lui, en pensant aux
autres.

Dans le concours Montyon de cette année, une part con-

sidérable a été faite à la science. Nous ne le regrettons
pas.

Le Jardin de mademoiselle Jeanne, par M. Desbeaux,
est un charmant petit livre; j'en rapproche à dessein un
agréable ouvrage de M. Félix Hément, intitulé : *De l'instinct et de l'intelligence*. Par leur sujet, et par le but
qu'ils se sont proposé, les deux auteurs s'étaient eux-
mêmes rapprochés d'avance.

Intéressants et instructifs, ces deux livres sont bons à
mettre entre les mains de la jeunesse. Tous deux contiennent des renseignements curieux et d'utiles notions
sur l'histoire naturelle; tous deux sont au courant de la
science moderne et se recommandent par une grande
exactitude dans les détails. Si *le Jardin de mademoiselle Jeanne* a particulièrement le charme d'une fable
touchante, qui donne un attrait de plus à ses leçons, le
livre de M. F. Hément a le mérite de mettre très fidèlement en lumière les différences qui séparent l'intelligence de l'instinct; repoussant avec courage, comme
impossible et injurieux, tout rapprochement entre l'instinct immuable de la bête et l'intelligence de l'homme,
éternellement perfectible.

A côté de ces deux volumes, l'Académie en a placé un
troisième qui, avec plus de profondeur et d'autorité, traite
à peu près les mêmes questions : *les Métamorphoses des
insectes*, par M. Maurice Girard. C'est l'œuvre d'un philosophe et d'un observateur, nous disait un de nos plus
savants... le plus savant de nos confrères. Quand les
économistes n'ont que trop besoin d'étudier les moyens
de combattre les insectes nuisibles, cette science spéciale

a d'autant plus besoin d'être vulgarisée, et l'utilité du
livre de M. Maurice Girard se fait d'autant plus sentir.

De pareils ouvrages ont en outre le mérite de développer l'esprit d'observation. Entre voir et observer, la différence est considérable. Que de choses nous croyons
bien connaître, quand nous les avons à peine entrevues !
que de détails nous échappent tous les jours sur ce qui
nous touche le plus, sans que nous en soupçonnions même
l'existence ! Une fois acquise, l'habitude d'observer persiste toujours et s'applique à tout, nous dit M. Maurice
Girard, et cette habitude, il nous la donne, en nous en
donnant le conseil et le goût.

Tandis que M. Desbeaux, M. Félix Hément et M. Maurice Girard se penchent avec nous vers la terre, dans *le
Jardin de mademoiselle Jeanne*, pour nous montrer de
près les moindres êtres de la création subissant, comme
l'homme, les lois de la vie, ayant en petit les mêmes
besoins, les mêmes passions, les mêmes misères, M. Camille Flammarion, opposant aux petitesses d'en bas les
grandeurs d'en haut, nous emporte dans le ciel qu'il
connaît et qu'il nous apprend à connaître.

Dans son livre sur l'*Astronomie populaire*, en rendant la science accessible à toutes les intelligences,
M. Flammarion a voulu exposer, en un seul volume, l'ensemble des révélations de l'astronomie moderne ; donner
une idée exacte de l'organisation de l'univers, des forces
qui en soutiennent la marche immuable et des lois qui
en régissent la constitution ; faire apparaître enfin à tous
les yeux la grandeur et la beauté de la création ; la puissance aussi du créateur, qui en est inséparable.

La valeur scientifique de cet ouvrage avait comme
garants auprès de nous plusieurs de nos confrères de
l'Académie des sciences. Ce n'est pas pour eux cependant que travaille aujourd'hui M. Flammarion, c'est aux
ignorants qu'il s'adresse ; je lui en sais gré, pour ma part ;
il les instruit et les intéresse ; j'ose presque dire qu'il les
amuse ; écrit dans une langue claire et qui ne manque
pas d'élégance, son livre a, par cela même, un titre de
plus à nos yeux.

Sous ce titre : *la Suisse, études et voyages à travers
les vingt-deux cantons*, M. Jules Gourdault a publié,
dans un majestueux format, un livre d'art qui, par son
étendue et sa magnificence, dépasse tout ce qui, jusqu'à
ce jour, s'était fait de mieux sur le même sujet.

Non content de nous guider jusqu'aux plus hauts
sommets du monde alpestre, mêlant le drame humain
aux tableaux magiques de cette nature sans pareille, il
nous invite tour à tour, pour nous reposer sur la route, à
visiter chaque canton, à étudier ses annales privées et
ses archives familières et, sans nous perdre trop longtemps dans le dédale des vieilles chroniques, il nous apprend à la suite de quels événements les divers groupes
helvétiques sont parvenus à former ce puissant faisceau
qui, par leur union, fait leur force.

C'est à un autre voyage, sous d'autres cieux ayant aussi
leur poésie et leur charme, que nous convie M. Charles
Edmond, dans un livre plein d'intérêt qui est plus qu'un
roman, un tableau de mœurs, presque une histoire, et

qu'il a publié sous ce titre : *Zéphyrin Cazavan en Égypte.*

M. Charles Edmond n'a pas seulement visité l'Égypte, il l'a longtemps habitée ; il en connaît les hommes et les choses ; il a pénétré dans le secret des maisons et dans le secret des âmes ; laissant à des savants, qui en abusent, le soin de nous montrer une fois de plus les pyramides, il nous ouvre des portes fermées à d'autres et nous entrons avec lui chez ceux qu'il a vus et qu'il nous fait voir : « Il sait montrer et il sait conter, a dit de lui un des maîtres de la critique[1], il a le ton de familiarité spirituelle qui lie le lecteur avec l'écrivain ; on sort instruit et amusé de son livre ; l'esprit plein de vues justes et de notions neuves ; l'imagination colorée par ces tableaux brillants et bizarres qu'il fait passer sous les yeux. »

En voulant y ajouter, je diminuerais cet éloge.

Deux hommes d'esprit, MM. Edmond Texier et Lesenne se sont associés pour publier sous ce titre : *les Mémoires de Cendrillon,* un livre aimable et singulier, écrit avec deux plumes choisies, mais inégales, dans le vague azur de la poésie.

Le drame qui se développe dans ce petit volume est peu compliqué ; mais, dès le début, il vous saisit le cœur et ne le lâche pas ; c'est un récit charmant, plein d'heureux détails, d'honnêtes sentiments et d'observations délicates.

---

1. M. Paul de Saint-Victor.

Les pasteurs du désert du xviii° siècle ont été depuis longtemps l'objet de travaux considérables; ceux du xvii° siècle, au contraire, semblaient presque entièrement oubliés; c'était une lacune dans l'histoire du protestantisme français; elle est comblée maintenant par l'ouvrage que M. O. Douen a publié sous ce titre : *les Premiers Pasteurs du Désert* (1685 à 1700).

S'il met en lumière les luttes douloureuses qui ont affligé la fin du xvii° siècle après la révocation de l'Édit de Nantes, on aurait tort de croire que ce livre veut attaquer la foi catholique; loin d'exciter aux passions religieuses, il éteint le feu plus qu'il ne l'allume; ayant l'impartialité d'une étude calme et grave qui ne recherche ni l'à-propos ni les allusions. L'histoire ne l'avait pas attendu pour condamner des rigueurs inhumaines et inutiles dont le souvenir pèse encore sur la mémoire du grand roi.

A chacun de ces huit ouvrages, l'Académie décerne un prix de quinze cents francs.

Deux prix plus considérables, de deux mille cinq cents francs chacun, les deux derniers que j'aie à proclamer devant vous, sont décernés, l'un à un charmant volume de poésies, l'autre à une savante étude de mœurs, de philosophie sociale et d'économie politique.

En écrivant un livre sur *le Mariage et les Mœurs en France*, M. Louis Legrand, député du Nord, docteur en droit et docteur ès lettres, a voulu faire, a fait une œuvre de haute morale, et, en la couronnant la première l'Académie des sciences morales et politiques a reconnu ses intentions, approuvé ses vues et récompensé son mérite.

L'Académie française a hésité d'abord à en faire autant; le mérite, les vues et les intentions du livre de M. Louis Legrand ne lui avaient pas échappé; mais, quand il s'agit d'un prix Montyon, presque d'un prix de vertu, l'hésitation s'explique et tout scrupule est légitime.

Par la nature même de son sujet, M. Louis Legrand ne pouvait manquer d'aborder des questions d'une extrême délicatesse; il l'a fait bravement, en homme sérieux qui ne plaisante pas avec les choses, et ne marchande pas avec les mots.

Une voix éloquente avait loué dans ce livre l'élévation des idées, la solidité du fond et la correction élégante du style; trouvant, à son tour, qu'il réunissait les conditions supérieures d'un ouvrage utile aux mœurs, l'Académie le couronne, en lui donnant une place à part, une place d'honneur.

« Le nom de Louis Fréchette, poète canadien, est-il parvenu jusqu'à vous? » m'écrivait, le 14 avril 1879, un poète français que l'Académie avait couronné à son dernier concours, M. Prosper Blanchemain. M. Blanchemain vient de mourir. Je donne un regret à sa mémoire, en le remerciant d'avoir présenté à l'Académie M. Louis Fréchette, dont, je l'avoue à ma honte, jamais alors le nom n'était parvenu jusqu'à moi.

Peud'entre vous, Messieurs, connaissent les œuvres

de ce poète, de ce Canadien, de ce sauvage, comme il l'écrivait lui-même récemment. Jeune encore, M. Louis Fréchette, tour à tour avocat et journaliste, eut en dernier lieu, pendant cinq ans, l'honneur de représenter le comté et la ville de Lévis au parlement fédéral. Il n'appartient plus aujourd'hui qu'à la littérature, et, pendant que ses vers nous apprenaient à le connaître, un grand drame de sa composition obtenait, il y a aujourd'hui deux mois, un succès retentissant sur le théâtre français de Montréal. C'est en français, Messieurs, qu'on écrit, qu'on parle et qu'on pense dans ce pays jadis français, que nous aimons et qui nous aime.

Un jour, à Montréal, vers la fin du mois de décembre 1870, à l'inauguration d'un cercle d'ouvriers, un des orateurs indigènes s'écriait au milieu des acclamations de la foule émue :

« ... Et si quelqu'un veut savoir maintenant jusqu'à quel point nous sommes Français, je lui dirai : « Allez » dans les villes, dans les campagnes ; adressez-vous au » plus humble d'entre nous et racontez-lui les péripéties » de cette lutte gigantesque qui fixe l'attention du monde ; » annoncez-lui que la France a été vaincue ! Puis, mettez » la main sur sa poitrine et dites-moi ce qui peut faire » battre son cœur aussi fort, si ce n'est l'amour de la patrie ! »

Voilà pourquoi, Messieurs, quand il est de règle que les Français seuls puissent concourir pour les prix Montyon, le jour où, de si loin, M. Fréchette vint timidement frapper à la porte de notre concours, l'Académie s'empressa de l'ouvrir à ce Français du nouveau monde.

La fraternité suffisait pour que les *Poésies cana-
diennes* fussent admises à concourir, mais non pour
qu'elles fussent couronnées; elles l'ont été, Messieurs;
elles le sont en première ligne, ayant mérité de l'être,
et sans que la faveur soit pour rien dans cette juste récompense. M. Fréchette n'aura pris ici la place ni les
lauriers de personne.

Chez nous, dit-il, dans un de ses plus charmants sonnets,

> Chez nous, un sentiment qui ne saurait périr,
> C'est l'amour du vieux sol qu'à bénir on s'obstine,
> Du vieux sol poétique où chanta Lamartine,
> Sol maternel, pour qui nous voudrions mourir.

Ainsi, répondant d'avance à l'appel de l'Académie,
M. Louis Fréchette sera le premier poète qui ait fait
retentir ici le nom de Lamartine, en l'associant à ce cher
nom de la France, que gardent, dans leur cœur fidèle,
tous les enfants qu'elle a perdus.

SÉANCE PUBLIQUE ANNUELLE

DU JEUDI 4 AOUT 1881

Messieurs,

Le 25 août 1772, d'Alembert, appelé de la veille aux
fonctions de secrétaire perpétuel de l'Académie française,
commençait ainsi son premier rapport sur le concours de
poésie :

« Les prix que l'Académie propose tous les ans sont un
des objets qui l'intéressent le plus. Ils excitent l'émula-
tion des jeunes littérateurs et leur font sentir les premiers aiguillons de la gloire, de cet appât si nécessaire
au génie et, trop souvent, son unique récompense.

» L'Académie éprouve donc le regret le plus sensible
lorsqu'elle se voit privée de la satisfaction de distribuer
ces couronnes si précieuses pour elle. Amie de tous les
gens de lettres, qui ont tant d'intérêt d'être unis, elle
voudrait n'en contrister aucun, quoiqu'elle ne puisse
éviter, malheureusement pour elle, d'en mortifier tous les

ans un grand nombre, soit qu'elle donne, soit qu'elle
remette le prix. Mais ce n'est pas seulement aux gens de
lettres, ses concitoyens, qu'elle doit compte de ses jugements ; elle en doit répondre à ce public qui a les yeux
sur elle et qui l'avertit, de temps en temps, d'être aussi
difficile que lui.

» C'est d'après ces motifs que l'Académie s'est crue
obligée de suspendre le prix de poésie qu'elle devait
distribuer cette année et de le remettre à l'année prochaine. »

Mentionnant alors avec estime une pièce de vers qui,
sans mériter qu'on la couronnât, avait « paru supérieure
à toutes les autres, l'Académie, dont je ne suis que l'interprète, disait encore d'Alembert, aurait désiré que
l'auteur eût mis dans son ouvrage plus de mouvement et
de coloris, et se fût élevé davantage à la dignité et à l'intérêt de son sujet ».

Ces paroles, Messieurs, prononcées devant nos pères
il y a plus d'un siècle, je pourrais aujourd'hui les répéter
devant vous, sans avoir à y changer un seul mot.

Si, parmi les cent-soixante-dix-huit pièces de vers présentées cette année au concours de poésie, l'Académie a
pu en distinguer deux ou trois quelque peu supérieures aux
autres, aucune, à son grand chagrin, ne lui a paru s'élever
à la dignité et à l'intérêt du sujet proposé par elle.

Ce sujet, Messieurs, dont un seul mot, un seul nom,
signalait assez la grandeur, ce sujet c'était :

LAMARTINE.

L'éloge du chantre d'*Elvire* et de *Jocelyn*, du poète
des *Méditations* et des *Harmonies* allait donc enfin
retentir ici, sous ces voûtes étonnées de ne pas l'avoir
encore entendu! C'était une dette de l'Académie, que
l'Académie demandait qu'on payât pour elle.

Ce qui est différé ne sera pas perdu. Dans deux ans,
en 1883, le même sujet, remis au concours, aura été
traité de nouveau et, en permettant, cette fois, qu'un
prix soit justement décerné, le succès répondra, j'espère,
à notre persévérant appel.

Ce n'est pas tout ce que Lamartine a pu faire ; c'est ce
qu'il a fait de supérieur qu'il fallait mettre en lumière ;
ce n'est pas l'homme qu'il fallait peindre, de près et en
miniature ; c'est le poète qu'il fallait chanter de loin, de
haut surtout, en parlant de lui comme en parlera la
postérité.

« Les opinions ont pu demeurer diverses sur vos doctrines, mais il n'y en a qu'une sur votre talent, disait
déjà l'illustre Cuvier à M. de Lamartine, en le recevant
à l'Académie, le 1ᵉʳ avril 1830. «Si tous, ajoutait-il, n'ont
pas déféré au philosophe, à cette magie puissante qui
commande à tous les êtres, qui fait mouvoir les mondes,
qui évoque les ombres, les anges et les démons, qui, tour
à tour, à votre volonté, nous charme et nous effraye,
chacun a reconnu le poète. »

Voilà le programme que M. Cuvier rédigeait d'avance,
il y a cinquante et un ans, pour les poètes de l'avenir qui,
après l'avoir tenté vainement hier, prendront demain leur
revanche, en rendant, sous le nom de Lamartine, hom-

mage à la poésie elle-même, à la poésie qui se retrouve chez lui partout, dans ses vers et dans sa prose, dans sa vie privée et dans sa vie publique, dans l'infortune même de son déclin comme dans l'éblouissement de ses triomphes.

Un regret de plus s'ajoute à celui que l'Académie éprouve de s'être vue ainsi contrainte à laisser sans emploi la première de ses récompenses. La dernière de ses fondations n'aura guère été plus heureuse.

Une part du prix de cinq mille francs, dû à la générosité de madame Botta, recevra dès aujourd'hui une bonne et honorable affectation ; mais le prix lui-même, comme le prix de poésie, sera remis encore au concours, pour être disputé de nouveau, et décerné aussi dans deux ans.

En 1874, le 18 décembre, madame Botta écrivait de New-York à l'Académie pour lui offrir de mettre à sa disposition un prix de cinq mille francs qui, tous les cinq ans, serait attribué au meilleur ouvrage publié en France *sur le thème suivant*, disait-elle : *La Femme; et de quelle manière ses relations domestiques, sociales et politiques pourraient être modifiées dans l'intérêt d'une civilisation plus haute.*

Assez irrespectueuse pour notre civilisation moderne, cette formule américaine était de nature à effaroucher quelque peu une compagnie pacifique, amie de tous les progrès, mais ennemie de toutes les révolutions ; littéraire avant tout et par-dessus tout ; qui ne demanderait qu'à céder toujours à des confrères plus compétents l'honneur, périlleux pour elle, de traiter les questions politiques et sociales.

Sans refuser tout à fait son concours et sa peine que, d'habitude, elle ne marchande pas à qui les réclame, l'Académie dut, cette fois, montrer quelque hésitation ; mais bientôt, toute sa liberté d'action restant réservée, le prix fondé par madame Botta fut, d'un commun accord, destiné formellement au meilleur ouvrage qui serait présenté sur *la condition des femmes*.

Ce prix, nous espérions le décerner aujourd'hui pour la première fois. Cinq concurrents ont répondu seuls à notre appel, et, si le sujet proposé dans l'origine par madame Botta avait été adopté, un petit livre intitulé : *la Femme libre*, aurait eu certainement des droits à la préférence. Mais plus il se rapprochait du programme écarté par l'Académie, plus, par cela même, il s'éloignait de celui qui a prévalu, de celui qui pour nous est la loi, et que nous avons dû respecter.

Dans ce volume, qui tient tout ce que son titre promet, l'auteur a fait preuve d'un talent réel ; mais il a manqué le but, en manquant de mesure et de modération. Au lieu de traiter en philosophe et en moraliste des questions de morale et de philosophie, c'est avec passion qu'il agite des questions sociales que nous n'avons pas à discuter avec lui. Ses intentions sont bonnes ; ses moyens sont dangereux. Pour améliorer la condition des femmes, il ne faut pas commencer par en faire des hommes ; il ne faut pas leur enlever ce premier mérite, qui toujours sera leur charme, leur honneur et leur droit, le mérite d'être des femmes !

Par ses qualités comme par ses défauts, ce livre était de ceux qui ne passent pas inaperçus ; il a eu cet avantage et cet inconvénient.

Le prix n'a pu lui être donné ; mais personne ne l'a obtenu.

Une importante série d'études sur le développement historique de la condition des femmes dans tous les pays et à toutes les époques avait pourtant attiré l'attention de l'Académie, qui se souvenait d'avoir à deux reprises, en 1864 et en 1872, encouragé leur auteur : mademoiselle Clarisse Bader.

Sous ces divers titres : *la Femme dans l'Inde antique*, *la Femme biblique*, *la Femme grecque* et *la Femme romaine*, mademoiselle Bader a entrepris, depuis près de vingt ans, un immense travail d'information spéciale qui la plaçait déjà dans les termes du concours avant que le concours existât ; elle y sera d'autant plus qu'elle avancera davantage dans l'achèvement de son œuvre, œuvre encyclopédique, qui a préparé la question, qui l'a étudiée, commentée, élucidée ; mais qui, manquant jusqu'à ce jour d'une conclusion formelle, ne l'a pas encore résolue.

Voulant honorer des efforts persistants et récompenser des travaux littéraires qu'anime partout le sentiment moral, comme le disait ici M. Villemain, en proclamant le prix décerné à *la Femme dans l'Inde antique* ; voulant aussi témoigner autant que possible du désir qu'elle aurait de répondre sans retard au vœu de la donatrice, l'Académie a prélevé, sur le montant du prix Botta, une somme de deux mille francs qu'elle attribue, avec estime, à mademoiselle Clarisse Bader, en attendant qu'un ouvrage plus complet achève ce qu'elle a si utilement commencé.

Dans deux ans, Messieurs, je l'ai dit et je le répète, ce prix qui, dès aujourd'hui, est de nouveau remis au concours par l'Académie, ce prix de cinq mille francs sera décerné au meilleur ouvrage qui, avant le 1ᵉʳ janvier 1883, nous aura été présenté sur *la Condition des Femmes*.

J'en ai fini, Messieurs, avec les prix que l'Académie ne donne pas ; je vais maintenant remplir une tâche plus douce en proclamant devant vous les nombreuses récompenses que ses autres concours lui ont permis de décerner.

Le grand prix Gobert était attribué, l'an dernier, à M. Chéruel pour les trois premiers volumes de son savant ouvrage sur *l'Histoire de France pendant la minorité de Louis XIV;* le quatrième et dernier volume a paru depuis, et, digne en tout des trois premiers, il nous conduit sans défaillance jusqu'au terme que s'était assigné son auteur ; mais, si, légalement et officiellement, la minorité de Louis XIV a pris fin en 1651, lorsqu'il eut accompli sa treizième année, en réalité ce n'est que dix ans plus tard, après la mort de Mazarin, que ce prince commença à gouverner par lui-même. L'œuvre de M. Chéruel serait incomplète s'il n'y ajoutait le récit des grands événements qui préparaient de loin le grand règne.

Tandis que la faction des princes s'alliait à l'Espagne et lui sacrifiait, avec Gravelines et Dunkerque, tant de nos anciennes conquêtes, par un noble contraste, tout à la gloire de Mazarin, M. Chéruel nous le montre dans l'exil s'obstinant à repousser les offres qui tendaient à le détacher de la France et, plus tard, avec une clarté saisissante, il nous enseignera par quelle politique heureuse Mazarin, ramené au pouvoir, parvint à triompher de la Fronde. On l'a loué souvent d'avoir su alors, à force de finesse et d'habileté, séparer la vieille Fronde de la cabale des princes ; en se servant de l'une pour vaincre l'autre, il ne faisait, au contraire, que changer d'ennemis, aussi le voyons-nous aujourd'hui, dès l'année 1650, appelant de tous ses vœux la formation d'un parti vraiment national qui, constitué enfin, en dehors des princes et du Parlement, avec le concours de la bourgeoisie parisienne, assurera un jour la victoire définitive de la royauté.

Pour l'ensemble de ce beau travail, et sans attendre un cinquième volume qui en serait le digne complément, l'Académie décerne de nouveau le grand prix Gobert à M. Chéruel.

Le second prix Gobert est attribué à M. Berthold Zeller pour deux volumes publiés par lui, l'un sur le *Connétable de Luynes*, et l'autre sur *Richelieu et les ministres de Louis XIII, de* 1621 *à* 1624.

Dans ces deux volumes, M. Berthold Zeller semble avoir entrepris, et je ne le lui reproche pas, une double campagne de réhabilitation : réhabilitation du connétable, déjà tentée jadis par M. Cousin ; réhabilitation du roi, si sévèrement jugé pendant deux siècles et envers qui, de nos jours, par une tardive faveur, l'histoire affecte de se montrer plus clémente et plus équitable.

11

L'ouvrage de M. Berthold Zeller embrasse une des périodes les plus confuses de notre histoire, celle qui sépare l'espèce de dictature exercée par le maréchal d'Ancre du grand ministère de Richelieu. C'est un enchaînement de mesquines intrigues de cour, sur lesquelles les mémoires du temps, presque tous inspirés par des passions et des rancunes personnelles, ne jettent qu'une lumière assez douteuse. A l'aide des informations qu'il a puisées dans les correspondances inédites de diplomates italiens résidant alors auprès de la cour de France, M. Berthold Zeller a pu rectifier plus d'une erreur, sans se laisser entraîner jusqu'à méconnaître l'incommensurable distance qui sépare le puissant génie du cardinal de Richelieu de ce qu'un de nos savants confrères a appelé les velléités plus ou moins heureuses de M. le connétable.

N'aimant pas Richelieu, le redoutant peut-être, Louis XIII, après la mort du connétable de Luynes, parut disposé tour à tour à donner sa confiance au prince de Condé, au chancelier de Sillery et au marquis de la Trémoille; mais, découragé de tous, après les avoir mis successivement à l'épreuve, et reconnaissant dans le cardinal une habileté, une fermeté, une fécondité de ressources et aussi un sentiment de grandeur patriotique qui l'appelaient à relever la fortune de la France, devant l'intérêt public il fit le sacrifice de ses répugnances personnelles et confia enfin au plus digne le droit de le servir et le pouvoir de le défendre.

Le nom de Richelieu ne peut être prononcé dans cette enceinte sans qu'aussitôt la reconnaissance de l'Académie salue avec respect la mémoire de son glorieux fondateur.

Notre modeste aïeul Conrart aurait bien aussi quelques droits au même titre et au même hommage.

Un vers de Boileau a suffi jadis pour le condamner au silence prudent, dans lequel il s'en faut de beaucoup qu'il se soit toujours renfermé.

Un très gros volume que lui consacrent aujourd'hui MM. Kerviler et de Barthélemy parviendra-t-il à lui rendre la parole et à le réhabiliter à son tour, en faisant connaître quel rôle considérable il a joué dans la société du xviie siècle et quelle grande part il a prise à la création de l'Académie? On a dit de Conrart qu'il avait la profession d'honnête homme; ce n'est pas un petit éloge; son jugement très sûr l'a fait considérer en outre comme un arbitre de la langue. Plus connu désormais et apprécié enfin à sa juste valeur, on honorera doublement en lui l'homme pour son caractère et l'écrivain pour son talent.

C'est un service de plus que devra notre compagnie à M. René Kerviler, qui poursuit, avec persévérance et avec succès, la tâche qu'il s'est donnée de rendre à d'illustres morts, oubliés trop tôt, l'immortalité qu'on leur avait promise et qu'on ne leur a pas tenue.

A ce livre intitulé : *Valentin Conrart, premier secrétaire perpétuel de l'Académie française*, l'Académie décerne les deux tiers du prix Halphen; le dernier tiers étant attribué à M. Henri Welschinger pour son étude sur le *Théâtre de la Révolution*, de 1789 à 1799.

C'est l'histoire anecdotique d'un des côtés du mouvement de l'esprit pendant la Révolution française. Jour par jour, l'auteur déroule à nos yeux, dans sa lanterne magique théâtrale, les hommes et les choses de ce temps funeste; les écrivains et les écrits; les acteurs du dedans et ceux du dehors; la tragédie dans la rue et sur la scène; le drame terrible et la comédie sentimentale; le sang et les larmes; les grandes et les petites journées enfin, du 14 juillet au 18 brumaire. Plein de recherches curieuses et de renseignements nouveaux, ce livre est très agréable à lire et très utile à consulter.

A l'honneur de l'armée française, le prix Thérouanne a été enlevé d'assaut, cette année, par trois jeunes commandants qui, maniant la plume aussi bien que l'épée, consacrent à des travaux d'histoire les heures inoccupées de leurs intelligents loisirs.

L'Académie décerne, sur la fondation Thérouanne, un prix de deux mille cinq cents francs à l'étude historique de M. le commandant Bourelly sur *le Maréchal Fabert*, et, le surplus, elle l'attribue à M. le commandant de Piépape pour son *Histoire de la réunion de la Franche-Comté à la France*, en accordant une mention honorable à M. le commandant E. Hardy, pour son savant travail sur *les Origines de la tactique française*.

Dans ce dernier livre, la stratégie occupe peut-être plus de place que la tactique; mais, pour les profanes eux-mêmes, dans plusieurs de ses parties, il est d'un puissant intérêt, et les explications qu'il donne sur les plus célèbres batailles de l'antiquité et des temps modernes sont de nature à guider utilement les historiens qui n'auraient pas, comme le commandant Hardy, fait, en les approfondissant, une étude spéciale des questions purement militaires.

De tout temps, au dire de M. le commandant de Piépape, la population franc-comtoise s'est signalée par la fermeté de ses idées. Son attachement inébranlable à d'anciennes libertés, qu'on qualifiait de privilèges, se manifesta surtout lorsque, de la domination de l'Espagne, elle passa sous celle de la France; elle n'accepta d'abord ce changement qu'à contre-cœur, et, après y avoir longtemps résisté, craignant qu'il n'amenât la ruine de ses vieilles institutions; mais bientôt, rassurée et confiante, c'est avec bonheur qu'elle s'absorbe dans cette grande unité française que regrettent ceux qu'on en sépare et dont notre patriotisme a toujours le droit d'être fier.

L'excellent travail de M. le commandant de Piépape sur *la Réunion de la Franche-Comté à la France* méritait qu'on le distinguât même à côté des deux volumes que le commandant Bourelly a consacrés à l'histoire du maréchal Fabert, l'un des personnages les plus intéressants et pourtant l'un des moins connus peut-être de la première moitié du xviie siècle. Bien des gens ne voient en lui que le premier et presque le seul exemple d'un plébéien parvenu, avant 1789, aux honneurs du maréchalat.

On s'est plu à exagérer l'humilité de son origine pour agrandir encore, par le contraste, les obstacles qu'il a eu la gloire de surmonter. Le fait est qu'à deux reprises son aïeul et son père avaient été anoblis tour à tour, l'un par le duc de Lorraine Charles III, l'autre en France par Henri IV. C'est néanmoins comme cadet aux gardes que le futur maréchal de France débuta dans la carrière où il devait tant s'illustrer, en passant successivement par tous les grades, après les avoir tous mérités.

Ce long récit d'une vie glorieuse et sans tache, utile toujours et respectée, forme un livre plein d'intérêt qui, portant au bien par de nobles enseignements, devrait être placé au fond de toutes les gibernes, à côté de ce bâton de maréchal, plus ou moins imaginaire, qu'on promet aussi à tous les soldats, comme l'immortalité à tous les académiciens.

Fondé par un de ceux que l'avenir n'oubliera pas, le prix Guizot est décerné sans partage à une savante étude publiée en deux volumes par M. Charles de Lacombe sur *le comte de Serre, sa vie et son temps*.

Toutes les grosses questions de l'époque, M. de Lacombe les a rencontrées sur son chemin ; il les a traitées avec beaucoup de modération et d'autorité, avec un tact exquis et un remarquable talent d'analyse. Son livre est, à la fois, un commentaire très utile de l'histoire de la Restauration et un digne hommage rendu à la mémoire un peu trop oubliée du plus grand orateur de ce temps, du courageux ministre qui crut à la liberté et qui, pour la fonder en France, donna son talent et sa vie.

« J'écoute toujours M. de Serre avec une attention respectueuse, » disait M. Royer-Collard, que M. de Serre pourtant avait dû écarter du conseil d'État, en même temps que ses premiers amis, Camille Jordan et M. Guizot.

C'est le prix Guizot que, par une heureuse coïnci-

dence, l'Académie décerne aujourd'hui au livre qui
replace le comte de Serre à son rang, rapprochant ainsi
avec honneur les noms glorieux de deux hommes que
des désaccords politiques avaient pu séparer un moment, mais qui méritaient tous d'eux d'être réconciliés
sur le terrain commun des services rendus à leur pays.

Une pareille fortune, un hasard heureux de nos concours réunissait au premier rang, parmi les meilleurs
ouvrages présentés pour le prix Bordin, deux livres qui
ne sont pas sans quelque analogie l'un avec l'autre : *les
Causeries florentines* de M. Julian Klaczko et *les Origines de la Renaissance en Italie,* par M. Emile Gebhart. Avec deux esprits très différents, nous rencontrons
dans ces deux volumes un même fonds d'étude et des
sujets presque semblables. Pour M. Gebhart, Dante est
un grand exemple invoqué à l'appui de la thèse générale
qu'il soutient; Dante, pour M. Klaczko, est le premier,
presque le seul héros de son livre, celui autour duquel
tourne tout un monde d'idées et de faits.

L'Académie décerne à chaque ouvrage et à chaque
auteur, à M. Julian Klaczko et à M. Emile Gebhart, un
prix de valeur égale, sur la fondation consacrée par
M. Bordin à encourager la haute littérature.

Dans le livre de M. Klaczko, dans son savant commentaire sur le génie de Dante, le personnage et les œuvres
du père de la poésie italienne, sa vie privée et sa vie publique, son influence sur son temps et sur la postérité,
sont l'objet d'appréciations toujours justes, neuves parfois, et qui, sans être paradoxales, sont empreintes d'une

piquante originalité. Un sens littéraire très fin se mêle à une intelligence des textes et à une connaissance des faits qui révèlent une véritable et solide érudition.

Laissée entièrement libre dans ses choix, par le fondateur du prix Bordin, l'Académie n'avait heureusement à se préoccuper ici d'aucune question d'origine et de nationalité. M. Klaczko appartient à la France par son rare talent d'écrivain, par l'élégance de son style ample et coloré, par les sentiments aussi qu'il a toujours exprimés sans réserve, dans d'excellents écrits que tout le monde a lus et que personne n'a oubliés.

M. Émile Gebhart est Français, et il parle de l'Italie comme s'il était né à Florence ou à Ravenne, entre le berceau de Dante et sa tombe.

Résumé de vingt ans de travail, de voyages et de lectures, son livre a été sérieusement étudié sur les lieux mêmes, bien qu'inspiré en partie par Michelet et aussi par Burckhardt, l'historien allemand de la Renaissance. L'auteur a fondu, dans un plan original et dans un tout organique, un grand nombre d'idées puisées à diverses sources et il leur a donné le caractère propre de son esprit, l'empreinte de son style et le cachet de sa méthode, plus philosophique qu'historique ; synthèse brillante qui révèle, avec beaucoup de science, un sens critique distingué et un vrai talent d'écrivain.

L'Académie avait remarqué, en outre, un volume intitulé : *Variétés morales et littéraires*, qu'elle eût voulu pouvoir récompenser également. Le souvenir de M. Paul Albert, professeur éminent au collège de France, proté-

geait ce livre que sa veuve nous a présenté pour le prix
Bordin. Jeune encore, M. Paul Albert est tombé récemment sur ce champ de bataille de l'enseignement supérieur où les fatigues sont grandes, où le succès se paye
souvent trop cher. M. Paul Albert l'a payé de sa vie;
laissant après lui, concentrée dans plusieurs volumes, la
substance de ses études sur l'histoire de la littérature
et spécialement de la littérature française.

L'Académie accorde une mention honorable aux *Variétés morales et littéraires* de M. Paul Albert, et ne se
trouve pas quitte envers lui.

Jamais le prix Marcelin Guérin n'avait été disputé
comme il vient de l'être, par un si grand nombre de
concurrents.

La veuve d'Édouard Fournier nous avait présenté
l'édition dernière et définitive d'un savant ouvrage de
son mari : *le Vieux neuf*, et, le jour même où il succombait, tout à coup, à un mal inexorable, un jeune
magistrat de Paris, M. Paul Charpentier, nous adressait
son premier livre, le dernier! qu'il venait de publier
sous ce titre : *Une Maladie morale, le Mal du siècle*.
Une intéressante *Histoire de Bourdaloue*, publiée en
deux volumes par le Père Lauras, avait été aussi très
justement remarquée.

Si ces ouvrages n'ont pu être récompensés, si d'autres
méritaient la préférence, j'aime à donner du moins, en
nommant ici leurs auteurs, un témoignage d'estime au
vivant, d'estime et de regret aux morts.

Quatre prix et une mention honorable sont décernés,

11.

au nom de M. Marcelin Guérin dans les conditions suivantes :

Deux prix de quinze cents francs chacun :

A M. Louis Petit de Julleville, maître de conférences à l'École normale, pour un ouvrage en deux volumes intitulé : *les Mystères, — Histoire du Théâtre en France;*

Et à M. Edouard Fremy, pour un ouvrage portant ce titre : *Un Ambassadear libéral sous Charles IX et Henri III;*

Deux prix de mille francs chacun :

A M. E. Muntz, pour une étude sur *Raphaël, sa vie, son œuvre et son temps;*

Et à M. de Lescure pour un volume intitulé : *les Femmes philosophes.*

Une mention honorable, je dirais très honorable, comme le rapporteur de la commission l'avait demandé, si l'Académie admettait des degrés dans ce genre de récompenses, une mention honorable est décernée à un livre intitulé : *la Science pénitentiaire au congrès de Stockholm,* dont les auteurs, MM. Fernand Desportes, avocat au barreau de Paris, et Léon Lefébure, ancien député, ancien sous-secrétaire d'État, désignés tous deux par leur compétence en pareille matière, se sont rendus en Suède pour assister aux séances du congrès et ont pris là, très utilement, une part active à ses travaux. Après avoir suivi les discussions de cette assemblée, qui, dans sa courte session, a pu aborder et élucider les points principaux de la science pénitentiaire, ces messieurs ont complété leur tâche en publiant, dans un livre tout personnel, une série de chapitres remarquables et d'études très justement appréciées sur *la répression, l'amende-ment* et *la prévention.*

S'il ne s'agissait que de couronner une œuvre de science, de justice et de charité sociale, animée de l'es-prit le plus sage et le plus libéral, c'est au premier rang que ce livre eût été placé. Son mérite n'a pas été mé-connu, loin de là; mais, par son caractère trop spécial, il a paru ne pouvoir répondre à l'objet de la fondation et à la pensée du fondateur.

L'ouvrage de M. de Julleville est le commencement d'une œuvre beaucoup plus étendue, qui comprendra trois parties distinctes : *les Mystères, le Théâtre co-mique au moyen âge,* l'*Histoire du théâtre au temps de la Renaissance.*

La première partie forme deux volumes, dont le second est consacré à l'exposition des documents relatifs aux mystères. C'est le dossier consciencieux d'un travail d'érudition considérable qui témoigne des recherches que le jeune auteur a dû faire avant d'aborder son su-jet, avant d'écrire cette curieuse histoire du théâtre au moyen âge, traitée par lui dans le premier volume avec un grand sens critique et un rare talent d'exposition. On a souvent et beaucoup écrit sur l'origine du théâtre en France; jamais on ne l'a fait avec plus de savoir, de raison et d'autorité, dans ce style clair et sûr qui est celui d'un historien exact et bien informé.

A côté de l'ouvrage de M. Petit de Julleville, et au même rang, l'Académie a placé le beau volume qu'un

jeune diplomate, fils d'un de nos plus savants confrères,
M. Edouard Fremy a publié sous ce titre : *Un ambassa-*
deur libéral sous Charles IX et Henri III.

Il ne s'agit plus ici de la reconstitution d'une portion
de notre histoire littéraire ; mais de la restitution tardive
d'une belle vie et du juste hommage rendu à un grand
citoyen, qui fut à la fois un magistrat courageux, un
savant distingué et un diplomate habile, plein de sagacité, d'une grande élévation, et d'un esprit de tolérance
trop rare dans des temps difficiles que troublaient la
passion et le fanatisme.

En 1559, le président d'Arnaud du Ferrier fut de ceux
qui se prononcèrent hautement dans le Parlement de
Paris contre l'application de la peine capitale aux faits
de la religion. Cette hardiesse pouvait l'envoyer à la
mort comme l'illustre conseiller Anne du Bourg ; il eut
l'heureuse fortune d'y échapper, et bientôt le chancelier
de l'Hospital le recommanda à Catherine de Médicis,
qui, devenue régente, le chargea de représenter la
France, avec M. de Pibrac, au concile de Trente. Nommé
ensuite ambassadeur à Venise, il conquit, et garda pendant quinze années, dans cette capitale de la diplomatie
européenne, une situation prépondérante qui faisait de
lui comme l'arbitre de la politique étrangère, tandis que,
de loin, il ne cessa d'être, pour ses rois, le plus sage et
le meilleur des conseillers.

Le jeune auteur de cette biographie qui, par tant de
côtés, confine à la grande histoire, a fait un bon livre et
une bonne action, en ressuscitant pour nous un homme
de bien, un digne serviteur de la France, dont le nom

même, quoique mentionné avec estime par de Thou et
par d'autres historiens, était tombé dans l'oubli.

En se présentant à notre concours, l'ouvrage de
M. Eugène Muntz sur *Raphaël, sa vie, son œuvre et son
temps*, s'est peut être trompé de porte. A l'Académie des
Beaux-Arts étaient sa vraie place et ses vrais juges.
L'Académie française n'a pas eu le courage de l'y renvoyer. Appréciant dans son livre de grandes qualités de
style et un fin talent de critique, elle l'a retenu et couronné.

Je n'en dirai pas autant de M. de Lescure, qui ne se
trompe pas de porte en venant chez nous. Il y est toujours le bienvenu. Sous ce titre : *les Femmes philosophes*, il a réuni une suite choisie de portraits et de
peintures animées. Guidé par lui dans cette galerie élégante, le lecteur s'y promène avec plaisir.

Parmi les ouvrages présentés cette année, en petit
nombre, au concours fondé par M. Archon-Despérouses,
l'Académie en a distingué trois, qu'elle récompense,
sans les confondre, pour des mérites divers et dans des
proportions très différentes.

En première ligne, un prix de deux mille cinq cents
francs est décerné à M. Ludovic Lalanne pour le très
curieux et très savant lexique qu'il vient de publier, à la
suite de sa nouvelle édition des œuvres de Brantôme.
Brantôme n'était pas seulement un homme d'esprit qui,
usant des libertés d'une langue encore imparfaite, la
pliait à ses besoins, sans hésiter à créer des mots et des
tours de phrases pour rendre ses idées à son goût et à sa

manière; il a de plus ce mérite de nous initier au langage des gens parmi lesquels il a passé sa vie et dont il a raconté les aventures. Sous l'influence des reines venues de l'Italie et de l'Espagne, la cour s'était mise alors à parler un langage mêlé d'espagnol et d'italien qui contrastait fort avec la langue du peuple, avec celle des savants surtout. C'est la langue bigarrée et singulière que parlait volontiers Brantôme et que nous fait mieux connaître aujourd'hui le lexique de M. Lalanne.

En le récompensant pour cet excellent travail, l'Académie voudrait encourager M. Ludovic Lalanne à composer un nouveau lexique que, depuis longtemps, il prépare, nous le savons, et qui ne nous serait pas moins précieux, sur la langue du xvie siècle.

Un autre prix, de la somme de mille francs, est décerné à M. Félix Frank, que l'Académie estimait déjà comme poète et qui, cette fois, lui a présenté des travaux d'érudition d'un grand intérêt. Une édition nouvelle de l'*Heptaméron de la reine de Navarre*, faisant suite à celle de *la Marguerite des Marguerites* publiée en 1873, du *Cymbalum mundi* (même année) et des *Comptes du monde adventureux* (1878).

A ces textes, publiés avec soin, des principaux conteurs du xvie siècle, M. Félix Frank, a joint d'excellentes notes qui les éclairent. Dans une savante introduction, placée en tête de l'Heptaméron, il s'étudie à retrouver autant que possible et à nous révéler les noms, voilés alors à dessein, des personnes mises en scène dans l'ensemble de l'ouvrage; augmentant ainsi l'intérêt de ce

livre et méritant d'autant plus, aux yeux de l'Académie,
la distinction dont il est l'objet.

Un dernier prix de cinq cents francs est attribué enfin
à un petit volume publié par M. F. de Gramont sous ce
titre : *les Vers français et leur prosodie*. Ce n'est pas
précisément un ouvrage de philologie, et, si l'auteur a
fait quelques emprunts curieux à notre ancienne littérature poétique, moins préoccupé du passé que du présent
et de l'avenir, il s'est attaché surtout à donner aux jeunes
poètes, nés et à naître, des conseils d'une utilité contestable, mais si sages, si sensés, et d'une si honnête intention qu'il a paru juste de lui en tenir compte et de l'en
récompenser dans les limites du possible.

Peu d'entre vous, Messieurs, savent, je crois, ce que c'est
que le *Querolus*. Je l'ai appris, pour vous l'apprendre.

Le Querolus, disons en français : le Grondeur, est une
comédie latine, des derniers temps de l'Empire romain.
L'auteur en est inconnu; on sait seulement qu'il vivait
dans l'intimité d'un grand personnage et qu'il composait
des pièces pour égayer ses repas. Celle qu'un hasard
heureux nous a conservée contient de jolies scènes, très
habilement conduites. Sachons-lui gré, en outre, de nous
faire connaître à quoi s'amusait cette société mondaine
et lettrée, à la veille de l'invasion des Barbares.

La traduction facile, élégante, agréable de M. Louis
Havet, qui peut servir de commentaire au latin, tant elle
le serre de près, tant elle en éclaircit toutes les obscurités, rendra plus facile pour nous l'étude de cette curieuse comédie qui, suivant l'expression de son jeune

traducteur, fut la dernière œuvre gaie du Bas-Empire.

Ce n'est pas une œuvre gaie que M. Aulard a traduite. Il y a loin du *Querolus* au poème de *l'Infelicità*; très loin de son joyeux auteur ignoré, au sombre poète du désespoir, que tout le monde connaît. On parle beaucoup de Leopardi depuis qu'il a inspiré une célèbre école philosophique qui, contrairement au système du docteur Pangloss, proclame que tout est pour le plus mal dans le pire des mondes. En réalité si, chez nous, on parle beaucoup de Leopardi, on ne le lit guère. Pour le traduire, il faut savoir à fond l'italien et cela ne suffit pas toujours pour le comprendre. M. Aulard l'a mis à la portée de tout le monde en nous donnant une excellente traduction, très exacte et très littéraire, de ses poésies complètes et de ce qu'il y a de meilleur dans ses œuvres en prose.

MM. F.-A. Aulard et Louis Havet ayant tous deux rendu aux lettres un service égal, l'Académie, embarrassée pour choisir entre eux, les couronne l'un et l'autre, en leur décernant le prix Langlois.

Le prix de Jouy n'a pas été facile à donner. De nombreux concurrents y prétendaient, dont beaucoup avaient raison d'y prétendre. D'autres s'écartaient d'eux-mêmes en ne remplissant pas les conditions du programme. Nous avions distingué tour à tour : *La Cure du docteur Pontalais*, par M. Robert Halt; *Moi et l'Autre*, par M. Charles Diguet; *Scènes de la vie de théâtre*, par M. Abraham Dreyfus; *la Chimère*, par M. E. Chesneau; *Amours et Amitiés*, par le brillant vicomte de Léto-

rière ; *les Chemins de la vie*, par madame Toussaint,
née Samson ; *Madame Lambelle* enfin, par M. Gustave
Toudouze, et *Serge Panine*, par M. Georges Ohnet.

C'est ce dernier ouvrage que l'Académie couronne.

Rentrant plus et mieux que les autres dans les termes
du programme, il est à la fois, conformément au vœu de
la donatrice, *un ouvrage d'observation* et *d'imagination, ayant pour objet l'étude des mœurs contemporaines.* C'est dans le vif de la société moderne, dans la
lutte de ses vertus et de ses vices, que le drame se passe.
Drame poignant s'il en fut, que je ne vous raconterai pas,
mais que vous lirez et dans lequel vous trouverez comme
l'a si bien dit un éminent critique, dont j'aime à prononcer ici le nom, M. le comte Armand de Pontmartin,
» l'art de créer des situations, d'étudier des caractères,
d'exprimer des passions, de peindre des figures vivantes,
d'intéresser, d'émouvoir, de plaire. »

Ce jugement était celui de l'Académie. Elle a décerné,
sans hésitation, le prix de Jouy à M. Georges Ohnet, en
regrettant seulement de ne pouvoir récompenser aussi
tous les ouvrages dont le mérite s'était signalé à son
attention.

Pour s'acquitter, autant que possible, avec ceux que,
dans divers concours, elle avait eu l'occasion de remarquer, l'Académie décerne le prix Lambert à M. Gustave
Toudouze, auteur, comme je viens de le dire, d'un
roman plein d'intérêt et de charme : *Madame Lambelle.*

Avec la même sympathie, et pour les mêmes motifs,
elle partage le prix de trois mille francs fondé, au nom

de M. Monbinne, par MM. Eugène Lecomte et Léon Delaville le Roulx, entre madame veuve Toussaint, madame
veuve Édouard Fournier et madame veuve Paul Albert.

Fille d'un grand comédien qui fut aussi un écrivain de
talent, madame Toussaint-Samson avait concouru pour
le prix de Jouy, et son livre, intitulé : *les Chemins de la
vie*, est de ceux que je mentionnais tout à l'heure.

En parlant du concours Bordin, j'ai rappelé les derniers ouvrages de MM. Édouard Fournier et Paul Albert;
ce souvenir était pour leurs veuves un grand titre aux
yeux de l'Académie.

Il me reste, Messieurs, à vous entretenir maintenant
de deux concours, les derniers, d'une grande importance
l'un et l'autre : le concours Vitet, fondé dans l'intérêt des
lettres par un de nos illustres confrères, et le concours
Montyon, plus modestement institué pour les ouvrages
utiles aux mœurs.

Cent trente-quatre ouvrages avaient pris part à ce dernier concours.

L'Académie en a couronné douze.

Avant de les proclamer devant vous, permettez-moi de
vous en signaler quelques autres qui n'ont pu avoir leur
part de récompense, mais qui, tout d'abord, avaient été
réservés comme dignes d'attention.

Trois ouvrages, distingués d'ailleurs, ont leur place à
part, en dehors du concours.

Nous n'avions pu lire, sans être frappés de la hauteur
des pensées et de l'élégance du style, un petit livre de

morale et de philosophie intitulé : *le Gentleman, par un diplomate.*

Ce diplomate, qui me pardonnera de trahir ici son incognito, nous avons, avec plaisir et en même temps avec regret, reconnu en lui M. le baron de Dumreicher, envoyé extraordinaire et ministre plénipotentiaire de S. M. l'empereur d'Autriche près la cour de Portugal. Je dis avec regret, car notre concours, uniquement réservé par M. de Montyon à des écrivains français, se fermait de droit, et malgré nous, devant un noble étranger, dont nous aimons du moins à saluer le talent, que la France ne renierait pas.

Écrit par un Français, celui-là, par un bon Français qui, au mérite d'être un magistrat éminent, joint celui d'avoir, en prose et en vers, une plume élégante et facile ; un autre livre, qui n'est pas de Mistral, mais qui en a l'air, s'est présenté à nous bravement sous ce titre : *Mireille, poème provençal de Frédéric Mistral, traduit en vers par E. Rigaud, premier président de la cour d'Aix.*

Ce livre a du malheur avec nous ; nous en avons avec lui.

L'an dernier déjà, il frappait à la porte du concours Langlois et nous lui opposions tout d'abord cette fin de non-recevoir : En fondant son prix de traduction, M. Langlois a voulu surtout répandre et vulgariser en France les chefs-d'œuvre anciens et étrangers. *Mireille* est un chef-d'œuvre, mais un chef-d'œuvre d'hier, français comme son auteur, qui vit encore, Dieu merci ! Vous ne pouvez donc concourir.

Mais alors, nous dit aujourd'hui le même ouvrage, au lieu d'une traduction ne voyez en moi qu'une œuvre littéraire, un poème dont j'ai fait les vers et dont la forme est bien de moi, si le fond m'est venu d'un autre. Accueillez-moi, à ce titre, non plus dans le concours Langlois, mais dans le concours Montyon, où les poètes sont toujours les bienvenus.

Si excellente que fût la traduction de M. le premier président Rigaud, nous ne pouvions vraiment y voir une œuvre personnelle, et nous avons dû l'écarter encore, avec chagrin, mais avec respect, en rendant hommage au mérite des vers, au talent du poète et à la dignité du magistrat qu'on ne saurait trop louer de consacrer ses loisirs au culte des lettres, loin que nous lui *reprochions*, comme il le dit avec tant de bonne grâce dans sa préface, *cette diversion innocente à l'austérité de ses fonctions*.

Nous aurions aimé enfin à pouvoir couronner un très savant et très intéressant ouvrage de M. Egger, intitulé : *Histoire du Livre depuis ses origines jusqu'à nos jours*. M. Egger s'est refusé lui-même à ce témoignage d'estime de ses confrères. Membre de l'Institut et professeur à la Faculté des lettres de Paris, il est de ceux qui donnent des prix ; il n'est pas de ceux qui en reçoivent.

Parmi les ouvrages qui avaient été réservés avec honneur, je ne serai que juste en en citant au moins quelques-uns : *l'Homme et son berceau*, par M. Lucien Biart ; *le Nid de pinson*, par M. Raoul de Najac ; *les Alpes*, par M. Talbert ; *le Tour d'un gamin de Paris*, par M. Boussenard ; *Nouvelles bigarrées*, par M. G. Liquier ; *la Rus-*

laude, par madame Fleuriot; *Renée,* par Étienne Marcel.

Les *Poésies complètes* de M. Charles Monselet pouvaient difficilement être considérées comme un ouvrage utile aux mœurs; mais il serait encore plus difficile de ne pas leur sourire au passage et de ne pas en signaler l'esprit, la bonne humeur et la verve un peu trop gauloise.

Sous ce titre : *Constantine, voyages et séjours,* s'est présenté modestement à notre concours un livre des plus agréables, instructif par surcroît, et que nous aurions voulu pouvoir couronner. Nous conduisant en Algérie, un peu partout, et surtout dans la province de Constantine, il nous fait visiter en détail, guidés par une main si fine qu'elle m'est suspecte, tous les lieux qu'à parcourus pour nous son aimable auteur, M. ou plutôt, je crois, madame... Louis Régis.

Finissant par où j'aurais pu commencer, j'aime à vous signaler également, avec un attendrissement respectueux et sympathique, un charmant petit volume plein de grâce et de délicatesse qui, lui aussi, semble être l'œuvre d'une femme; et qui, plus modeste encore, est simplement intitulé : *Petites histoires,* par Camille Hervey.

Pour répartir entre douze ouvrages couronnés les seize mille francs qui forment le montant total du prix Montyon, il a fallu diminuer d'autant la somme d'argent que chacun pouvait espérer; la somme d'honneur reste entière. Aucun de nos lauréats ne songera donc à se plaindre.

Deux prix, de deux mille francs chacun, sont décernés :

A M. Alfred Croizet, maître de conférences à la Faculté des lettres de Paris, pour son étude sur *la Poésie de Pindare et les lois du lyrisme grec;*

Et à M. Albert Babeau, pour un ouvrage intitulé : *la Ville sous l'ancien régime.*

Quatre prix, de quinze cents francs chacun, sont attrifués aux quatre ouvrages suivants :

M. de Montyon, par M. Fernand Labour, juge au tribunal civil de la Seine;

Histoire d'un forestier, par M. Prosper Chazel;

Grand-père, par M. J. Girardin:

Les Petites Écolières dans les cinq parties du monde, par M. Élie Berthet.

L'Académie décerne enfin six prix, de mille francs chacun, à trois ouvrages en prose :

L'Étudiant d'aujourd'hui, par M. René Vallery-Radot;

A travers l'Algérie, par M. Paul Bourde;

Plantes et Bêtes, causeries familières sur l'histoire naturelle, par M. Pizzetta;

Et à trois volumes de vers :

Jeanne, poème, par M. Jules Breton;

Poésies paternelles, par M. Arthur Tailhand;

Rêves et Pensées, par M. Charles de Pomairols.

Pindare est un des écrivains anciens les moins faciles à comprendre. Il parle une langue obscure, il se sert de

mètres qui nous sont inconnus, et l'on a grande peine à le
suivre dans le développement capricieux de ses pensées.
Une partie du livre de M. Croizet est consacrée à résoudre les problèmes que soulève l'étude du grand
lyrique grec. Aux conjectures des autres, il joint ses
opinions personnelles et les exprime dans une langue
claire, ferme et colorée.

La sagesse alors ne s'était pas encore détachée de la
poésie, on prêchait la morale en vers et tout poète était
doublé d'un philosophe. Tandis qu'en vrai Grec qu'il est,
Pindare chante la beauté, la gloire et la jeunesse, il
célèbre la vertu, la piété et la justice; il condamne les
fourbes et glorifie les honnêtes gens, ne formant pour
lui d'autre vœu que « de marcher toute sa vie dans les
sentiers de la vérité et de laisser après lui un nom honoré
à ses enfants ».

Le vieux poète était donc un philosophe avant la philosophie, et le livre qui nous le fait bien connaître peut
être justement regardé comme un ouvrage utile aux
mœurs.

Déjà, en 1879, l'Académie avait distingué un premier
ouvrage de M. Albert Babeau : le *Village sous l'ancien
régime*, livre technique, plein de renseignements utiles
et de recherches savantes, dont l'auteur, libéral et moderne autant que respectueux du passé, avait su rester
impartial en traitant un sujet délicat.

Les mêmes qualités se retrouvent aujourd'hui dans le
nouveau livre de M. Babeau, qui est comme la suite et le
complément du premier. Ce livre, intitulé : *la Ville
sous l'ancien régime*, a nécessité des recherches consi-

dérables. Il est bien conçu, bien distribué et très intéressant : l'auteur y étudie les divers organes de la cité en
France avant 1789 et, dans les documents originaux, il a
trouvé des matériaux suffisants pour reconstruire notre
ancien édifice social. Œuvre de longue haleine et d'érudition, que l'Académie a jugée digne d'être placée en tête
de ses récompenses, à côté de l'excellent travail de
M. Croizet sur Pindare.

Une étude sur *M. de Montyon* se recommandait
d'avance, par son titre seul, à l'attention sympathique de
l'Académie ; justifiant à tous égards cette prévention favorable, le livre de M. Fernand Labour a mérité qu'on le
couronnât, comme un digne hommage rendu, avec beaucoup de tact et de mesure, dans un style élégant et correct, à l'homme de bien, au magistrat intègre, à l'illustre
et généreux philanthrope qui, l'un des premiers, a fait à
notre compagnie cet honneur de la choisir pour récompenser, en son nom, les bonnes actions et les bons livres.

C'est un très bon livre que l'*Histoire d'un forestier*,
par M. Prosper Chazel, un livre sain et honnête, plein
d'intérêt et dans lequel les jeunes lecteurs, pour qui
l'auteur a travaillé, trouveront, outre le charme d'un
récit attachant, des enseignements sérieux et d'agréables
notions d'histoire naturelle, de bons conseils donnés par
de bons exemples.

Il en est de même d'un autre livre qui, par de nombreux côtés, se rapproche du *Forestier* de M. Prosper
Chazel, et que M. J. Girardin a publié sous ce titre :
Grand-père. Doué en naissant des instincts les plus pervers, un pauvre orphelin semblait dès lors condamné au

vice, au crime peut-être, et au châtiment. Peu à peu,
voilà que ses défauts se fondent, pour ainsi dire, l'un après
l'autre, sous la salutaire influence d'un bon grand-père,
faible et vieux, qui le dompte par sa douceur, qui l'arrache
au mal et le sauve.

Tiré des circonstances les plus simples de la vie, l'intérêt de ce livre va toujours augmentant. Les jeunes lecteurs de M. Girardin en seront justement émus ; tous
gagneront à écouter le *Grand-père*, et ses honnêtes leçons
rendront les bons encore meilleurs.

Les Petites Écolières dans les cinq parties du monde
nous montrent successivement de braves jeunes filles,
d'origines diverses, de natures pareilles, fières, dévouées,
courageuses, animées des sentiments les plus élevés et
les plurs purs. Chacune de ces héroïnes a sa physionomie
particulière et reproduit, avec une heureuse variété, le
type exact du pays que leur auteur a voulu peindre.
L'histoire et la géographie interviennent à chaque page
pour joindre leur enseignement au charme de ce livre,
dont l'attrait s'en augmente encore.

Presque célèbre au début de sa carrière, il y a plus de
quarante ans de cela, M. Élie Berthet, parvenu maintenant
à l'âge du repos, ne se repose pas ; fidèle jusqu'au bout
à l'honnête travail qui, dans l'estime de tous, trouve sa
meilleure récompense.

Auteur d'un charmant volume que l'Académie couronnait il y a six ans et qu'elle n'a pas oublié, M. René Vallery-Radot semble avoir cherché dans *l'Étudiant d'aujourd'hui* la contre-partie de son *Volontaire d'un an*.
Moins bien conçu peut-être que le premier et manquant

12

un peu de cohésion, ce livre est fait sincèrement, avec
quelque peine, mais avec beaucoup de soin ; il se distingue par une grande finesse d'observation, par la précision élégante du style, par l'esprit enfin et le goût avec
lesquels le jeune auteur traite des idées générales soule-
vées par lui, çà et là, à côté des idées particulières propres
à son sujet et dans lesquelles il n'a pas voulu se renfermer.

Il y a une phrase de trop dans ce livre, la dernière, qui
nous a un peu gâté le reste. « Pour la première fois,
écrit l'*Étudiant d'aujourd'hui* à son ami Aubertin, pour
la première fois depuis quatre-vingts ans, nous aurons
donc, avec toi et ceux qui marchent sur tes traces, une
génération saine d'esprit et saine de cœur. Va, poursuis
ton œuvre, rallie autour de toi tous ceux qui ont la foi, le
dévouement et l'espérance. Vous êtes la jeunesse d'aujourd'hui, vous serez la France de demain. » Au nom de
la France d'hier, nous regrettons ce qu'il y a d'excessif et
d'injuste dans un pareil langage qui méconnaît trop le
passé et qui peut-être espère trop de l'avenir.

Dans les mois de septembre et d'octobre 1879, une
caravane parlementaire, composée de sénateurs et de
députés, s'en fut visiter l'Algérie, avec la louable intention d'étudier, sur les lieux mêmes, les besoins de cette
colonie fraaçaise. Il en résulta un bon livre, fait au vol
par M. Paul Bourde, qui était du voyage comme représentant du *Moniteur universel*. Dans sa promenade *A
travers l'Algérie*, M. Paul Bourde ne se contente pas de
voir et de décrire les pays qu'il parcourt : allant plus au
fond des choses, il constate l'antagonisme de l'élément
indigène et de l'élément français, il signale les défauts du

système colonial, et, tout en reconnaissant les difficultés que rencontrera chaque réforme, il indique des améliorations utiles dont l'urgence se faisait déjà sentir. Lestement écrit et plein d'idées neuves, ce livre emprunte malheureusement aux circonstances actuelles un mérite de plus : l'opportunité.

Sous ce titre : *Plantes et Bêtes*, M. J. Pizzetta a publié une série intéressante et instructive de *Causeries familières sur l'histoire naturelle.* Nous promenant, tour à tour, *au bord de la mer, à travers champs* et *à travers bois,* il nous en fait connaître les divers hôtes, dont il décrit le caractère distinctif et les propriétés particulières.

M. Pizzetta n'est pas un de ces compilateurs superficiels qui se bornent à reproduire ce qu'ils ont recueilli chez d'autres, c'est un savant naturaliste qui joint à ses connaissances positives un sentiment élevé des merveilles de la nature et un aimable talent d'écrivain. Toutes ses qualités sont dans son livre.

Parmi les poètes qui ont pris part au concours Montyon, le premier que l'Académie couronne... est un peintre ! un grand peintre ! dont, à ses heures, la plume est presque l'égale du pinceau ; qui, dans ses vers, chante la nature comme il la peint sur ses toiles, fortement, rudement, avec grâce autant qu'avec force. J'ai nommé M. Jules Breton.

Le poème champêtre qu'il nous a présenté est intitulé : *Jeanne.* Puissant et simple à la fois, le drame se déroule, doucement d'abord, puis violemment, au milieu d'inci-

dents naturels et un peu naturalistes qui ont troublé
quelques consciences. Voilà pour le fond. Pour la forme,
on a reproché à M. Jules Breton une grande effervescence
de langage et certaines incorrections de style, qu'il ne
cache pas et qui sautent aux yeux en effet. Des qualités
de premier ordre, dans la peinture des sentiments et des
caractères, d'excellents vers, pleins de charme et d'élégance, ont prévalu sur des défauts qu'on signalait également dans deux volumes de deux autres poètes : *Poésies
paternelles*, par M. Arthur Tailhand ; *Rêves et Pensées*,
par M. Charles de Pomairols.

> Verum, ubi plura nitent in carmine, non ego paucis
> Offendar maculis,

a dit Horace ; et, si quelques taches n'effrayaient pas le
maître, pourquoi l'Académie se montrerait-elle plus
sévère ? Elle n'approuve pas tout dans tout ce qu'elle
couronne; elle voit ce qui est mauvais ; elle le blâme,
elle s'en dégage et n'en est pas responsable; mais
ce qui est bon, elle le saisit, elle s'en empare, elle
l'honore et le récompense. On prend son bien où on le
trouve.

Voilà pourquoi, Messieurs, il n'est tenu compte ici que
du talent.

Quand plus de vingt années les séparent, étrangers tous
deux aux orages des passions mauvaises et tous deux
soumis aux plus doux sentiments de la famille, M. Tailhand et M. de Pomairols se rapprochaient de loin pour se
rencontrer enfin, devant vous, à cette heure. L'amour

paternel inspire à l'un ses plus tendres poésies, l'amour filial dicte à l'autre ses meilleurs vers. A propos du dernier volume de M. Charles de Pomairols, intitulé *Rêves et Pensées*, on a dit que ses pensées étaient des rêves. Le mot est plus piquant qu'il n'est juste. Les pensées de M. de Pomairols n'ont de la rêverie que le charme. J'oserais dire, en revanche, que dans le livre de M. Tailhand, il y a des rêves qui sont des pensées : lisez l'*Éclat d'obus;* lisez *le Tambour* ; lisez *la Leçon de français !* Nobles pensées et nobles rêves d'un poète patriote qui croit, qui chante et qui espère !

Je regrettais, en commençant ce rapport, que le prix de poésie n'ait pu être accordé à un éloge de Lamartine. Les poètes n'auront pas pour cela manqué à tous nos concours. Après ceux que je viens de nommer, en voici un quatrième que l'Académie met à part, au premier rang. Couronné déjà plusieurs fois, l'auteur de *la Chanson de l'enfant* et des *Poèmes de Provence*, M. Jean Aicard, n'a répondu à ces encouragements que par de nouveaux efforts. Fidèle à la poésie, il ne s'en laisse distraire pas aucune séduction de la fortune ; c'est encore un titre à nos yeux. Son dernier poème, intitulé *Miette et Noré*, est de la famille de Mireille et Mistral ne le désavouerait pas. « Ce n'est pas seulement un poème d'accent populaire, c'est aussi un poème d'accent provençal », a dit de lui M. Jean Aicard ; j'ajoute que c'est surtout un poème d'accent français. A l'intérêt d'une action des plus touchantes, d'un drame local, qui ne pourrait se passer ailleurs, étant le drame préféré des chansons populaires de la Provence, M. Jean Aicard joint le mérite d'écrirer

12.

dans une belle langue, très française, que son soleil du
midi colore.

A ce poème, à ce poète, l'Académie décerne une de ses
plus belles récompenses, le prix fondé par M. Vitet, *dans
l'intérêt des Lettres.*

SÉANCE PUBLIQUE ANNUELLE

DU JEUDI 6 JUILLET 1882

Messieurs,

Trois fois de suite, en moins de trois mois, l'Académie
vous a conviés à ces réunions de famille dont votre présence fait pour nous des fêtes ; fêtes mêlées de joie et de
tristesse qui, nous trouvant toujours dans le deuil, presque toujours nous y laissent, tant la mort se joue cruellement, et sans relâche, de nos immortalités éphémères.
Il vous a été donné ainsi d'entendre tour à tour des voix
puissantes et diverses s'élever librement sur d'illustres
tombes ; au plus grand honneur des lettres, dont la
science et la philosophie augmentent la gloire en la partageant. Le droi de tout dire n'est subordonné qu'au
devoir de bien dire, et les échos de l'Institut sont restés
sous le charme de vos impressions d'hier.

Aujourd'hui, Messieurs, les chants ont cessé ; mais,

pour être plus modeste, notre tâche sans éclat ne sera
pas sans douceur. Elle a cela de bon qu'à aucun de nos
éloges ne viendra se mêler quelque douloureux souvenir.
C'est à l'espérance, c'est à la jeunesse, c'est à la vie que
maintenant nous avons affaire, c'est le travail et le talent
que va couronner l'Académie.

Moins nombreux que d'habitude, les concours de cette
année se sont, en revanche, distingués presque tous par
la valeur exceptionnelle des œuvres qui ont pris part à la
lutte et qui vont prendre part à la récompense. Au premier rang, j'aime à signaler, par les noms honorés de
leurs fondateurs, les concours Bordin, Thérouanne et
Marcelin Guérin, et surtout le concours plus large institué par M. de Montyon pour les ouvrages utiles aux
mœurs.

Je n'oublie pas le concours Gobert; son importance
demande toujours qu'on le proclame en tête de ligne. Il
n'a pas démérité, au contraire. Au même mérite, aux
mêmes ouvrages sont décernés de nouveau les mêmes
prix.

Comme en 1882, comme en 1881, le grand prix Gobert
est attribué à l'ensemble des travaux de M. Chéruel sur
l'histoire de France pendant la minorité de Louis XIV.
Aux quatre volumes de ce bel ouvrage qui, à la rigueur,
pouvait s'arrêter à cette date, leur savant auteur, ainsi
que nous nous permettions de le lui conseiller dans notre
dernier rapport, en a ajouté un nouveau, digne en tout
des premiers et qui en laisse espérer d'autres. L'*Histoire*

de France sous le ministère de Mazarin était la suite
obligée de *l'Histoire de France sous la minorité de
Louis XIV.*

Je louais, l'an dernier, à cette place, deux volumes publiés par M. Berthold Zeller, l'un sur *le connétable de
Luynes*, l'autre sur *Richelieu et les ministres de
Louis XIII, de* 1621 *à* 1624; l'Académie leur avait attribué le second prix Gobert. Elle le leur décerne encore
cette année. En agissant ainsi, quand elle croit juste de
le faire, l'Académie n'use pas seulement de son droit;
elle se conforme aux intentions du donateur, elle satis-
fait au vœu de la donation.

Le moins heureux de tous nos concours, je le dis à
regret, a été celui qui jadis excitait le plus, au contraire,
l'ardeur des concurrents; celui qui, pour un travail spécial, demandant un grand effort, mériterait peut-être d'autant plus qu'on en recherchât l'honneur, quand l'honneur
en est jusqu'ici la principale récompense.

Comme le prix de poésie, il y a un an, le prix d'éloquence n'a pu être décerné cette année.

Le sujet proposé par l'Académie était: *l'Éloge de Rotrou.* Rendre hommage à l'homme et à l'écrivain nous
avait paru simple et facile. Trois ou quatre tragédies
survivent à peine dans toute son œuvre à trente autres
pièces tombées dans l'oubli, et qu'il était bon d'y laisser
Venceslas et *Saint Genest* au premier rang, *Cosroës* et
Antigone au second, sont des dates dans l'histoire du
théâtre en France, et leur auteur a sa place dans le grand
mouvement littéraire du grand siècle. Sa mort héroïque

méritait aussi qu'on s'en souvînt, plus que de sa vie, et
peu de pages semblaient devoir suffire à louer dignement
tout ce qu'en lui la postérité veut qu'on loue.

Les concurrents ne l'ont pas compris; le mot *Éloge* a
troublé les uns et indigné les autres, qui ne s'en sont pas
cachés. Une étude critique sur la vie et les œuvres de
Rotrou leur eût convenu davantage. La critique étant
aujourd'hui plus à la mode que l'éloquence, ils souhaite-
raient qu'on sacrifiât l'éloquence à la critique. L'Académie, Messieurs, ne fonde pas elle-même ses concours;
elle ne peut, en principe, que se renfermer dans les
conditions du programme que chacun d'eux lui apporte
et qu'elle a le devoir d'appliquer. Ici pourtant, quand le
donateur n'est pas mort, quand, institué par le gouvernement et accepté par l'Académie, le prix d'éloquence
peut, à la rigueur, être modifié du consentement et avec
l'approbation des deux parties contractantes, l'Académie,
qui ne s'obstine qu'à tâcher de bien faire, se prêterait
volontiers à une réforme utile dont le besoin éclaterait à
tous les yeux. Est-ce bien le cas, Messieurs, et en sommes-
nous arrivés là? L'éloquence est abandonnée, dit-on;
raison de plus peut-être pour qu'ici un dernier asile lui
reste ouvert dans son malheur.

Par une généreuse initiative, que je trahis avant le
succès, mais que je trahis par reconnaissance et pour
en saluer l'espoir, le ministre des lettres a demandé
au Parlement de doubler la somme consacrée depuis
longues années au prix d'éloquence et au prix de poésie. Attendons avec confiance le résultat de ce nouvel
attrait et ne nous décourageons pas nous-mêmes, pour

ne pas donner aux autres l'exemple du découragement.

A défaut de quelques pages éloquentes qu'elle désirait et qu'elle n'a pas obtenues, l'Académie a distingué une longue et savante étude qu'on croirait composée, moins en vue de notre concours, que comme une sorte d'introduction au théâtre complet de Rotrou, véritable biographie pleine de documents curieux et que, dans un écrit récent, son auteur qualifiait lui-même d'œuvre fort peu académique.

Le prix ne pouvait lui être attribué ; mais, par égard pour des qualités réelles qu'elle n'a pas méconnues, l'Académie a voulu accorder une mention honorable, avec une médaille de mille francs, à ce travail d'érudition dont le manuscrit, enregistré sous le n° 17, portait pour épigraphe ce vers de Rotrou lui-même :

> Qui meurt par sa vertu renaît par sa mémoire.

L'auteur ne peut pas dire qu'il ignorait, ni même qu'il blâmait les conditions du concours ; loin de les combattre alors, il les avait si bien remplies il y a six ans, que l'Académie l'en félicitait spécialement par ma bouche, en lui décernant un prix d'éloquence pour son *Éloge* de Buffon.

J'aime à proclamer de nouveau le nom de M. Félix Hémon, aujourd'hui professeur de rhétorique au lycée de Brest.

Et maintenant, Messieurs, sans changer pour cela son programme, mais sans tenir autrement non plus à ce pauvre mot d'*Éloge* qu'on poursuit plus que de raison, l'Académie propose pour sujet du prochain concours d'éloquence, dont le prix sera décerné par elle en 1884 : *Un Discours sur la vie et les mœurs d'Agrippa d'Aubigné.*

Lorsque, après tant d'autres, il publiait une savante notice sur *le vigoureux aïeul de madame de Maintenon :* « On voit, disait notre illustre ami Sainte-Beuve, qu'il ne manquera bientôt plus rien à l'étude du caractère et de l'écrivain ; il en sera, à cet égard, de d'Aubigné comme de Pascal, on aura tout dit sur lui, et pour, et contre, et alentour ; on l'aura embrassé dans tous les sens. »

Tout, en effet, a été dit, ce jour-là, sur *cette forte figure* et pour, et contre, et alentour: si bien que désormais, au point de vue de la critique littéraire, la matière semble épuisée ; il ne s'agit donc plus pour les concurrents de prendre au berceau l'enfant précoce qui traduisait Platon à l'âge où, d'ordinaire, nous apprenons encore à lire, et de suivre pas à pas, pendant les quatre-vingts années de sa vie ardente et pleine de contrastes, le fier soldat toujours fidèle à son roi comme à son Dieu, le rude historien, le poëte bel esprit, l'âpre satyrique enfin qu'on put surnommer un jour : le Juvénal du XVIᵉ siècle.

Quand le principe même de ce concours est attaqué, quand de savants critiques nous reprochent d'encourager la poésie officielle et l'éloquence académique, puis-je mieux faire que de répondre avec M. Villemain, et en me couvrant de son autorité supérieure, que « des variantes d'anecdotes ne valent pas une page de réflexions judicieuses et précises » ; et que « le meilleur effet d'un

concours, c'est d'obliger les jeunes talents à de nouveaux
efforts, à plus de choix dans leurs pensées et d'élégante
netteté dans leurs expressions ». Il demandait alors aux
concurrents, et nous le leur demandons encore avec lui,
« une composition rapide et attachante, un écrit dont la
diction naturelle et bien française atteste d'autant mieux
l'étude du sujet et du temps ».

Qu'on appelle cet écrit étude, éloge ou discours, en
résumant, en condensant dans un cadre étroit, avec l'élégante netteté que réclamait M. Villemain, tout ce que fut
d'Aubigné devant la critique et l'histoire, on arrivera facilement à l'éloquence qui, avant tout, est l'art de bien
dire. L'Académie n'en connaît pas d'autre.

S'il pouvait exister une éloquence académique, on la
chercherait à tort dans ces compositions déclamatoires
qui voudraient vainement s'en attribuer le privilège ;
nous l'aurions trouvée plutôt, Messieurs, dans quelques
ouvrages qui n'y prétendaient pas et que, cette année,
l'Académie a distingués avec plaisir dans ses différents
concours.

Par l'élégance de la forme, jointe à l'élévation de la
pensée, les lettres échangées pendant le congrès de Vienne
entre le roi Louis XVIII et le prince de Talleyrand attei-
gnent parfois à la véritable éloquence.

Tout le monde sait avec quelle habileté, renversant les
rôles au nom du droit et de la tradition, M. de Talleyrand
parvint alors à replacer au premier rang parmi les nations la France vaincue, opprimée, occupée même encore
par les puissances étrangères. Ces souvenirs consolants

13

revivent à chaque page dans une correspondance du plus puissant intérêt. Là, tandis qu'avec son laisser aller de grand seigneur, le prince-ministre mêle aux vues les plus hautes les grâces piquantes de son intarissable esprit, le souvenir s'impose à notre admiration par la grandeur de son âme, par sa confiance dans son propre droit, comme par son respect du droit des autres.

Si curieuse et si attachante que soit cette correspondance historique, l'Académie ne pouvait en couronner les auteurs, dont la gloire échappe à nos récompenses.

Depuis longues années, ces lettres dormaient ensevelies dans les archives de l'État ; les y avoir cherchées fut une inspiration heureuse, les en avoir exhumées pour les rendre à la lumière n'est pas un petit mérite. M. Georges Pallain l'a fait en homme habile, en érudit modeste qui se renfermerait volontiers dans son rôle d'éditeur ; mais, à tout moment, son utile concours se trahit par des notes savantes, par des éclaircissements précieux, qui, servant de traits d'union à des lettres éparses, éclairent à propos le lecteur sur le sens et la portée d'incidents et de sous-entendus mystérieux, parfois difficiles à comprendre, sur les personnes qui occupent la scène au grand jour, comme sur les choses qui s'agitent, plus haut ou plus bas, dans les coulisses de la politique.

Très grand en France et très durable, le succès de ce livre n'a pas été moindre ailleurs ; en Angleterre, en Allemagne, en Amérique, partout il a été traduit dès son apparition, et goûté partout comme une œuvre pleine d'intérêt et de charme.

Loin de méconnaître le service rendu par des publications de cette importance, l'Académie les encourage volontiers en les consacrant ; c'est à ce titre que, par une faveur spéciale, elle décerne une médaille d'or à M. Georges Pallain.

A côté de ce livre, l'Académie en avait distingué un autre, d'un rare mérite aussi et qui, puisé aux mêmes sources, avait de pl us ce grand avantage d'être une œuvre neuve et personnelle ; grave et instructive comme l'histoire, agréable et attachante comme le roman.

Grâce aux mesures libérales qui, depuis peu, ont ouvert à tous les travailleurs les sacro-saintes archives de l'État, M. Albert Vandal a pu, comme M. Pallain, savourer à son aise ces pages jaunies qui jadis cachaient tant de souvenirs et qui aujourd'hui les révèlent. « Le passé, dit-il, redevient vivant et des passions refroidies depuis longtemps se raniment pour vous pénétrer. » Le plaisir qui fut le sien, grâce à lui devient le nôtre ; entraînés par lui, nous le suivons dans ses recherches et jouissons de ses découvertes : les faits semblent nouveaux, tant il nous aide à les mieux voir et à les mieux comprendre. Dans les dépêches des ministres et des ambassadeurs, il nous est donné de saisir les causes d'événements qui restaient obscurs et, selon le mot de Leibnitz, nous parvenons à surprendre « le pourquoi du pourquoi ».

Sous ce titre : *Louis XV et Élisabeth de Russie*, M. Albert Vandal a publié l'histoire des relations de la France avec la Russie, pendant la première moitié du XVIIIe siècle. Après avoir rappelé les avances amicales faites, sous Louis XIII, au tzar Michel Romanof, il nous montre Pierre le Grand arrivant tout à coup à Paris, sans presque s'y être fait annoncer, et bientôt, dans les affectueux égards qu'il témoigne au jeune roi, nous voyons percer de nouveau l'arrière-pensée d'une alliance intime entre deux grandes puissances que, de tout temps, des intérêts pareils semblaient devoir réunir, tandis que la distance même qui les sépare éloignerait naturellement pour elles toute occasion de se heurter et toute raison de se combattre.

Ce n'est pas seulement à l'union des deux peuples, c'est à l'union des deux familles souveraines que Pierre le Grand songeait alors ; sa fille, la jeune princesse Élisabeth, souriait de loin à ce rêve, qui deux fois faillit se réaliser. Son cœur s'était épris à distance de Louis XV enfant, et, sans l'avoir jamais vu, elle lui garda, même sur le trône et jusqu'à la fin de sa vie, une tendre préférence qu'elle cachait à peine, un véritable amour platonique qui, du reste, ne les gêna ni l'un ni l'autre.

La France comprit trop tard de quel intérêt serait pour elle un accord avec la Russie. L'alliance qui tant de fois lui avait été offerte, elle la rechercha enfin, le jour même où la mort de l'impératrice Élisabeth allait livrer son pays, et bientôt le nôtre, aux dangers de la triple alliance.

« La triple alliance a survécu à l'écroulement du vieux monde, et elle se présente, au xix⁰ siècle, avec les mêmes caractères qu'au xviii⁰, » dit l'auteur de ce livre avec un sentiment patriotique attristé. — « L'histoire ne se refait pas, mais elle se continue et l'étude du passé, en jetant la lumière sur des desseins séculaires, dont nous voyons se développer l'exécution, explique le présent et révèle parfois le secret de l'avenir. »

M. Albert Vandal est jeune. Je ne le lui reproche pas, au contraire. Sans en avoir les défauts naturels, son style a toutes les qualités de la jeunesse, vif, alerte, brillant et coloré, ferme pourtant et d'une élégante solidité, il ne faiblit jamais et se prête, avec des nuances heureuses, à la peinture des récits divers qui remplissent son livre, l'un des meilleurs de tous nos concours.

L'Académie lui décerne le prix Bordin (2500 francs).

Le prix Marcelin Guérin, qui d'ordinaire n'est que de cinq mille francs s'élevait heureusement cette année à six mille francs, par suite d'intérêts arriérés. Tant de livres, et de bons livres, s'en disputaient une part que, pour les honorer au moins, sans les récompenser suffisamment, l'Académie a dû en couronner six ; à mille francs pièce, c'est pour rien !

Ces livres sont :

Un condottiere au xv° *siècle, Rimini,* par M. Charles Yriarte ; *Histoire des conspirateurs royalistes du Midi sous la Révolution,* par M. Ernest Daudet ; *les Avocats au Conseil du roi, Etude sur l'ancien régime judiciaire de la France,* par M. Émile Bos ; *Histoire de la littérature française au* xix° *siècle,* par M. Frédéric Godefroy ; *la Jeunesse de Fléchier,* par M. l'abbé Fabre ; *Légendes chrétiennes de la basse Bretagne,* par M. F.-A. Luzel.

Ce n'est pas dans les archives de la France, c'est dans celles de l'Italie que M. Charles Yriarte a puisé à pleines mains pour composer l'étrange et curieux ouvrage qu'il a publié sous ce titre : *Un condottiere au XV° siècle, Rimini. Étude sur les lettres et les arts à la cour des Malateste.*

De cette famille qui, pendant trois siècles, tint une place considérable dans les troubles des petites dynasties italiennes, et dans leurs rapports avec la Cour de Rome, tout souvenir eût depuis longtemps disparu peut-être, si quelques vers de Dante n'eussent sauvé sa mémoire en immortalisant son nom. Comme la poésie, la peinture et la musique, ses sœurs, ont le secret de tout embellir. Avec elles, nous continuerons à déplorer, de confiance, la tragique aventure de ces jeunes amants, dont les âmes jumelles continueront aussi à s'étreindre dans un vol sans fin. L'histoire, qui veut toujours reprendre ses droits, nous prouvera vainement que Paolo avait trente-quatre ans, qu'il était marié, père de deux enfants, chef de bande estimé d'ailleurs, c'est-à-dire propre à toutes les choses d'alors, bonnes ou mauvaises. Nous ne la croirons pas.

M. Charles Yriarte n'a rien négligé pour faire connaître avec précision, et dans le plus grand détail, tout ce qui intéresse cette famille. Après leur glorieux chef, le premier seigneur de Rimini, qui vécut cent ans, après Paolo, qui vivra toujours, il nous montre toute une succession de Malateste, étonnant tour à tour l'Italie par leur puissance et leur luxe, séduisant les artistes et les gens de lettres par le charme de leur goût fin et délicat; puis se faisant haïr par leur caractère dur et oppressif, et donnant enfin carrière à leurs plus mauvais appétits, jusqu'au jour où les voilà qui s'éteignent abandonnés, méprisés et haïs de tous, dans la honte et dans l'indigence.

Les monuments qu'ils ont créés, les lieux qu'ils ont habités, les médailles qui rappellent leurs traits, les sculptures qui consacrent leur souvenir, sont reproduits avec profusion dans ce beau livre un peu confus, mais dont l'importance est complétée par une collection précieuse de pièces justificatives d'une grande valeur historique.

Encore un livre d'histoire que son auteur a composé sur des documents authentiques empruntés aux archives nationales et locales, aux traditions consacrées dans les familles de ceux qui, acteurs ou victimes, prirent part aux événements qu'il raconte.

Sous ce titre : *Histoire des conspirateurs royalistes du Midi sous la Révolution*, M. Ernest Daudet nous retrace en détail, avec une scrupuleuse exactitude, les événements tragiques qui s'accomplirent dans les Cévennes pendant la première Révolution ; nous faisant assister, coup sur coup, au rassemblement du camp de Jalès, à l'échauffourée du comte de Saillant, aux tentatives de révolte du notaire Charrier. Un pays sauvage, une race passionnée, des haines de religion irréconciliables, des conflits politiques incessants et de profondes rivalités sociales, tout se réunit pour donner à ce livre d'histoire une saveur de roman qui le remplit du plus dramatique intérêt.

En intitulant son livre : *les Avocats au conseil du roi, Étude sur l'ancien régime judiciaire de la France,* M. Émile Bos commence peut-être par où il devrait finir. C'est l'ancien régime judiciaire de la France tout entier qu'il a étudié, et l'histoire des avocats au conseil du roi ne se mêle qu'incidemment à ses recherches savantes, comme un épisode familier de ce beau travail, accompli avec autant de sagacité que de soin.

Les juridictions féodales ramenées à l'autorité royale par droit d'appel; les jugements d'appel disputés entre le conseil du roi et les parlements; les efforts persévérants de la royauté pour fonder en France l'unité de justice et l'unité de pouvoir, tout ce grand labeur national est ici observé de près et nettement mis en lumière par un homme du métier, qui vit pour ainsi dire dans l'intimité de nos anciens corps judiciaires et qui démonte, avec une rare sûreté de main, les ressorts compliqués de ces vieilles et fortes machines.

C'est par là surtout, et aussi par la clarté de la composition, comme par la correction et le mouvement du style, que ce livre rentrait dans les conditions de notre concours.

Ouvrez-le sans crainte et, parmi les curiosités historiques et littéraires que M. Bos a découvertes, vous lirez avec intérêt, avec plaisir, des lettres d'affaires écrites par le grand Corneille, un mémoire de Mirabeau, des pièces relatives aux procès de Beaumarchais et des détails assez inattendus sur les prétentions nobiliaires... de Danton !

M. l'abbé Fabre publiait, il y a quelques années, un

volume contenant des lettres inédites de Fléchier, adressées à madame Deshoulières et à sa fille.

C'est un ouvrage plus important, un ouvrage en deux volumes, qu'il vient de publier aujourd'hui sur la jeunesse du futur évêque de Nîmes; étude attentive, non seulement de l'existence facile du brillant abbé et des écrits légers qu'il composait alors, mais du monde charmant et frivole au milieu duquel il vivait; de cette société polie, élégante et précieuse qui s'est épanouie à l'aurore du grand règne. L'Académie a trouvé là un curieux mélange d'études historiques et de critiques littéraires; un travail intelligent, bien ordonné, soigneusement fait, avec l'impartialité d'un esprit très ouvert et en pleine possession de son sujet.

Plusieurs fois déjà, l'Académie a encouragé les persévérants efforts de M. Frédéric Godefroy qu'elle connaît et apprécie comme un érudit sagace, comme un travailleur ardent et infatigable. A ses premières études sur l'Histoire littéraire des XVIᵉ, XVIIᵉ et XVIIIᵉ siècles, le savant auteur du Dictionnaire de l'ancienne langue française vient d'ajouter quatre volumes qui contiennent le tableau de notre littérature en prose et en vers, depuis le commencement du XIXᵉ siècle.

Par la multiplicité de ses citations, cet ouvrage ressemble quelque peu à une anthologie; mais l'auteur y a joint des notices biographiques et littéraires, des analyses détaillées et des appréciations judicieuses qui lui ont mérité un nouveau témoignage d'intérêt et d'encouragement.

13.

Né en Bretagne, M. Luzel s'est dévoué à l'étude de son pays natal, de ses anciennes coutumes, de ses chants rustiques et de ses légendes héréditaires. « J'allais, dit-il, de commune en commune, cherchant, m'informant partout... Souvent aussi, je faisais venir à Plouaret, où j'avais établi mon quartier général, les conteurs et chanteurs émérites qui m'étaient signalés à plusieurs lieues à la ronde. Je leur demandais de me débiter leurs contes ou de chanter leurs chansons en breton, et, comme ils en avaient l'habitude, au foyer des veillées d'hiver. Un crayon à la main, je reproduisais les chants et les récits, séance tenante, littéralement pour les chants, aussi exactement qu'il m'était possible pour les contes. »

Remercions M. Luzel d'avoir sauvé de l'oubli ces derniers vestiges d'une littérature naïve, curieuse et originale.

Le prix Thérouanne n'a pas été moins brillamment disputé que le prix Marcelin Guérin, et, cette fois encore, pour être juste, l'Académie a dû partager entre trois ouvrages la récompense que vingt candidats sérieux avaient pu se flatter d'obtenir.

L'*Histoire de Philippe II*, par M. Henri Forneron, a tout droit d'être nommée en première ligne. C'est l'histoire du monde civilisé, à une époque où l'Espagne, pour bien peu de temps il est vrai, était encore la plus puissante des grandes nations, ayant à ce titre la main dans les affaires intérieures de presque tous les autres États. Grâce à des recherches habiles et à d'heureuses découvertes, M. Forneron a pu dissiper les dernières ténèbres de ces temps obscurs et rectifier des erreurs que la légende avait imposées à l'histoire.

A côté de ces rectifications utiles, qui ne sont ni le seul ni même le principal mérite du livre de M. Forneron, on y trouve une peinture exacte, et à peu près complète, de la situation de l'Espagne pendant le XVIe siècle, avec l'indication des causes qui, au milieu d'une grandeur plus apparente que réelle, préparaient déjà sa ruine et la rendaient inévitable. L'étrange et terrible figure de Philippe II en ressort, d'un bout à l'autre, avec une effrayante vérité. Au commencement de notre XIXe siècle, une certaine réaction a voulu, en Espagne, réhabiliter ce roi et ce règne. Le livre de M. Forneron ne laisse plus de place qu'à la justice.

L'Académie lui décerne la première moitié du prix fondé par M. Thérouanne (2000 francs).

Le surplus est attribué, par portions égales :

1° A une grande étude historique que, sous le titre de : *Introduction à la publication des lettres de Catherine de Médicis*, M. le comte Hector de la Ferrière a placée en tête de la correspondance de cette princesse, correspondance publiée par l'Imprimerie nationale sur la proposition de la section d'histoire et de philosophie du comité des travaux historiques et des sociétés savantes ;

2° A un ouvrage de M. le comte de Luçay sur *les Origines du pouvoir ministériel en France*, avec ce sous-titre : *les Secrétaires d'État depuis leur institution jusqu'à la mort de Louis XV*.

Ce dernier livre est une savante monographie de l'administration française, écrite simplement, mais avec beaucoup de goût et de correction. On y voit par quels degrés les clercs-notaires du roi, appelés successivement clercs du secret, puis secrétaires des finances, et enfin, depuis le XVIᵉ siècle, secrétaires d'État, sont arrivés peu à peu, du rôle de simples intermédiaires des volontés royales, à celui de directeurs absolus des grands services publics. Entravé souvent dans ses progrès, tantôt par le caractère du monarque, tantôt par l'omnipotence jalouse d'un premier ministre, le pouvoir ministériel ne parvint qu'avec beaucoup de peine à triompher enfin de résistances intéressées dont ce livre révèle en détail les longs efforts et les curieuses vicissitudes.

D'une tout autre nature est l'intérêt très réel qui s'attache au travail M. le comte de la Ferrière. Son *Introduction* n'est pas moins qu'une étude critique, historique et biographique, incomplète il est vrai, mais qui déjà conduit le lecteur jusqu'au moment où Catherine de Médicis se trouve en possession presque entière de l'autorité souveraine. M. de la Ferrière ne la suit pas dans cette seconde phase de son existence; répugnant peut-être à nous montrer, sous un nouveau jour, la femme dont il semblait avoir pris à tâche d'atténuer les torts lorsque ces torts n'étaient pas encore des crimes.

La série de lettres publiées dans ce premier volume ne va pas au delà de l'année 1563, vingt-cinq ans avant la mort de Catherine de Médicis. Souhaitons que les séries suivantes soient accompagnées, à leur tour, d'introductions semblables à celle que l'Académie couronne aujourd'hui comme une œuvre vraiment distinguée qui, par un récit rapide, élégant et judicieux, jette sur l'ensemble des faits une grande et vive lumière.

— Avez-vous lu *Barruch* ? disait un jour La Fontaine aux amis qu'il rencontrait dans la rue.

— Avez-vous lu *Philostrate l'Ancien*? serais-je tenté de vous dire à mon tour.

Notre confrère et ami, M. Renan, qui sait tout et qui a lu Barruch, a lu aussi Philostrate l'Ancien, et son neveu Philostrate le Jeune, deux rhéteurs grecs qui brillaient à Rome, l'un au commencement, l'autre à la fin du IIIe siècle.

Sur son rapport, l'Académie a décerné le prix Langlois à M. Bougot, professeur à la faculté des lettres de Dijon, pour sa traduction d'un des meilleurs ouvrages de Philostrate l'Ancien : *Galerie antique*.

C'est la description d'une collection de tableaux qui auraient plus ou moins existé à Naples, et que l'auteur explique à un enfant. Œuvre de déclamation plus que de critique d'art, ce livre a quelque chose du caractère peu sérieux des autres ouvrages de l'auteur, faits presque tous pour amuser une cour superficielle d'impératrices syriennes. Mais, tel qu'il est, il offre un intérêt véritable.

La traduction de M. Bougot est excellente. Elle a, en outre, le mérite de contenir un ample commentaire où les descriptions de l'auteur grec sont éclairées par les monuments figurés de l'antiquité qui sont venus jusqu'à

nous et surtout par les peintures récemment découvertes
à Rome.

Le beau livre de M. Bougot sera lu avec plaisir et avec
fruit par tous ceux qui aiment les arts et que leur histoire
intéresse.

Entre le concours Langlois, qui vient de nous entraîner un peu loin en arrière, dans l'antiquité gréco-
romaine, et le concours Montyon, qui nous ramènera
bientôt à des œuvres plus modernes et plus françaises,
les ouvrages de philologie présentés au concours *Archon-
Despérouses* demandent à nous arrêter un moment, à
moitié chemin.

La commission chargée de leur examen avait distingué avec estime deux intéressants volumes intitulés :

1° *Essais sur le patois normand du Bessin*, par
M. C. Soret ;

2° *Recueil de textes de l'ancien dialecte gascon*, par
M. A. Luchaire.

Ces savants travaux consacrés à l'étude de deux patois
méritaient d'être remarqués, mais, par leurs sujets
mêmes, ils s'éloignaient trop des conditions régulières
de ce concours pour qu'une récompense leur pût être
accordée.

Il en est autrement de trois publications importantes,
entre lesquelles, dans des proportions inégales, l'Académie a partagé la somme de quatre mille francs, montant
du prix fondé par M. Archon-Despérouses.

En première ligne, elle place une série d'ouvrages de
littérature et d'histoire, publiés par la Société des anciens

textes français, et contenant entre autres les *OEuvres
complètes d'Eustache Deschamps*, le *Mistère du Viel
Testament*, la *Chanson d'Aiol* et la *Chanson de saint
Gilles*, qui en est le complément naturel. — Puis le
Débat des Hérauts d'armes, curieux dialogue entre un
Français et un Anglais, composé au xvᵉ siècle pour
mettre en relief, non sans une certaine partialité qui
s'explique, la supériorité de la France sur le plus puissant de ses voisins. Le saint voyage de *Ihérusalem du seigneur d'Anglure* en 1395 et la *Chronique de l'Abbaye
du mont Saint-Michel*, qui nous montre, au xivᵉ et au
xvᵉ siècle, les moines et les hommes d'armes volontairement emprisonnés dans cette puissante forteresse, au
milieu des flots, et défendant seuls la nationalité française pendant trente-trois années que dura la domination anglaise en Normandie.

Ce précieux recueil a paru digne à tous égards d'un
intérêt tout particulier; intérêt que, par elle-même et
par ses constants efforts, la Société des anciens textes
français mérite toujours et qui plus que jamais lui est dû,
quand la mort si malheureuse de son jeune, savant et
généreux collaborateur, M. le baron James de Rothschild,
vient de lui porter un coup doublement cruel.

L'Académie lui accorde, à titre de récompense et d'encouragement, une somme de deux mille francs.

Les deux mille francs de surplus sont partagés par
moitié (mille francs chaque), entre deux publications de
même nature et d'un égal intérêt.

1° *Édition nouvelle de la correspondance de l'abbé*

F. Galiani, l'un des plus brillants esprits de son temps, avec des femmes distinguées et des écrivains célèbres du xviiie siècle.

Entièrement rétablie d'après les textes originaux, et augmentée d'un grand nombre de lettres inédites, cette savante édition contient une curieuse étude sur la vie et les œuvres de Galiani, par MM. Lucien Perey et Gaston Maugras. Étude virile, dont la forme se distingue en même temps par beaucoup d'élégance et de délicatesse.

2° *Collection des lettres du* xviie *et du* xviiie *siècle*, revues sur les éditions originales, accompagnées de préfaces, avertissements, index, notices biographiques et jugements littéraires, par M. Eugène Asse. Le nom de leur auteur en garantissait d'avance le mérite ; M. Eugène Asse ayant, mieux que personne, étudié en érudit les *épistoliers* et surtout les *épistolières* de deux grands siècles.

Je vous l'ai déjà dit, Messieurs, parmi les remarquables concours de cette année, le concours Montyon a mérité encore qu'on le remarquât en première ligne.

Cent trente-huit ouvrages y avaient été présentés, et l'Académie avait commencé par en réserver une vingtaine. Elle en couronne huit ; huit seulement, pour tâcher d'être plus juste en faisant une part plus grande aux plus dignes.

Cinq prix de deux mille cinq cents francs chaque sont décernés aux cinq ouvrages suivants :

De la certitude morale, par M. Ollé-Laprune ;

L'Instruction publique et la Révolution, par M. Albert Duruy;

Le péril national, par M. Raoul Frary;

Le marquis de Grignan, par M. Frédéric Masson ;

Et *le crime de Sylvestre Bonnard, membre de l'Institut*, par M. Anatole France.

Deux prix, de deux mille francs chaque, sont décernés à :

La Terre-Sainte, par M. Victor Guérin ;

Petites Misères, par M. H. Lafontaine.

Enfin un prix de quinze cents francs est attribué à un volume de vers intitulé *la Jeunesse pensive*, par M. Auguste Dorchain.

L'Académie voudrait pouvoir se montrer plus généreuse envers la poésie. En l'absence d'un prix spécial, elle aime à lui faire au moins une petite part dans ce concours institué pour les ouvrages utiles aux mœurs. Tout ce qui élève l'esprit est utile aux mœurs, et M. Dorchain a pu y prétendre en composant ces vers, dont l'inspiration ne manque ni d'ampleur ni d'éclat. Ce qu'il décrit, c'est la lutte des sens avec l'idéal, les luttes de la pensée avec les tentations vulgaires, les troubles de l'âme vierge, les honnêtes scrupules et la résistance aux amours frivoles.

Tout n'est pas d'égale force dans ce petit volume ; mais deux belles pièces, telles que *Éros enchaîné* et surtout *les Étoiles éteintes*, suffisent pour qu'on puisse juger le poète et pour qu'un encouragement lui soit dû.

En tête des cinq ouvrages qu'elle a réservés particulièrement, l'Académie a placé le beau livre de M. Ollé-Laprune : *De la Certitude morale.*

Dans cette œuvre, pleine d'âme et de talent, on trouve, avec beaucoup de science et avec un rare mérite de style, une probité morale et intellectuelle qui en fait le charme et qui, d'avance, semblait la désigner comme rentrant au plus haut degré dans le programme de ce concours.

L'auteur expose, à son point de vue, les raisons que tout homme qui réfléchit et qui sent doit avoir, selon lui, de croire à ces quatre vérités fondamentales, principes et substance du spiritualisme philosophique et religieux : *la Liberté, la Loi du devoir, la Vie future, Dieu.* Il distingue avec soin ce qu'il appelle la *certitude morale* de la *certitude rationnelle;* comme il distingue deux ordres de vérités qui correspondent à ces deux espèces de certitudes : les *Vérités morales* et les *Vérités positives.*

L'originalité de ce livre est de définir avec précision la nature de la certitude morale, et d'en rechercher les conditions dans la conscience.

S'appuyant sur des témoignages de Pascal, de Kant, de Maine de Biran et même de M. Cournot, M. Ollé-Laprune cherche à établir qu'il y a un *élément moral*, un *élément de liberté* dans toute conviction métaphysique et que, tandis que, dans l'ordre des mathématiques et des sciences, la vérité s'impose à nous, même si nous voulons y résister, ici, dans l'ordre des convictions morales, il faut consentir à la vérité; il y a une préparation spéciale du cœur et un acte de liberté dont rien ne dispense; il

y a un développement de la vie intérieure, une culture
obligatoire de la conscience qui constitue une part de
mérite, et qui établit la responsabilité de chacun de nous
dans cet ordre de convictions.

L'erreur, selon lui, peut avoir des causes morales,
non moins que des causes intellectuelles; l'obstacle qui
empêche la vérité d'être reconnue peut être un obstacle
moral non moins qu'un obstacle intellectuel, et cela non
seulement dans le cas d'une mauvaise foi expresse, mais
aussi par une défaillance quelconque, ou par n'importe
quelle disposition vicieuse de la volonté. L'erreur peut
donc être coupable pour peu qu'elle soit volontaire et
coupable dans la mesure même où la volonté a contribué
à la causer.

Qu'aurait dit Malebranche? qu'auraient dit nos ancêtres
du xviie siècle? eux pour qui la raison était quelque chose
d'absolu, qui s'impose. En leur nom, comme au nom de
la Raison elle-même, des réserves ont été faites dans ce
sens, et j'ai reçu le mandat de les renouveler ici. D'un
autre côté, en laissant à M. Ollé-Laprune toute la responsabilité qui lui appartient, l'Académie a vu et couronné dans son nouvel ouvrage un livre sincère et per-
suasif, d'une haute portée philosophique, une savante
étude qui se distingue à la fois par la solidité du fond,
comme par l'élégante correction de la forme.

« En publiant son ouvrage sur l'*Instruction publique
pendant la Révolution*, M. Albert Duruy a rendu un
véritable service à la science de la pédagogie. C'est
un livre très savant, très instructif, rempli d'idées justes

et écrit dans une très bonne langue, sobre et virile. »

Cette phrase n'est pas de moi, Messieurs; prononcée devant l'Académie par un de nos plus illustres confrères, elle obtint l'assentiment de tous et entraîna tous les suffrages, qui ne demandaient qu'à se laisser faire. Heureux de la reproduire aujourd'hui devant vous, je me défends ainsi moi-même contre le soupçon d'une partialité légitime que j'éprouverais volontiers pour un jeune et vaillant écrivain qui porte fièrement, sans défaillir, un nom cher à l'Université, doublement cher à l'Institut.

Plus impartial que moi, M. Albert Duruy a recueilli, avec autant de patience que d'exactitude, dans nos Archives nationales, un grand nombre de documents inédits, de natures très diverses, et, dans son livre, il les expose avec la loyauté d'un historien sincère qui, ne voulant flatter aucun parti, et protestant d'avance contre tout reproche d'hostilité systématique, ne recherche et ne dit que la vérité.

S'il reconnaît, d'une part, que, dans les 562 collèges et les 21 universités qui, déjà, existaient avant la Révolution, l'enseignement était insuffisant, étroit, arriéré, et que les sciences n'y avaient pas leur part, il démontre, en même temps, combien injustes et passionnées sont les accusations sous lesquelles devait succomber, de nos jours, cette ancienne organisation des études qui aura produit, en fin de compte, deux des plus grands siècles dont, pour l'honneur des lettres, la France ait droit d'être fière.

Après avoir analysé les grands projets de Mirabeau et de Talleyrand, de Condorcet et de Lakanal, de Romme même et de Lepelletier de Saint-Fargeau, l'auteur retrace les efforts qu'a faits la Convention pour organiser l'instruction publique. Il ne dissimule pas les fautes commises dans une série d'expériences qui n'ont pas toujours réussi ; mais, avec une entière bonne foi, il reconnaît que la Convention a été souvent détournée de son œuvre, et entraînée dans sa marche progressive, par les plus redoutables périls et les plus grandes responsabilités.

Si M. Albert Duruy se montre plus sévère pour le Directoire que pour la Convention, c'est la logique des faits qui l'y pousse. Un gouvernement mal pondéré, qui oscillait entre la violence et la faiblesse, avait amené, sans le vouloir, mais sans pouvoir l'empêcher, un abaissement progressif des études, contre lequel vint heureusement réagir le glorieux fondateur de l'Université.

Ce livre n'est pas seulement une œuvre d'érudition et de pédagogie ; sa] valeur littéraire égale sa valeur historique. A tout propos, et dès son premier chapitre intitulé « Avant 1789 » ; plus loin, dans celui qu'il consacre aux « Écoles primaires sous le Directoire », et enfin dans un tableau saisissant des « Fêtes nationales sous tous les régimes de la Révolution », sans qu'il perde jamais son sujet de vue, le jeune auteur s'arrête à chaque pas pour jeter avec nous, en passant, un regard curieux sur tout ce qui touche aux lettres et aux arts, à l'histoire et à la philosophie, aux caprices même du goût et de la mode, à tous les jeux d'alors, parfois sanglants.

Agréable autant qu'instructif, et non moins remar-

quable par la hauteur des vues que par l'équité des jugements, ce livre est l'œuvre honnête et distinguée d'un
érudit, d'un penseur et d'un écrivain.

On a dit que le patriotisme était une des formes les
plus vivantes et les plus pratiques de la morale. M. Raoul
Frary ne s'est donc pas trompé de porte en présentant
au concours des ouvrages utiles aux mœurs un livre que
le patriotisme lui a seul inspiré et qu'il a publié sous ce
titre : *le Péril national.*

Si, dans ce livre, on trouve quelques allusions aux
malheurs de la France et aux victoires de ses ennemis,
il ne faut pas s'y arrêter. Le péril national n'est pas là. Il
est chez nous, en nous, et dans l'affaiblissement de toutes
nos virilités. Quand les économistes s'effrayent de la
dépopulation de la France, il faut savoir gré à celui qui
signale ce danger comme un péril national ; il faut l'en
louer et l'en remercier, sans peut-être s'en rapporter
entièrement, pour guérir le mal, aux remèdes que sa
conclusion propose.

Autrefois, il semblait difficile de dire la vérité aux rois ;
la dire aux peuples est aujourd'hui moins facile encore.
M. Raoul Frary le fait avec autant de courage que de
talent, dans un langage élégant et ferme, sans flatter
ceux-ci, sans provoquer ceux-là, sans manquer jamais
de bon sens, de fermeté ni de mesure. Rien n'est plus
utile aux mœurs que de réveiller les cœurs en relevant
les âmes, et ce serait pousser la préoccupation politique
jusqu'à la faiblesse, la prudence jusqu'à l'injustice que
d'hésiter, en pareil cas, à honorer un livre utile, solide

et substantiel à qui, je le répète, on ne peut reprocher qu'un louable excès de patriotisme.

Il est bon de respirer un peu après s'être élevé ainsi au plus haut de la morale, à la suite des trois écrivains dont je viens d'indiquer les œuvres, en les esquissant à peine.

Un charmant volume d'histoire intime et un roman des plus aimables vont nous procurer ce plaisir et ce repos. Nous ne descendrons pas pour cela; les deux livres dont je vais parler ayant été placés par l'Académie, comme les trois autres, au premier rang dans ce concours.

Nous ne savions presque rien du petit marquis de Grignan, si ce n'est qu'il avait été l'honneur et la joie de son orgueilleuse famille, l'amour surtout de son incomparable grand'mère.

Dans le livre très piquant et très savant que M. Frédéric Masson a publié sous ce titre : *le Marquis de Grignan*, on suit avec intérêt ce fier jeune homme, depuis le jour de sa naissance jusqu'à celui de sa mort, trop voisins l'un de l'autre. Présenté hier à la cour, le voilà qui part pour sa première campagne; à quel prix! L'auteur nous fait pénétrer alors dans le mystère de ce qu'était trop souvent l'éclat factice des grands seigneurs de ce temps, étalant devant nous les souffrances, les embarras, la détresse secrète d'une famille noble, ruinée par l'orgueil au service du roi, et réduite, pour redorer son blason, à subir, à rechercher même une mésalliance avec quelque fille de traitant.

Ce n'est pas là l'histoire de toute une époque et de
toute une race; c'est, en particulier, la splendeur et la
décadence d'une grande maison, avec le développement
des causes morales qui l'amènent, le luxe, la vanité, le
désir de paraître, de grands besoins, mais aussi de grands
devoirs.

Il y avait alors, malgré tout, et comme une compensa-
tion à ces misères, un sentiment supérieur qui rachetait
bien des fautes et bien des faiblesses : l'honneur !

Dans sa préface, M. Frédéric Masson fait en quelques
pages qu'il faut lire et que je voudrais pouvoir citer
entièrement, l'histoire de ce sentiment si français.

« L'honneur a été le Dieu de la noblesse française. Le
jour où Montesquieu se mit à en raisonner, l'honneur
agonisait et cette société est morte. »

Rassurons-nous, Messieurs, la France, elle, ne meurt
jamais et l'honneur y revit toujours !

Le Crime de Sylvestre Bonnard, membre de l'Institut.
Voilà un titre effrayant, et des mots bien surpris, j'espère, de se trouver ainsi rapprochés. L'Institut n'en voudra pas à M. Anatole France d'avoir fait commettre à
l'un de ses membres le plus honnête et le plus innocent
de tous les crimes.

Sylvestre Bonnard nous a rappelé plus d'un de nos
meilleurs confrères, les plus vénérés, et chacun de nous
voudrait qu'on pût le reconnaître dans ce grand coupable
qui s'avise, un beau matin, d'enlever une jeune fille;
oui, vraiment ! mais cette jeune fille, cette pauvre orphe-
line, dont jadis il avait aimé la mère, il n'y a que ce

moyen de l'arracher à la tyrannie d'une méchante femme qui la détient et qui l'opprime. Sylvestre Bonnard l'enlève donc et, pour la marier avec un jeune savant de ses amis, il vend ce qu'il a de plus cher au monde : ses livres !

La naïveté du savant, l'ingénuité de son âme, et sa bonté que rien ne déroute à travers les embûches qui ne cessent de l'entourer, sont peintes d'une façon charmante. Le récit est vif et l'intérêt soutenu. Si parfois le style tombe un peu dans la préciosité, sa facture, en général, est plutôt bonne, élégante et correcte.

L'Académie a voulu honorer par une récompense exceptionnelle une œuvre délicate et distinguée; exceptionnelle aussi peut-être.

Chargé, à diverses reprises, de plusieurs missions scientifiques, M. Victor Guérin a longtemps exploré la Palestine, et, à la suite de ses voyages, il a publié d'importants travaux sur les lieux saints et sur les livres sacrés.

Son nouvel ouvrage, intitulé *la Terre sainte*, est comme un résumé de ses premières publications et contient de précieux documents sur les régions immortelles qu'il a parcourues en savant et en moraliste. C'est un beau voyage fait par un voyageur honnête et persévérant, qui a beaucoup vu et qui fait voir beaucoup à ses lecteurs, charmés d'avoir un si bon guide. On s'est demandé si M. Victor Guérin n'avait pas eu tort de croire à l'existence de Béthulie, qui, pour la science moderne, ne ferait qu'une seule et même chose avec Jérusalem. Longtemps encore, la patrie de Judith sera défendue par la légende.

14

Les plus savants auront du mal à la détruire. Un autre reproche a été fait à ce beau livre si magnifiquement illustré par la gravure. Pour être utile aux mœurs, il est trop gros, a-t-on dit, et trop cher! Aux yeux de l'Académie, Messieurs, une œuvre de ce poids et de ce prix, qui a coûté tant de peine, tant de travail et tant d'argent, est d'autant plus intéressante.

Sans qu'il ait entièrement renoncé à la carrière dramatique, M. H. Lafontaine, ancien sociétaire de la Comédie-Française, consacre aujourd'hui ses loisirs à quelques travaux littéraires. La faveur publique, qui lui est restée fidèle, l'en a déjà récompensé. Le dernier de ses ouvrages, intitulé : *Petites Misères,* semble avoir été composé tout exprès en vue du concours Montyon, tant il réalise, au plus haut degré, les conditions de son programme. Ce n'est pas un roman, c'est une série d'anecdotes émouvantes qui, toutes, contiennent d'honnêtes exemples et des enseignements utiles. Le dévouement, la résignation, le sacrifice et la vertu sont, tour à tour, mis en scène avec beaucoup d'art. Écrit sans prétention mais non sans élégance, ce livre, plein d'intérêt, mérite qu'on le signale comme très bon à lire et à faire lire.

Voilà, Messieurs, les huit ouvrages que l'Académie couronne au nom de M. de Montyon. Elle en avait distingué d'autres qu'elle regrette de ne pouvoir récompenser également et dont elle veut au moins qu'en indiquant leurs titres, je nomme devant vous les auteurs :

un Village au xII^e *et au* xIX^e *siècle,* par M. L. Barracand ; *le Journal d'une femme de bien,* par madame Lila Pichard ; *Biographies des grands inventeurs dans les sciences et l'industrie,* par M. J. Desclosières ; *Recueil de morceaux choisis de prose et de vers,* par M. Léon Ricquier ; *Nos Américains,* par madame de Bellaigue ; *Césette* enfin, surtout *Césette,* par M. Emile Pouvillon, sont des livres intéressants à divers titres, et dont le mérite n'a pas été méconnu.

Une mention à part est due à deux livres de haute philosophie qui n'ont que le tort d'être d'un ordre trop spécial : *Descartes,* par M. Louis Liard, et *la Parole intérieure,* par M. Victor Egger. Si l'occasion nous en est offerte, nous retrouverons avec plaisir ces Messieurs sur leur véritable terrain.

Les mêmes motifs écartaient d'avance de ce concours une excellente étude, à la fois sociale et criminelle que des juges plus compétents attendaient dans une autre académie. Le livre de M. Joseph Reinach sur *les Récidivistes* a d'abord fixé notre attention par l'intérêt saisissant de la thèse qu'il soutient, par l'exposition rapide et presque dramatique des faits qu'il dénonce, et enfin par la vigueur élégante avec laquelle il est écrit. Mais l'Académie française n'est pas une société de législation et elle ne saurait prendre parti dans une controverse juridique. La récompense que nous ne pouvions lui offrir, M. Joseph Reinach l'a trouvée ailleurs. Venu à l'heure opportune, il a montré avec tant de force un des périls qui menacent l'ordre social, que l'opinion publique s'en est émue. Déjà même deux projets de loi conformes aux idées qu'il développe sont soumis au Parlement. Cette récompense a son prix.

Je finis par un charmant livre que l'Académie des beaux-arts nous envierait et que, mieux que nous, elle eût pu apprécier et récompenser. Artiste éminent et l'un des professeurs les plus distingués du Conservatoire de Paris, M. Eugène Sauzay a refait, après Lulli, la musique d'une des moindres comédies de Molière, *le Sicilien ou l'Amour peintre.* Illustrée d'ornements exquis, dessinés à son intention par M. Claudius Popelin, et de quelques gravures du temps reproduites avec art, cette publication est des plus curieuses; mais il nous serait presque interdit d'en parler si M. Sauzay n'y eût joint une introduction très intéressante sur *les Origines de la comédie du Sicilien* et une piquante notice sur les circonstances qui ont dû précéder, accompagner et suivre la première représentation de cette pièce.

On a dit que la partition de M Sauzay était une œuvre de délicatesse écrite avec un tact suprême. La double étude qu'il y a jointe n'a pas moins droit au même éloge.

En dehors des ouvrages qu'elle couronne, ou qu'elle regrette de ne pouvoir couronner, l'Académie a encore à décerner aujourd'hui trois prix qui, ne s'adressant plus à des livres, mais tenant compte aux écrivains eux-mêmes de leurs efforts ou de leurs succès, doivent être des encouragements pour les uns, pour les autres des récompenses.

Je vous ai dit que, dans le concours Montyon, l'Académie avait remarqué un roman de M. Émile Pouvillon, intitulé *Césette*; livre étrange, vivant, original, qui a son cachet à part; joignant à beaucoup de réalisme une forte dose d'idéal; amusant d'ailleurs et plein d'intérêt; écrit avec élégance et avec grâce; avec prétention aussi, et sans se méfier assez des néologismes qui parfois troublent son harmonie.

Ce livre n'a pu être couronné comme un ouvrage utile aux mœurs; mais son auteur méritait qu'un témoignage de sympathie l'encourageât. L'Académie lui accorde le prix Lambert.

Le prix fondé par M. le comte de Maillé Latour Landry est attribué à M. Léon Cladel qui, jeune encore, mais ayant à lutter toujours contre la maladie, travaille depuis quinze ans avec courage et avec succès. Depuis *le Bouscassié* qui fut publié en 1869 et dont on se souvient encore comme d'une œuvre singulière et très personnelle, M. Léon Cladel a publié trois ouvrages qui lui ont créé des titres à l'intérêt de l'Académie.

« Tout finit par des chansons, » a dit Beaumarchais. Ne nous en plaignons pas, Messieurs, et souhaitons que toujours il en soit de même.

Il ne s'agit pas ici de rappeler des titres que personne n'ignore, et trop heureux les hommes dont il suffit de prononcer le nom pour que chacun comprenne et applaudisse.

Est-ce un poète, est-ce un musicien, est-ce un philosophe? C'est tout cela, Messieurs; c'est un chansonnier! Depuis plus de trente ans, il chante; ses chansons nous sont allées au cœur et nous les avons chantées après lui.

> C'est bonhomme
> Qu'on me nomme !

a-t-il dit un jour, et le nom lui en est resté.

J'allais vous parler du talent, de la bonne grâce, de la belle humeur, du désintéressement et de toutes les vertus de ce bonhomme ! Je m'arrête ! Déjà, du milieu de vous, j'entends s'échapper comme l'écho d'un refrain connu qui nous dit : *Vous avez raison !* quand je vous annonce que l'Académie décerne l'un de ses plus gros prix, le prix Vitet, à M. Gustave Nadaud.

SÉANCE PUBLIQUE ANNUELLE

Messieurs,

Le nom de Lamartine est le premier que je veuille prononcer aujourd'hui devant vous. Sa mémoire réclamait de nous un suprême hommage. Heureuse de le lui rendre publiquement, l'Académie ne s'est pas trompée quand, faisant appel à tous les jeunes poètes, elle leur demanda de l'aider à remplir ce pieux devoir.

La tâche était difficile; le sujet, trop vaste et trop beau, semblait être de ceux qui, tout à la fois, nous séduisent et nous découragent. La séduction l'a emporté sur le découragement et, mieux inspirée cette fois, la poésie vient de prendre une grande et glorieuse revanche.

Cent soixante-seize pièces de vers avaient été présentées à ce concours. Parmi les vingt meilleures, quatre, survivant aux dernières épreuves, ont paru mériter d'être récompensées. Elles étaient inscrites sous les numéros : 19, 70, 143 et 169.

La première, n° 19, ayant pour épigraphe ces mots connus et consolants : *Gloria victis !* manque peut-être de cette mesure dans la force dont les chefs-d'œuvre de Lamartine donnent toujours l'exemple ; mais, si l'on a pu reprocher à l'auteur quelque chose d'excessif, l'ensemble de l'œuvre a beaucoup plu ; l'ordonnance en a paru bonne ; dans la pensée et dans le style, on a reconnu des qualités solides et brillantes ; malheureusement, qui dit concours dit comparaison ; la supériorité des trois autres pièces n'a permis d'accorder à celle-ci qu'une mention honorable.

Un grand souffle lyrique anime le n° 70. Pourquoi faut-il que son développement avorte au moment où l'intérêt semble devoir progresser encore. C'est un ballon captif qui part fièrement pour monter au plus haut du ciel et qui, tout à coup, s'arrête à moitié chemin.

Cette pièce ne contient que cent vers. Elle n'est pas trop courte, elle est écourtée ; mais, à force de grâce et de charme, elle triomphe du seul reproche qu'on lui ait fait, et que j'ai dû lui faire.

Un souvenir d'Alfred de Musset a inspiré l'auteur de ces vers. Ici, à son tour, Lamartine est visité par sa Muse, qui le rassure en lui disant :

De l'artiste, du moins, l'œuvre subsiste entière
Au-dessus du flot vil qui fermente et qui bout,

Et la Postérité, qui s'en fait l'héritière,
La garde et la contemple, immuable et debout !

Les vers suivants sont d'un admirateur moins enthou-
siaste; ce qui ne les empêche pas d'être d'excellents
vers, frappés au bon coin; c'est par eux que débute la
troisième pièce, inscrite sous le n° 143 :

O ! Lamartine, hier on dressait ta statue;
Voici que maintenant le peuple s'évertue
A prodiguer partout le marbre et le métal,
Pensant qu'à des géants il faut un piédestal !
Il croit payer ses morts par ce facile hommage;
Il perd leur souvenir et garde leur image,
Et, jugeant envers eux son devoir accompli,
Les reprend au néant, pour les rendre à l'oubli.
— Nous dressons ta statue et n'ouvrons plus ton livre;
Ta gloire et ton poème ont peine à te survivre;
Toi, qui sauvas trois fois la patrie en danger,
Ma génération te traite en étranger,
Et, pareille à la rouille, aujourd'hui l'ironie
Ternit ton héroïsme et ronge ton génie.
Nos pères cependant t'admiraient à genoux,
Grand homme, et tu parais être, à côté de nous,
Qui sommes trop chétifs pour marcher sur ta trace,
Enfant d'un autre siècle, et fils d'une autre race.

Le ballon qui nous emportait tout à l'heure est redes-
cendu sur la terre; au pur lyrisme qui nous montrait
l'œuvre du Maître *immuable et debout*, a succédé le
langage plus précis et plus sceptique de l'épître et de
la satire. Je serais injuste envers l'auteur et envers
l'ouvrage, si je n'ajoutais que, traduites dans un style
à la fois ferme et harmonieux, de hautes pensées s'y

développent avec autant d'élégance que de bon sens.

Entre cette seconde pièce de vers et la première qui lui ressemble si peu, l'Académie eût hésité. Comme dans une fable célèbre, que je ne me permets pas de rappeler autrement, survint alors la troisième, inscrite sous le n° 169, qui, mettant tout le monde d'accord, saisit d'emblée la couronne que se disputaient les deux autres. Cette pièce, Messieurs, vous allez l'entendre. Subissant à votre tour le charme d'une poésie fière, ardente et convaincue, vous confirmerez, j'espère, en l'approuvant, le choix fait par l'Académie.

C'est au n° 169 que, sans hésitation, elle donnait la préférence.

Tout n'était pas dit pour cela; et comment se résigner à ne couronner qu'un poète quand trois au moins, quatre peut-être, méritaient qu'on les couronnât?

Par bonheur, Messieurs, tandis que, jusqu'à ce jour, le prix de poésie et le prix d'éloquence, fondés tous deux par l'État, n'étaient portés au budget que pour une somme annuelle de deux mille francs, cette année, pour la première fois, le chiffre s'en trouvait doublé, grâce à une mesure généreuse dont l'Académie, par ma bouche, remercie le ministre libéral qui témoigna ainsi de sa sympathie pour les lettres.

Devenue soudain assez riche pour qu'il lui soit permis, désormais, de mieux faire à chacun sa part, l'Académie, au lieu d'un élu, s'empresse d'en proclamer trois.

Un premier prix, de la somme de quatre mille francs, est décerné à l'auteur de la pièce inscrite sous le n° 169, M. Jean Aicard.

Deux seconds prix, de deux mille francs chaque, sont décernés aux deux pièces portant, l'une le n° 70, l'autre le n° 143. La première est de M. Léon Barracand; M. Marcel Ballot est l'auteur de la seconde.

Ainsi que je l'ai dit plus haut, une mention honorable est accordée à la pièce inscrite sous le n° 19, dont l'auteur est M. le vicomte Raymond de Borrelli.

Songeons maintenant à l'avenir !

Pour le prochain concours de poésie, qui sera jugé en 1885, il fallait désigner un nouveau sujet.

Devant un certaina baissement des esprits, des âmes et des caractères, quand nous cherchions une formule qui, sans arrière-pensée, embrassât à la fois, dans un idéal poétique, l'art et la morale, la religion et le patriotisme, un seul et même cri : *Sursum corda!* s'échappa tout à coup de toutes nos consciences. Notre sujet était trouvé.

Ces deux mots latins, qu'on croirait français, tant ils s'expliquent d'eux-mêmes, *Sursum corda!* nous les offrons, nous les livrons à l'inspiration de nos jeunes poètes qui, certainement, sauront les comprendre et les rendre.

Soumis à l'examen d'une même commission, particulièrement compétente en pareille matière, les livres d'histoire présentés aux trois concours fondés par le baron Gobert, par M. Thérouanne et, en dernier lieu, par

M. Thiers, ont été l'objet d'un savant rapport qui mériterait de vous être lu d'un bout à l'autre. Nous gagnerions tous à l'entendre.

Adoptant ses conclusions, l'Académie décerne de nouveau le premier grand prix Gobert à M. Chéruel pour les deux derniers volumes de son *Histoire de France sous le ministère de Mazarin*. A l'honneur de M. Chéruel, j'aime à rappeler que ce gros prix, dont la valeur annuelle s'élève presque à dix mille francs, lui a été attribué, l'année dernière, pour le premier volume de cette histoire ; quand, deux fois de suite, en 1880 et en 1881, il l'avait obtenu déjà pour les quatre beaux volumes par lui consacrés à l'*Histoire de France pendant la minorité de Louis XIV*. Après avoir, dès le début et successivement, distingué, encouragé, honoré les persévérants efforts de M. Chéruel, l'Académie, dont l'attente n'a pas été déçue, couronne aujourd'hui, par une nouvelle récompense, la fin et l'ensemble de son grand travail.

Le second prix Gobert est attribué à M. Ludovic Sciout pour son *Histoire de la Constitution civile du clergé* ; intéressant ouvrage, bien composé et bien écrit qui, en traitant à fond un sujet délicat, l'a fait sans violence, avec une sage mesure et une louable modération.

Le prix de quatre mille francs fondé par M. Thérouanne, *en faveur des meilleurs travaux historiques*, est partagé par moitié entre deux ouvrages d'un rare mérite : *Gaspard de Coligny*, par M. le comte Delaborde ;

Catherine d'Aragon et les Origines du schisme anglais,
par M. Albert du Boys.

Coligny est l'un des plus beaux et des plus nobles caractères dont puisse s'honorer l'histoire. Ce livre ne nous
l'apprend pas; mais, une fois de plus, mettant en lumière, avec amour, ses grandes vertus de soldat, de
chrétien et de père de famille, il nous le montre profondément religieux et poussant aussi loin que possible
l'esprit de tolérance; exempt d'ambition quand toutes
les ambitions lui semblaient permises; simple et bon autant que brave; ne demandant, pour être heureux, qu'à
vivre au milieu des siens, dans ce manoir de Châtillon
que toujours il regagnait au plus vite, dès que l'intérêt de
la patrie et de la religion ne le retenait pas ailleurs.
C'est pour ce double devoir qu'il a vécu et qu'il est mort.

Si, dans son livre, M. Delaborde se plaît à exalter le
héros de la Réforme et la Réforme elle-même, trahissant
aussi ses sentiments personnels, M. Albert du Boys, en
écrivant la vie de Catherine d'Aragon, s'attache, avec une
égale ardeur, à célébrer les hautes vertus de cette princesse, de cette martyre, que les plus dures épreuves acca-
blèrent en vain, sans que sa foi ni son courage aient
jamais fléchi sous le poids.

A côté de ce drame douloureux, dont l'intérêt est si
puissant, la question religieuse tient une grande place
dans le livre de M. Albert du Boys. La révolution définitive qui s'opérera plus tard, commence à peine sous le
règne de Henri VIII, et, pour le moment, il ne s'agit en
réalité que d'un schisme qui voudrait encore conserver

15

tous les dogmes du catholicisme. Cette thèse, assez nouvelle, présentée habilement, est soutenue avec conviction
et autorité, dans un bon style qui ne manque ni de clarté
ni d'élégance.

Par une coïncidence singulière, les trois derniers ouvrages que l'Académie vient de couronner touchent, plus
ou moins, à des questions religieuses. Il en est autrement des deux livres de M. Rothan sur *la Politique
française en* 1866, et *l'Affaire du Luxembourg, prélude
de la guerre de* 1870. Dans la position consulaire qu'il
occupait à Francfort, après avoir été ministre de France
à Hambourg, M. Rothan put alors suivre de près la
marche des négociations dont les conséquences fatales
devaient tromper tant d'espérances.

Dans ses récits familiers, et plus encore dans ses
dépêches officielles, fermes et alarmantes, que l'avenir
devait trop justifier, le langage de M. Rothan est grave,
calme et digne, triste même, comme doit l'être celui
de l'histoire quand elle traite un sujet pareil.

L'histoire, Messieurs, — libre à chacun de l'écrire
comme il lui convient de le faire ; mais, en présence des
nombreux volumes qu'une nouvelle école historique veut
bien chaque année soumettre à notre jugement, une ex-
plication franche et nette a paru nécessaire, dans l'intérêt même de ces livres, dont le mérite n'est pas méconnu,
mais qui, véritablement, je l'ai déjà dit, se trompent de
porte quand ils s'adressent à nos concours.

Qu'avant de se mettre au travail, on fasse des recherches, on prenne des notes, on entasse des documents,
rien de mieux! Pour l'historien, à qui nous demandons
des récits et des jugements, plus que des documents et
des dates, il y a, dans le produit de ces premières
fouilles, tous les matériaux d'un bon livre, tous les éléments d'une œuvre personnelle qui, mûrement réfléchie,
composée avec soin, écrite avec élégance et portant le
cachet de son auteur, méritera la publique estime; mais
ces bons livres que toutes nos couronnes attendent, avant
de nous les envoyer, il faut commencer par les faire.

A tous ceux qui pourraient l'oublier, l'Académie rappelle que ses traditions deux fois séculaires lui font un
devoir de travailler sans relâche, et de son mieux, à
maintenir dans leur pureté l'art charmant de bien dire et
ce bel art de la composition par lequel notre littérature
nationale, entre les autres, a marqué sa place, et la con-
serve, au premier rang!

Je reviens avec empressement, Messieurs, à la tâche
plus douce de louer le talent et de proclamer le succès.

Le prix Bordin, en son entier et sans partage, est
décerné à M. Ferdinand Brunetière pour trois volumes
de haute critique littéraire : *le Roman naturaliste;
Études critiques* (anciennes et nouvelles) *sur l'histoire
de la littérature française.*

Écrivain délicat et travailleur infatigable, M. Brunetière, dans ces trois ouvrages, qu'un même titre pourrait
réunir, a traité, avec une rare compétence, des questions

diverses qui toutes se rattachent à l'histoire des lettres pendant les trois derniers siècles. L'un de ses volumes est entièrement consacré à l'étude du naturalisme moderne. C'est sans passion et sans colère qu'il se montre juste ; osant, tout à la fois, rendre hommage au vrai talent, et blâmer les élèves qui trahissent les maîtres, en n'imitant que leurs défauts. L'érudition chez M. Brunetière n'exclut ni l'originalité ni la nouveauté des vues. Ses doctrines lui appartiennent comme son style, et ses critiques, toujours équitables, se distinguent par trois qualités maîtresses : le bon sens, le bon goût et le bon ton.

Le prix Marcelin Guérin était moins facile à donner, tant plusieurs prétendants se le disputaient, avec des titres à peu près pareils. Trois ouvrages en ont eu leur part, et l'Académie a regretté de ne pouvoir en couronner un quatrième : *Corneille Agrippa, sa vie et ses mœurs;* livre curieux et de science solide, dont l'estimable auteur, M. Auguste Prost, est un érudit de premier ordre et un bibliomane éminent.

Sur la somme de cinq mille francs, montant du prix fondé par M. Marcelin Guérin, l'Académie accorde :

Deux mille francs à l'*Histoire de la divination dans l'antiquité*, par M. Bouché-Leclercq, professeur suppléant à la faculté des lettres de Paris ;

Quinze cents francs à un livre publié par M. Louis Favre, sous ce titre : *Le Luxembourg*, 1300 à 1862, *récits et confidences sur un vieux palais*;

Et pareille somme à un volume d'études littéraires,

intitulé : *le Public et les hommes de lettres au* xviiie *siè-cle,* par M. Alexandre Beljame, maître de conférences à la Sorbonne.

Enfin, et en regrettant de ne pouvoir mieux faire pour l'ouvrage et pour l'auteur, elle accorde une mention honorable au *Corneille Agrippa* de M. Auguste Prost.

L'*Histoire de la divination dans l'antiquité* est une sorte de monument, en quatre forts volumes, dans lesquels M. Bouché-Leclercq a réuni, en bon ordre et avec clarté, les fruits précieux de ses savantes recherches.

C'est surtout par la solidité du fond que se recommande cet ouvrage qui jette une vive lumière sur tous les problèmes dont se préoccupait l'antiquité classique et nous montre quels efforts, soumise tour à tour à ses devins, à ses prophètes, à ses aruspices et à ses augures, elle ne cessa de faire, pour accorder la liberté humaine, avec la prescience divine.

Plus léger dans la forme et aussi dans le fond, le livre de M. Louis Favre a un tout autre caractère. Magicien habile, après nous avoir rappelé par le menu tout ce qui, pendant cinq siècles, en s'y rattachant quelque peu, précéda ou suivit la formation du Luxembourg, il évoque enfin, pour les faire défiler devant nous, tous les personnages illustres qui, tour à tour, habitèrent ce palais ou le traversèrent plus ou moins, depuis Marie de Médicis jusqu'au chancelier Pasquier, depuis Robert de Harlay jusqu'à M. Gaulthier de Rumilly.

Tout est vivant dans ce livre; même les morts qui, à

chaque page, semblent sortir de leurs tombes ou de leurs
cadres, pour montrer ce qu'ils furent et raconter ce qu'ils
firent, au très grand plaisir du lecteur.

Quittons, s'il vous plaît, la France, Messieurs, et trans-
portons-nous un moment en Angleterre: M. Alexandre
Beljame va nous introduire dans la société de Dryden,
d'Addisson, de Pope et de tant d'autres, qu'une savante
étude fait revivre pour nous, enfouis qu'ils étaient, ces
immortels, dans les vieilles archives du *British Museum*,
comme les héros de M. Louis Favre dans les oubliettes
du Luxembourg.

A l'aide des plus anciens journaux de la presse anglaise
qu'il a pu retrouver et qu'il a consultés avec fruit, M. Beljame est parvenu à composer un ouvrage tout nouveau
sur l'*Histoire des lettres et la situation des écrivains
en Angleterre*.

C'est avec une émotion vive et sympathique que, dans
le martyrologe des lettres, nous retrouvons, à chaque
pas, la trace des luttes et des souffrances qu'ont eu tant
de fois à subir les plus grands et les meilleurs; ceux-là
mêmes que, tôt ou tard, la gloire venge de la misère.

M. Beljame nous dédommage bientôt en nous montrant
tout ce que, depuis lors, par des progrès successifs et
d'heureuses revanches, dans la patrie de Shakspeare
comme dans celle de Corneille, la condition des écrivains
a définitivement gagné, en bien-être, en considération,
en indépendance.

Œuvre d'un homme de goût et d'un écrivain délicat,
le livre de M. Beljame a été partout, surtout en Angleterre, l'objet d'appréciations favorables et d'approbations

publiques qui ont devancé, influencé peut-être, la justice de l'Académie.

Destiné à récompenser des travaux de philologie française, le prix fondé par M. Archon-Desperouses est, comme le prix Marcelin Guérin, partagé entre trois concurrents.

Deux mille francs sont accordés à M. Georges Bengesco pour le tome Ier de sa *Biographie des œuvres de Voltaire*.

Mille francs, à M. Gazier, auteur d'un livre intitulé : *Choix de Sermons de Bossuet*;

Et mille francs, à M. Ch.-L. Livet, pour ses éditions classiques de trois chefs-d'œuvres de Molière : *le Tartufe*, *l'Avare* et *le Misanthrope*.

Accompagnées de notices très curieuses, d'un bon lexique et de notes historiques et grammaticales pleines d'intérêt, ces grandes comédies ont ainsi, pour les érudits comme pour les lettrés, un attrait de plus et un charme tout particulier. En accordant ce nouveau prix à M. Livet, qu'elle connaît de longue date, l'Académie aime à récompenser un savant consciencieux qui a voué sa vie à l'étude de notre littérature et à l'histoire même de notre Compagnie.

Vingt-trois sermons de Bossuet, tous revus sur les manuscrits, figurent dans le recueil publié par M. Gazier. Le choix en est heureux; la collation en a été faite avec soin et discernement. A ce dernier texte et aux notes qui l'accompagnent, nous devons d'assister, en quelque sorte, au travail même du grand prélat, aux hésitations de son esprit et aux recherches de son goût; pouvant y suivre, comme pas à pas, la marche et le développement de sa magnifique éloquence.

De Bossuet à Voltaire, il y a loin! et l'Académie ne peut mieux faire acte d'impartialité qu'en passant si vite de l'un à l'autre.

Un jeune et savant étranger, que la France réclame comme un des siens, M. Georges Benjesco a fait, sur *Voltaire et ses œuvres*, un travail... je n'ose dire : « de bénédictin » !

Pour dérouter la police d'alors, qui n'avait que trop à s'occuper de lui, Voltaire, on le sait, était réduit à faire paraître ses ouvrages sous toute sorte de déguisements, ayant, au besoin, recours à de fausses indications de date et de lieu; quelquefois désavouant les uns, accusant volontiers les autres d'avoir été altérés à dessein ou mal reproduits, d'après des copies dérobées et imparfaites. Au milieu de cette confusion volontaire, découvrir l'édition définitive, celle que Voltaire avouerait, retrouver l'expression vraie de sa pensée et le dernier mot de son esprit, n'était pas une tâche facile. M. Benjesco a étudié avec passion, dans notre Bibliothèque nationale, les deux mille numéros qui composent la collection voltarienne de Beuchot; il a visité toutes les archives, lu tous les journaux et compulsé tous les catalogues de ventes célèbres. Le succès a déjà couronné ses efforts. En s'associant à l'estime publique pour récompenser ce premier travail, l'Académie espère encourager l'auteur à terminer promptement ce qu'il a si bien commencé.

A côté, au-dessous de ces grandes études consacrées à la gloire de trois des plus grands écrivains de la France, l'Académie avait distingué encore un petit livre très agréable, plein de faits et d'idées, qui lui est venu de loin, de l'île Maurice : *Études ur le patois créole mauricien*, par M. C. Baissac. Dans ce beau pays, qui fut français, et qui, depuis un siècle, a, lui aussi, cessé de l'être, M. Baissac nous dit et nous prouve que le souvenir de la France est resté cher à bien des cœurs.

La France, hélas ! se fait trop d'amis à ce prix-là.

A défaut d'une quatrième couronne, qui lui manque, l'Académie décerne une mention honorable à M. Baissac et à son livre, aussi bons français l'un que l'autre.

Deux concours de traduction avaient lieu cette année, pour le prix Langlois et pour le prix Jules Janin.

Le prix Janin n'ayant pu être décerné, le concours est remis à l'année prochaine.

En attendant, sur la somme de trois mille francs, montant de cette fondation, l'Académie en prélève mille qu'elle attribue à M. Develey pour sa traduction de deux ouvrages écrits par Pétrarque en langue latine : l'*Africa* et *Mon Secret*, traduction estimable et bien faite ; mais... et j'en demande pardon au grand poète des sonnets, je dois avouer que l'utilité ne s'en faisait pas autrement sentir. C'est pour des œuvres d'une latinité plus haute que le prix Jules Janin a été fondé.

15.

Le prix Langlois est décerné à M. Émile Ruelle pour une traduction de *la Rhétorique* et de *la Poétique* d'Aristote.

Déjà connu par sa publication des œuvres de Damascius, philosophe éclectique du VIᵉ siècle, et par d'intéressantes études sur les médecins de la Grèce, notamment sur Rufus d'Éphèse, M. Ruelle vient d'ajouter un titre de plus à ceux qui le recommandaient à l'attention de l'Académe. Tout en s'aidant des travaux antérieurs, il a réussi à faire de sa traduction d'Aristote une œuvre personnelle, digne d'encouragement et de récompense.

Un témoignage d'estime est dû, en outre, à deux ouvrages présentés au même concours : deux traductions en vers français, l'une des *Bucoliques*, par M. le docteur Yvaren, médecin à Avignon; l'autre de l'*Iliade*, par M. J.-C. Barbier, procureur général près la Cour de cassation. On l'a dit souvent, peu de magistrats résistent à la tentation de traduire *Horace* ou *Homère* comme M. Barbier, *Virgile* et *Lucrèce*, comme notre très honoré confrère M. le premier président Larombière, *Mistral* même, comme M. E. Rigaud, hier encore premier président de la cour d'Aix.

Charmes de nos premiers loisirs, les lettres sont toujours là pour nous rendre moins pénible, au terme de la carrière, cette retraite légitime que Racan appelait les délices du port. Elles sont là aussi, dans les mauvais jours, ces grandes consolatrices, pour relever après le combat, pour recueillir après la tourmente, les vaincus et les naufragés.

Autant, et plus peut-être, qu'aux passions de la politique, l'Académie a pour principe de rester étrangère aux
questions d'ordre social qui, dans le sein de l'Institut, ne
sauraient être mieux traitées que par nos savants confrères
des sciences morales et politiques.

Personne ne l'oublia quand, il y a sept ans, une généreuse Américaine, madame Botta, manifesta l'intention
de fonder un prix pour quelque ouvrage sur *l'Émanci-
pation des femmes.*

Si intéressante que la question pût être, elle ne rentrait
pas dans le cadre de nos travaux ordinaires. Reculant
donc devant une responsabilité dangereuse et se déclarant
incompétente, l'Académie répondit d'abord par un refus.
Des instances nouvelles et l'offre d'un nouveau programme
devaient bientôt triompher de sa résistance. Elle n'aime
pas à se faire prier ; elle a peu l'habitude de marchander
avec ceux qui veulent bien lui déléguer la tâche de faire
des heureux en leur nom.

Voilà, Messieurs, comment se trouva fondé le prix
Botta, destiné, en fin de compte, à récompenser des ouvrages sur *la Condition des femmes.*

Ce titre était un peu vague ; mais, par cela même, une
liberté plus grande était laissée aux concurrents, qui, bien
prévenus, savaient du moins ce qu'ils ne devaient pas
faire et sur quel terrain ils ne devaient pas s'engager,
l'Académie ne pouvant les suivre au delà de ses propres
frontières.

C'est donc à tort qu'on nous reprocha, il y a deux ans,
et que, demain encore, on nous reprochera peut-être de
n'avoir pas couronné des ouvrages qui, avec éclat, mais

avec violence, dépassaient de beaucoup les limites si formellement assignées à ce concours.

Sous ce titre : *Histoire de l'éducation des femmes*, M. Paul Rousselot, ancien professeur de philosophie, a composé un livre excellent, rempli de faits, dans lequel abondent des renseignements curieux, clairement exposés dans un beau langage. « Être de bonne foi avec soi-même et avec les autres, s'efforcer à la modération et à la justice, cela m'a toujours paru être le premier devoir d'un historien, et je n'ai pas voulu faire autre chose qu'une histoire. » Ainsi s'exprimait M. Rousselot en présentant son ouvrage au concours Botta.

Sans rêver aucune utopie, sans s'insurger contre les lois et contre les mœurs, M. Rousselot, écrivain libéral et spiritualiste, applaudit, en les racontant, à tous les progrès du passé ; à ceux que promet l'avenir, toutes ses sympathies sont d'avance acquises. Pour lui, comme pour nous, le dernier mot du bien ne sera jamais dit. Plus historique que philosophique, en effet, son livre expose tout et ne détruit rien. S'il ne tranche pas la question, il l'éclaire, en la traitant avec une grande sûreté de jugement et une louable impartialité. Quoiqu'il manquât d'une des conditions nécessaires pour que le prix Botta lui fût entièrement attribué, ce livre n'en a pas moins paru le plus digne d'une honorable récompense.

Sur les cinq mille francs, montant de la fondation, l'Académie lui décerne un prix de trois mille francs.

Si M. Rousselot ne conclut pas assez, son principal concurrent, M. Léon Giraud, concluait trop au contraire, et l'Académie n'aurait pu s'associer aux hardiesses de ses conclusions. Son important ouvrage intitulé : *Essai sur la condition des femmes en Europe et en Amérique*, n'en a pas moins été l'objet d'une attention sérieuse, et ses généreuses intentions n'ont pas été méconnues.

Le nouveau volume présenté au même concours par mademoiselle Clarisse Bader conclut presque trop aussi, mais dans un sens très opposé, et les bons sentiments y prennent volontiers la place des bons arguments. L'œuvre considérable à laquelle mademoiselle Bader a dévoué sa vie est aujourd'hui terminée. Les encouragements de l'Académie l'ont soutenue dans ce grand effort. A défaut d'un nouveau prix, une somme de mille francs, prélevée sur le fonds spécial à ce concours, lui est accordée comme un témoignage d'estime pour ses travaux et pour sa personne.

Parmi les nombreux et très agréables ouvrages présentés pour le prix de Jouy, l'Académie en a surtout distingué trois : *Pensées d'automne*, par P. Gerfaut; *Ignis*, par M. le comte de Chousy; *Marca*, par madame Jeanne Mairet.

Dans les *Pensées d'automne*, on a remarqué, en général, une grande finesse d'observation et une rare délicatesse de sentiments très féminins. Malheureusement la recherche y va parfois jusqu'à l'afféterie; parfois aussi, la pensée devient obscure, à force de vouloir être profonde.

C'est donc entre les deux autres ouvrages que l'Académie a partagé le prix de Jouy, tout en se demandant si le premier rentrait complètement dans les conditions du programme.

Fontenelle a mis jadis l'esprit au service de la science ; aujourd'hui l'auteur d'*Ignis* met la science au service de l'esprit. C'est l'histoire du feu que, dans une sorte de roman scientifique, humoristique et satirique, M. le comte de Chousy nous raconte à sa manière, qui, à vrai dire, empiète un peu sur celle de M. Jules Verne. Plein d'aperçus ingénieux, ce livre est écrit dans une langue charmante, dont M. de Jouy eût certainement approuvé la force et la grâce.

Marca est un vrai roman, un roman de mœurs actuelles, qui ne manque pas d'intérêt et dans lequel, au point de vue de ce concours spécial, il faut louer l'auteur d'avoir étudié avec soin et développé avec finesse plusieurs caractères étrangers et étranges, qui ont leur cachet, leur saveur et leur originalité.

Deux tiers du prix de Jouy sont attribués par l'Académie à l'auteur d'*Ignis*, M. le comte de Chousy ; le troisième, à l'auteur de *Marca*, madame Jeanne Mairet. Rappelez-vous ce nom et ce livre. Je vous dirai pourquoi tout à l'heure, en proclamant, comme je vais le faire, les vainqueurs du concours Montyon.

Cent vingt-quatre ouvrages, plus ou moins utiles aux mœurs, étaient en présence, et l'Académie s'est vue dans la nécessité d'en récompenser quatorze. Quatorze prix pour cette seule fondation ! Il a donc fallu restreindre d'autant la part de chacun. Ce que l'on a fait ainsi pour l'argent, je serai, dans votre intérêt, forcé de le faire pour l'éloge.

Et pourtant, Messieurs, en dehors de ces quatorze élus, comment ne pas saluer ici quelque peu d'autres d'ouvrages qui, à défaut de couronnes, ont mérité de fixer un moment l'attention de l'Académie ? Le nombre en est tel que les désigner seulement par leurs titres serait déjà un travail.

Parmi les romans, on a surtout remarqué les intéressantes *Aventures d'un orphelin*, par madame de la Fizelière ; *Fleurs d'ennui*, par Pierre Loti ; *la Fille aux oies*, par Jean Rolland, forte étude, presque virile, écrite avec un charme tout féminin ; *Méha*, par M. G. Boutelleau ; *les Sœurs de charité*, par M. de Lyden ; *Bartholomea*, par M. G. Lafenestre.

Parmi les ouvrages d'un autre ordre et d'une portée plus haute, je citerai en première ligne, en regrettant de ne pouvoir louer chacun d'eux, comme il m'eût été doux et facile de le faire : *les Essais de Macaulay*, par M. Paul Oursel ; *Washington et son œuvre*, par M. Masseras ; *Petits Côtés d'un grand drame*, par M. A. Badin, *Histoire du Portugal et du Brésil*, par M. Alfred Boinette, de Bar-le-Duc ; *Scènes de la vie cléricale*, par

M. Charles Buet; un recueil de *Fables* en vers, par
M. Léon Riffard, et un poème intitulé : *Érostrate*, par
M. Léon Duplessis; enfin, deux charmants livres dont
les auteurs, trop récemment couronnés, se dérobaient
ainsi d'avance à une récompense nouvelle que tous deux
eussent méritée : *Abeille*, par M. Anatole France, et
la Vie rurale dans l'ancienne France, par M. A. Babeau.

J'ai gardé pour la fin un ouvrage qui se présentait à ce
concours dans des conditions toutes particulières.

La Terre natale, par M. le baron Lafond de Saint-Mur,
sénateur de la Corrèze, ambitionnait moins un prix, dans
l'acception positive du mot, qu'une distinction purement
honorifique. Déjà couronné par la Société d'encouragement
au bien, ce livre, dont on a pu dire qu'il dégageait
un parfum honnête et sain, est de ceux qu'on ne saurait
lire sans intérêt, sans plaisir et sans profit : loin d'être
l'œuvre d'un campagnard, comme il en affiche la prétention,
il est le fruit heureux des loisirs d'un homme
de bien qui, par circonstance, a vécu de la vie publique;
mais qui, constant ami de la campagne, s'applique à
la faire connaître et, sans peine, parvient à la faire
aimer.

Entre les quatorze ouvrages retenus par elle, l'Académie
a réparti, dans les propositions suivantes, la somme
de dix-huit mille francs, montant, cette année, de la fondation
Montyon :

Un prix de deux mille cinq cents francs;

Deux prix de deux mille francs ;
Un prix de quinze cents francs ;
Et dix prix de mille francs chaque.

Je me trompe. C'est neuf prix de mille francs et une médaille d'or de pareille somme que je devais dire.

Cette médaille, Messieurs, dont, pour nous, la valeur morale dépasse de beaucoup la valeur matérielle, est décernée à une collection de livres qui tous, isolément, seraient dignes d'une récompense.

Publiée sous le patronage du Gouvernement, et sous la direction immédiate de M. Jules Comte, inspecteur général des écoles d'art décoratif, la *Bibliothèque de l'Enseignement des Beaux-Arts* se proposait de combler une grande lacune, en offrant à la jeunesse studieuse des livres pratiques, des ouvrages élémentaires où chacun pût facilement apprendre l'histoire et la théorie de l'art, dans une série de petits volumes peu coûteux ; elle promettait de mettre sous nos yeux le tableau des procédés qu'emploient les diverses formes de l'art, en nous faisant connaître les phases successives de leur développement à toutes les époques de l'antiquité et des temps modernes. Elle a tenu parole, grâce à un éditeur hardi et généreux, dont le zèle n'a été dépassé que par son désintéressement ; huit volumes ont déjà paru, qui tous : *la Gravure*, par notre éminent confrère M. le vicomte H. Delaborde, secrétaire perpétuel de l'Académie des beaux-arts ; *l'Archéologie grecque*, par M. Max. Collignon, professeur à la faculté des lettres de Bordeaux ; *la Tapisserie*, par M. Eugène Muntz ; *la Peinture anglaise*, par M. Ernest

Chesneau; *la Mosaïque*, par M. Gerspach; tous enfin, dans leurs genres, sont des œuvres accomplies.

Gœthe a dit quelque part que, si l'on découvrait le Jupiter d'Olympie ou la Minerve du Parthénon, l'humanité deviendrait meilleure. La *Bibliothèque de l'enseignement des Beaux-Arts* ne va pas jusqu'à nous promettre ces merveilles; mais il en est beaucoup qu'elle nous fera presque découvrir, en nous les faisant mieux comprendre.

Estimant que tout ce qui élève l'esprit est utile aux mœurs, l'Académie a voulu, elle aussi, encourager cette louable entreprise. Une médaille spéciale pouvait seule atteindre ce but. C'est au jeune et intelligent directeur, M. Jules Comte, qu'elle sera remise; mais l'honneur en rejaillira sur tous ceux qui, ayant pris part à la peine, ont droit, comme lui, au partage de la récompense.

Pendant que l'Académie, il y a trois ans, mettait au concours, pour le prix d'éloquence, une *Étude sur Marivaux*, M. Gustave Larroumet, agrégé de l'Université, aujourd'hui professeur au lycée de Vanves, trouvant sans doute trop étroit le cadre que nous lui proposions, persistait à préparer dans la retraite un volume tout entier, un gros volume, consacré à l'aimable auteur des *Fausses Confidences* et de *la Vie de Marianne*.

C'est à ce livre intitulé : *Marivaux, sa vie et ses œuvres, d'après de nouveaux documents*, que l'Académie décerne un prix de deux mille cinq cents francs.

Avec une patience admirable et une excellente

méthode, l'auteur a consulté, en effet, tous les documents possibles, mémoires et correspondances, il a tout lu ; tous les témoins de l'époque et tous les critiques en renom, il les a étudiés et contrôlés : Voltaire et Ghérardi, Fontenelle et Lesbros de la Versane, d'Alembert et Le Sage, Louis Riccoboni et le marquis d'Argens.

Partout et à travers les épreuves diverses d'une longue carrière, M. Larroumet nous montre, dans Marivaux, le galant homme parfait, dont la bonne grâce célèbre mérita qu'en le recevant à l'Académie, l'archevêque de Sens créât un mot tout exprès, pour louer hautement l'*amabilité de son caractère.*

L'amabilité de son esprit aura eu la même fortune. Dans le domaine des lettres, elle a introduit un genre et un style qui ont gardé son empreinte, et, pour leur donner un nom, elle aussi a créé un mot. On ne *marivaude* plus guère aujourd'hui ; mais le *marivaudage* aura toujours sa place dans le dictionnaire élégant de la vieille urbanité française qui, Dieu merci, n'est pas encore aussi morte qu'elle en a l'air.

L'étude de M. Larroumet n'est pas seulement une œuvre charmante. C'est une œuvre complète ; le sujet est rajeuni ; le portrait est achevé. Ajoutons, pour être juste, qu'après comme avant cet éloquent panégyrique, Marivaux garde sa place parmi les plus gracieux écrivains du xviii° siècle, l'un des premiers, au second rang.

Cent pages consacrées à celui qui, au contraire, sera toujours le premier au premier rang ; moins de cent pages placées en tête d'un grand travail de recherches et d'érudition, ont enlevé d'assaut une couronne que l'Académie n'eût marchandée qu'avec peine à un écrivain, dont le talent, du reste, était d'avance hors de cause.

Sous ce titre : *la Maison mortuaire de Molière*, M. Auguste Vitu a fait un livre dont une autre Académie aurait pu s'emparer, j'en conviens. Le pavillon couvre la marchandise, et, placé sous l'invocation de Molière, ce savant ouvrage est, avant tout, un ouvrage de littérature. Pour nous, comme pour M. Vitu, la maison où mourut Molière est, dans la rue de Richelieu, la première de celles qu'il décrit si bien et dont le souvenir remplit chaque page d'un intérêt saisissant. Une rue peut avoir son histoire, tout comme une ville et une province ; habitée tour à tour, depuis deux siècles par un grand nombre d'écrivains et de personnages célèbres, par Voltaire lui-même un moment, la rue qu'illustra Molière vient de trouver son historien, et le livre qu'elle a inspiré à M. Vitu ne peut manquer de plaire à tous ceux qui s'intéressent encore aux hommes et aux choses du passé.

Un livre intitulé : *Essai sur l'Esthétique de Descartes*, semblerait, également, pouvoir soulever une question de compétence si l'auteur, M. Émile Krantz, ne devançait l'objection en ajoutant bien vite : *Étudiée dans les rapports de la doctrine cartésienne avec la littérature classique française au* xvii° *siècle.*

Il n'y a pas d'esthétique de Descartes, a dit un de nos plus savants confrères. Ce qu'on ne peut nier, du moins, c'est que toute grande philosophie détermine, par son influence, un mouvement d'esprit qui se manifeste profondément dans les œuvres d'art et de littérature. D'heureuses analogies existent, par exemple, entre les préceptes du *Discours de la méthode* et les préceptes de l'*Art poétique* de Boileau. Le goût de l'ordre, le sens de la méthode, de l'analyse, de la mesure, tout cela, dans Descartes, comme dans la littérature de son temps, est une réaction contre le brillant tumulte et le beau désordre du xvi° siècle. C'est ce que met habilement en relief le livre de M. Krantz.

Ancien élève de l'École normale supérieure, agrégé de philosophie, maître de conférences à la faculté des lettres de Nancy et docteur ès lettres, M. Emile Krantz est un des jeunes écrivains qui déjà font plus que promettre, donnant mieux que des espérances. Dans son nouveau livre, l'Académie a surtout apprécié beaucoup de points de vue justes, intéressants, saisis avec vivacité, exprimés avec bonheur ; le style en est ingénieux, pimpant, alerte. Somme toute, c'est une œuvre de talent, qui cherche le nouveau, mais qui le trouve.

Ainsi deux ouvrages que protégeaient les grands noms de Molière et de Descartes se sont rencontrés et rapprochés dans ce concours. Unissant, à son tour, leurs auteurs dans une même récompense, l'Académie décerne deux prix de deux mille francs chaque, l'un à M. Émile Krantz, l'autre à M. Auguste Vitu.

Le prix de quinze cents francs est attribué à M. Henri Welschinger, pour un livre très agréable, intitulé : *la Censure sous le premier Empire*. Sévère pour d'honnêtes gens qui remplissaient de leur mieux une tâche

ingrate et difficile, M. Welschinger invoque à l'appui de
sa thèse l'opinion même du glorieux fondateur de l'institution. Les maladresses de la censure sont volontiers
rendues publiques; les services qu'on lui doit, au contraire, restent toujours inconnus ou méconnus; ceux qui
en profitent étant les premiers à les taire.

Sous ces titres, qui d'avance indiquent le sujet : *Les
censeurs, les journaux, les livres, les théâtres*, l'auteur
a réuni une foule de documents curieux, instructifs pour
ceux mêmes à qui les questions de ce genre sont particulièrement familières. Anecdotes piquantes, vieux souvenirs, aperçus nouveaux, rien n'y manque : *Napoléon* et
Talma, Delille et *Chateaubriand, Racine* même et *Cadet
Roussel;* tout le monde a sa place dans cette grande lanterne magique, qui nous charme par la variété et la
vérité des portraits.

L'Académie décerne enfin neuf prix, de mille francs
chaque, aux neuf derniers volumes dont il me reste à
vous dire un mot :

Essai sur la vie et les œuvres de Lucien, par M. Maurice Croiset.

Lucien est un des plus grands moralistes de l'antiquité;
aucun n'a plus et mieux étudié le cœur humain; sa sagacité est merveilleuse pour saisir les ridicules; son esprit incomparable pour les décrire. Il a voulu surtout
dépeindre une certaine époque; mais les vices ou les
travers qu'il attaque sont de tous les temps. Un essai sur
Lucien est donc, par bien des côtés, une œuvre de morale.

Madame de Sévigné en Bretagne, par M. Léon de la Brière, ancien sous-préfet de Vitré.

On a pu reprocher à ce livre de n'être pas une œuvre personnelle, mais une sorte de mosaïque ou de marqueterie ; un travail de compilation, une collection de phrases extraites toutes de la correspondance de madame de Sévigné.

C'est là son tort ; mais c'est aussi son mérite, et l'on pourrait plutôt savoir gré à M. de la Brière d'avoir recherché et recueilli tout ce qui, se rattachant à la Bretagne, était disséminé dans cette correspondance précieuse et s'y noyait en quelque sorte ; tandis qu'on aime à le voir réuni désormais dans un très agréable ensemble.

Le Petit Français, par M. Charles Bigot.

Quand, l'année dernière, l'Académie couronnait l'excellent livre de M. Raoul Frary : *le Péril national,* quelques réserves pouvaient, à la rigueur, être faites, à raison même de l'exagération du plus noble des sentiments : le patriotisme ! Aujourd'hui, c'est sans réserve qu'une distinction pareille est accordée à un nouvel ouvrage inspiré par la même passion de la patrie. Les bienfaits de la patrie ! l'ancienneté de la patrie ! la gloire de la patrie ! la justice et la générosité de la patrie ! voilà ce que chaque page de ce livre enseigne à un petit Français idéal, dont M. Charles Bigot veut faire, pour la France, un fils dévoué, un honnête serviteur, un soldat courageux, et, qui sait ? un vengeur peut-être, dans un avenir plus ou moins lointain.

Écrit en bon style, ce petit livre est rempli, d'un bout

à l'autre, d'une émotion saisissante qui remue les âmes et les rend meilleures.

En vous annonçant, tout à l'heure, qu'une part du prix de Jouy était attribuée à l'auteur de *Marca*, à madame Jeanne Mairet, je vous disais, messieurs, rappelez-vous ce nom et ce livre ! La plus légitime et la plus aimable des communautés veut que *le Petit Français* soit le frère de *Marca*, et le nom de Jeanne Mairet en cache mal un autre que j'aime à découvrir devant vous, en dénonçant comme ayant, à notre insu, triomphé le même jour, dans deux de nos concours, M. et madame Charles Bigot.

Les récréations scientifiques, par M. Georges Tissandier.

Ce livre, qui, avant tout, veut instruire en amusant, se compose de six chapitres où se trouvent réunis et exposés avec une élégante clarté, une foule de faits choisis parmi les plus curieux de la physique, de la chimie, des sciences naturelles, des mathématiques elles-mêmes. De pareils ouvrages contribuent à développer et à satisfaire le goût croissant du public pour les conquêtes de la science.

Histoire d'un petit homme, par madame Marie Robert Halt.

Rajeunissant une thèse ancienne, mais toujours vraie, l'auteur prouve, une fois de plus, qu'avec du courage et de la persévérance, on finit toujours, dans ce bas monde, par se tirer des situations les plus difficiles. Énergique et fier, le *petit homme* de madame Robert Halt prend, dès l'âge de quinze ans, la résolution de ne plus être à charge à personne, et le voilà qui part, sans trop savoir où il va.

Réservé à plus d'une mésaventure, il se heurtera à bien

des obstacles; il connaîtra même la misère et la faim; mais le succès lui donnera raison; le bonheur l'attend au bout du voyage.

Ce livre est charmant et plein d'intérêt, dans sa première partie surtout; le récit est vif, le style élégant, et l'ensemble très agréable.

Le Roman d'une sœur, deux volumes par madame Vattier d'Amboyse.

Par la simplicité du récit, par l'enchaînement naturel des événements, par la variété des personnages qui y sont dépeints et mis en scène, ce roman apparaît comme une image de la vie réelle. C'est le réalisme dans sa plus douce expression. Un peu longs, peut-être, ces deux volumes n'en composent pas moins une œuvre aimable et touchante dont l'honnête morale a son intérêt, son enseignement et son charme.

Sous ces titres : *le Mariage de Gabrielle* et *Fleurs d'avril*, mademoiselle Jeanne Loiseau nous avait présenté deux volumes, l'un en vers, l'autre en prose, et tous deux ont fixé l'attention bienveillante de l'Académie. Les vers recommandent la prose; la prose recommande les vers, et l'auteur de ce double travail se recommande aussi personnellement par un grand courage, une rare intelligence et un vrai talent à son aurore. A vingt ans, elle a déjà souffert; aussi compare-t-elle tristement ses vers aux fleurs d'avril qui osent naître dans la pluie et les frissons.

> Mes vers n'ont pas d'autre grâce.
> Avril capricieux passe,
> Il faut en cueillir les fleurs.

16

Mon printemps d'azur et d'ombre,
Dans ce livre, miroir sombre,
Met son sourire et ses pleurs.

Voici encore, pour bien finir, un volume de vers et un
volume de prose, qui, ceux-là, ne sont pas l'œuvre du
même auteur, mais qui se rapprochent tout naturellement
par un même but, une même pensée et, qui plus est, par
un même titre.

Les Grands Cœurs, en vers, par M. Stéphen Liégeard.
Les Grands Cœurs, en prose, par M. Gaston Lavalley.

Remplis des meilleurs sentiments, rappelant les meilleurs exemples et donnant ainsi les meilleurs conseils,
ces deux ouvrages, de deux hommes de grand cœur aussi,
tendent également, et par-dessus tout, à honorer la vertu,
le courage, le talent et le patriotisme.

A leurs auteurs, comme à ceux et à celles que je viens
de nommer avant eux, à leurs livres, dont j'aurais voulu
pouvoir parler davantage, l'Académie, je le répète, décerne neuf prix, de mille francs chaque.

Ma tache est presque achevée, Messieurs; la vôtre aussi ;
je n'ai plus qu'à vous entretenir un moment de trois prix
qui ont un caractère tout spécial, n'étant pas, comme les
autres, attribués à des livres, mais à des écrivains, en
dehors de tout concours ; que les lauréats se soient présentés à nos suffrages, ou que, spontanément, par sa libre
initiative, l'Académie ait fixé d'elle-même sur eux son
attention et son intérêt.

Le prix *Vitet,* un beau prix, qui porte un beau nom, et

dont le chiffre dépasse six mille francs, est décerné à un écrivain de grand mérite et de grand savoir : M. Émile Montégut. J'aimerais à rappeler, au moins par leurs titres, les œuvres nombreuses qui, pour cette distinction, l'ont signalé au choix de l'Académie, depuis ses *Études sur les littératures anglaise et américaine*, jusqu'à ses derniers travaux sur *les Poètes et les Artistes de l'Italie*, sans oublier ses *Souvenirs de Bourgogne*, si justement remarqués, et cette excellente traduction du théâtre complet de Shakspeare, que déjà le prix Langlois récompensait il y a cinq ans.

M. Émile Montégut me ferme la bouche, en se présentant aujourd'hui comme candidat au fauteuil qu'occupa si longtemps et si bien notre cher, notre regretté, notre inoubliable ami, Jules Sandeau. Inoubliable n'est pas français ; mais nulle expression plus correcte ne rendrait mieux ma pensée. Ce mot, que j'aurais vainement cherché dans notre Dictionnaire, je l'ai trouvé dans tous nos cœurs.

Le prix Lambert, dont le montant s'élève à dix-huit cents francs, est attribué, pour mille francs à M. Jules Levallois, érudit modeste et laborieux, critique habile et piquant, qui s'est formé à l'école de Sainte-Beuve, dont il eut jadis l'honneur d'être le secrétaire. Quelque chose lui en est resté.

Le surplus est accordé à M. Ponsevrez, professeur de philosophie au collège Sainte-Barbe, auteur de plusieurs ouvrages présentés par lui à nos concours : un *Manuel d'enseignement moral*, entre autres, et un recueil de poésies intitulé : *la Vie mauvaise*.

Destiné comme le prix Vitet, mais dans de moindres proportions, à honorer des écrivains de tout âge, en encourageant les uns et en récompensant les autres, le prix Monbinne est, dans ce double but, décerné, pour la première moitié, à M. Henri Dupin, et, pour la seconde, à MM. Édouard Noël et Edmond Stoullig, qui, depuis huit ans, sous ce titre : *Annales du théâtre et de la musique*, publient, chaque année, avec un véritable succès, une collection de notes intéressantes et de documents très utiles à consulter.

J'ai nommé M. Henri Dupin! Que dire de plus de cet aimable doyen de la Société des auteurs et compositeurs dramatiques! Moins vieux à quatre-vingt-seize ans que beaucoup de ses jeunes confrères, Henri Dupin est pour tous un modèle de bonne humeur comme de bonne santé. Collaborateur de Scribe pendant cinquante ans, il croit travailler encore avec lui en allant tous les jours s'asseoir à la table de famille que préside si dignement la veuve de son illustre ami. « Je lui dois bien cela, » me disait-il dernièrement. — La dette est douce à payer.

Pour la première fois de sa vie, à la veille d'être centenaire, et il le sera! personne n'en doute, lui moins que personne! pour la première fois de sa vie, M. Henri Dupin est venu, cette année, frapper à la porte de l'Académie, en lui offrant un livre sur *Mazarin*. Le vaudeville et la chanson le recommandaient avant l'histoire, et c'est avec plaisir que, saisissant l'occasion propice, l'Académie a voulu donner à ce jeune doyen de toute la littérature un témoignage de sympathie... presque d'encouragement.

SÉANCE PUBLIQUE ANNUELLE

DU JEUDI 20 NOVEMBRE 1884

Messieurs,

Après *Marivaux*, l'Académie eût hésité peut-être à prendre aujourd'hui *Beaumarchais* pour sujet du prochain concours d'éloquence si, dans l'intervalle, entre deux écrivains qui, sur la même scène, sans avoir le même vol, eurent presque la même fortune, elle n'eût placé d'abord le grand tragique que Corneille appela son père; si, à cette heure, ici même, elle n'avait à vous occuper d'un de ces hommes rares et forts qui, par les variétés de leur puissante nature, touchant à tout, restent en dehors de tout, sans jamais être au-dessous de rien.

On a pu dire que, dans le cours de sa longue existence, vers la fin d'un siècle troublé, Beaumarchais combattit avec sa plume; deux cents ans plus tôt, et à travers les orages amoncelés de la guerre, de la religion

16.

et de la politique, Agrippa d'Aubigné, se reposant, écrivait avec son épée.

D'Aubigné, Messieurs, fut l'image même de son époque ; il en avait l'intempérance, l'originalité, la dureté même, l'esprit surtout et la finesse ; suivant l'expression énergique de Brantôme : « Il était bon, celuy-là, pour la plume et pour le poil. »

Historien et poète à ses heures, le fier ami d'Henri IV méritait à tous égards que sa grande figure, étudiée à nouveau, fut pour nous l'objet d'un public hommage. L'Académie voudrait n'oublier personne ; l'une de ses tâches les plus douces étant de convier tous les talents à honorer toutes les gloires.

Le sujet avait séduit, plutôt qu'inspiré, un grand nombre de concurrents. Sur vingt-six manuscrits présentés à son examen, l'Académie n'a pu en retenir que deux ; mettons trois, pour consoler les vingt-quatre autres.

Le discours inscrit sous le n° 19 portait deux épigraphes, bien choisies pour la circonstance : l'une tirée d'Horace,

Illi robur et æs triplex
Circa pectus erat...

l'autre, un vers bien connu de notre ami Sainte-Beuve,

Et de moins grands, depuis, eurent plus de bonheur.

Unanime à reconnaître la supériorité de cette étude, l'Académie en a loué la force, l'accent et la composition.

Peut-être eût-elle mieux aimé que, dans ses appréciations littéraires, notre époque n'étant pas en cause,
l'auteur s'arrêtât plus tôt. Toucher au présent, à propos
d'un passé si lointain, était pour le moins inutile.

C'est l'œuvre d'un jeune homme, a dit de cette étude
le plus sévère de ses juges. En réalité, Messieurs, c'est
l'œuvre d'un vrai lettré, d'un érudit élégant et d'un
savant sans pédantisme.

L'Académie décerne le prix d'éloquence, de la somme
de quatre mille francs, à l'auteur de ce remarquable travail, M. Paul Morillot, professeur au lycée de Dijon.

Une autre étude avait été, tout d'abord, réservée avec
faveur. Inscrite sous le n° 7, elle portait pour épigraphe :

> Rien n'est si grand que l'âme.

Pleine de vues honnêtes, d'idées généreuses et de
nobles sentiments qu'on ne saurait trop louer; mais, y
cédant trop peut-être, et dépassant le but à leur suite,
elle semble oublier parfois le sujet et les conditions du
concours. Écourtée outre mesure, la partie littéraire est
ici visiblement et volontairement sacrifiée à la partie
morale, philosophique et religieuse.

A ce travail incomplet, mais distingué, l'Académie
accorde une mention honorable.

M. le pasteur Gustave Fabre, de Nîmes, en est l'auteur.

Autorisé par lui à connaître et à faire connaître son
nom, je le proclame avec plaisir.

Et maintenant, Messieurs, — c'est aux concurrents de
demain que je m'adresse, — amis inconnus que nos

fêtes attirent, et qui convoitez nos couronnes, quand
l'Académie vous propose un nouveau but, digne de vous
tenter, prenez vos pinceaux des dimanches, vos plumes
du meilleur acier, et, de votre esprit le plus fin, sur un
papier choisi, tracez-nous à grands traits, en gros et par
le menu, le portrait de ce *brillant écervelé*, comme
disait Voltaire, de ce prodigue de génie qui fut tout
bonnement, après les maîtres du XVII\ siècle, un des
princes de la scène française.

Ce n'est pas la biographie de Beaumarchais; ce n'est
pas l'histoire de sa vie; c'est l'histoire de son talent que
l'Académie vous demande. Oublions, au besoin, ce qu'il
faut qu'on oublie. De l'homme et de l'œuvre, tout le
reste vous appartient, pour l'étude et pour l'éloge.

Revenons aux concours de cette année. Rarement nous
en avons eu de meilleurs. La liste des élus menace donc
d'être longue; trop longue aussi, par conséquent, la
tâche que j'ai à remplir et que, dans votre intérêt, je
voudrais pouvoir abréger.

Les historiens vont m'en vouloir. Ils auront tort. Ici,
tout les favorise et nos plus gros prix sont pour eux.
J'ajoute, à leur gloire, que, par les plus louables efforts,
ils ne cessent de justifier le grand nombre des donations
et la grande générosité des donateurs.

Dans tous leurs ouvrages, en dehors des qualités personnelles par lesquelles chacun d'eux peut se distinguer
particulièrement, il est des mérites communs qui les rapprochent et que comporte, en quelque sorte de droit, la
nature même de ces nobles travaux.

L'exactitude des faits contrôlés par l'érudition, les
erreurs légendaires rectifiées aux sources mêmes, l'impartialité des jugements statuant en dernier ressort sur
les hommes et sur les choses, l'intérêt du roman s'associant volontiers à la vérité historique, l'élégance enfin de
la forme ajoutant son charme aimable à l'autorité, à la
solidité du fond : ces mérites-là, Messieurs, nous les
avons rencontrés dans chacun des ouvrages qui, présentés à nos divers concours historiques, ont fixé l'attention de l'Académie et obtenu ses récompenses. Je les en
loue une fois pour toutes ; une fois pour tous.

L'histoire de *la Chevalerie*, par M. Léon Gautier, n'est
pas seulement un livre d'érudition ; c'est une œuvre piquante et originale, agréable autant qu'instructive, roma-
nesque et poétique à la fois, dans laquelle revit, pour le
grand plaisir du lecteur, une institution régulière qui,
jusqu'ici, semblait appartenir à la légende plus qu'à
l'histoire.

Sortie, toute sauvage et toute barbare encore, des forêts
de la Germanie, nous la verrons bientôt, quand le christianisme l'aura transformée, contribuer puissamment, en
adoucissant les mœurs, au progrès de la civilisation. Par-
venue, dans le xiie siècle, à son complet développement,
elle n'aura plus qu'à décroître, en présence d'un pouvoir
central assez fort désormais pour lutter contre l'oppres-
sion de la tyrannie féodale. La création des armées régulières et permanentes va lui porter enfin un coup mortel,
et elle ne sera plus qu'un vain simulacre, un souvenir du
passé, cher à l'imagination des enfants et des poètes,

quand le héros de Marignan, avant d'engager la bataille, inclinera fièrement sa royauté devant le dernier des paladins, devant le plus digne emblème de la vieille chevalerie.

Dans une préface, charmante d'ailleurs, et qu'on prendrait volontiers pour une conclusion, le savant écrivain qui vient de glorifier Bayard, dédie bravement son livre à l'immortel auteur de *Don Quichotte*. Il n'y a plus de Pyrénées! Le chevalier sans peur fraternisant avec le chevalier de la triste figure, c'est le dernier mot de la chevalerie. Le sublime touche au ridicule, et il en meurt!

Pour ce bel ouvrage, qui coûta tant d'années de travail, l'Académie décerne à M. Léon Gautier le grand prix Gobert, dont le montant s'élève à près de 10 000 francs.

Elle décerne le second prix Gobert à un très intéressant et très touchant volume, consacré par M. de Maulde à la triste histoire de Jeanne de France, fille infortunée de Louis XI, épouse plus malheureuse encore de ce fier duc d'Orléans, qui, à un moment donné, put devenir un bon roi, mais un bon mari, jamais! Si Louis XII se vanta de pratiquer le pardon des injures, il ne cessa pas, en revanche, de se montrer cruellement inflexible envers la pauvre princesse, qui aurait eu tous les mérites et toutes les grâces, si la beauté de son corps eût égalé celle de son âme.

Les moindres incidents de cette douloureuse existence et de ce long martyre sont racontés par M. de Maulde avec une sorte de complaisance attendrie qui a son intérêt, son charme et son éloquence.

Sur les 4000 francs montant de la fondation Thérouanne, un prix de 2500 francs est accordé à M. Jules Flammermont pour son important ouvrage sur *le Chancelier Maupeou et les Parlements*.

Le surplus est attribué à un très bon livre intitulé : *Succession d'Espagne. — Louis XIV et Guillaume III; Histoire des deux traités de partage et du testament de Charles II*, par feu M. Hermile Reynald, en son vivant doyen de la Faculté des lettres à Aix, en Provence. Si légitimement due à l'auteur et à l'ouvrage, cette récompense posthume sera, pour la respectable veuve de M. Reynald, un témoignage d'estime, de souvenir et de regret.

L'histoire de la lutte soutenue par le chancelier Maupeou dans le but de substituer aux vieux parlements une jeune magistrature plus docile est un vrai drame, saisissant et instructif, qu'on ne saurait lire sans intérêt, sans émotion même, tant il est impossible de ne pas voir dans les faits qu'y s'y agitent, le prélude des révolutions dont alors déjà la France commence à saluer l'approche et dont, un siècle plus tard, après tant d'alternatives de tempêtes et d'embellies, elle en sera toujours à souhaiter la fin. Le chancelier Maupeou regretterait aujourd'hui ses vieux parlements !

Cent ans avant cette lutte imprudente et funeste, cent ans avant cette première aurore de la Révolution que nous ont léguée nos pères, la Hollande, à la tête des Provinces-Unies, combattait bravement contre l'esclavage, pour l'honneur et la liberté. Délivrée du joug de l'Espagne, mais craignant encore de subir une autorité nou-

velle qu'elle bénira plus tard, elle commence par essayer
d'elle-même, et, pendant vingt années, le génie d'un
homme va donner à sa république parlementaire un
éclat et une solidité dont plus d'une monarchie pourrait,
à bon droit, se montrer jalouse. Par une rencontre heureuse, il se trouva que cet homme était, en même temps,
un grand homme d'État et un grand homme de bien.

Investi du gouvernement de la Hollande, en qualité de
grand pensionnaire, Jean de Witt a si heureusement
pesé sur les affaires publiques du dedans et du dehors,
que son nom, lié pour jamais à l'histoire politique et militaire du xviiᵉ siècle, n'en saurait être séparé. Vrai fondateur de la prospérité des Provinces-Unies et modéra-
teur vigilant des factions rivales, si ce sage patriote
maintient au pouvoir ses coreligionnaires républicains,
c'est sans permettre qu'ils en abusent, s'attachant à faire
d'eux, non un parti vainqueur, dur aux vaincus, mais au
contraire, pour le bien de tous, un instrument loyal de
gouvernement.

Après nous l'avoir ainsi montré modeste et bon dans sa
puissance, le beau livre de M. Antonin Lefèvre-Pontalis
nous fait admirer encore Jean de Witt quand, trahi
par la fortune que ses vertus ont lassée, sans force
contre l'invasion étrangère qu'il a défiée si longtemps,
victime enfin à son tour d'un de ces caprices populaires
qui, sans raison, élèvent les statues et les brisent, il
tombe fièrement comme César, frappé au cœur par les
ingrats qu'il a comblés de ses bienfaits.

Là pourrait s'arrêter l'histoire; mais, dans un dernier
chapitre, moins tragique et plus souriant, détournant ses

regards du grand crime qu'il vient de flétrir, M. Lefèvre-
Pontalis nous présente sous un si beau jour les destinées,
futures alors, des Provinces-Unies, que, pour notre
propre compte, il nous conduirait presque à leur envier
ce qu'il appelle leur sagesse et leur bonheur.

A ce livre qui, aux mérites communs à tous, joint
celui, très grand pour nous, d'être écrit avec autant
d'élégance que de fermeté, l'Académie décerne le prix
Halphen en son entier et sans partage.

Elle eût voulu pouvoir en faire autant pour le prix
Bordin, que se disputaient surtout deux ouvrages, d'ordres
tout à fait différents : l'un historique et que je retiens
à ce titre : *le Cardinal Carlo Carafa*, par M. George
Duruy; l'autre, dont je parlerai plus tard comme de
l'œuvre d'un érudit : *Essais orientaux*, par M. James
Darmesteter.

Choisir entre les deux était difficile. Ne donner à l'un
et à l'autre que la moitié d'un prix, semblait moins facile
encore. L'Académie a concilié tout, en décernant un prix
égal à chacun de ces ouvrages.

« La galerie des neveux de papes n'était pas complète :
il y manquait, dit M. George Duruy, la figure froide et
résolue de ce redoutable aventurier qui fut le cardinal
Carlo Carafa. » Cette lacune n'existe plus ; M. George Duruy
ne l'a pas seulement découverte, il l'a comblée, et cela
avec un vrai talent, dans un livre original et de première
main, très intéressant pour l'étude de la politique et des
mœurs en Italie, à Rome surtout, dans la première partie
du XVIᵉ siècle.

17

Avant que l'ambition s'emparât de lui, Carlo Carafa
avait commencé par n'être qu'un assassin vulgaire; mais
un grand rôle l'attendait, et, quand arriva l'heure de le
remplir, il se trouva digne de sa tâche, à la hauteur de
ses devoirs.

Neveu du pape Paul IV, et régnant, pour ainsi dire,
sous son nom, il eut tour à tour, et à peu de mois de distance, l'honneur de le représenter à Fontainebleau et
à Bruxelles, auprès des rois de France et d'Espagne,
auprès des fils rivaux de François Ier et de Charles-Quint,
qui, l'un et l'autre, faisant assaut de courtoisie, reçurent
triomphalement, comme un ami respecté, l'ancien condottiere, qui les trahissait tous les deux.

A Rome, plus qu'ailleurs, la roche Tarpéienne a le
droit d'être voisine du Capitole. La scène a changé tout
à coup; la toile qui vient de tomber sur des triomphes, se
relève sur des désastres. Paul IV est mort! et, victime à
son tour d'une réaction plus juste que celle qui, tout à
l'heure, frappait ici Jean de Witt, l'insatiable Carlo, à
peine âgé de quarante et un ans, meurt aussi; mais de
la mort des criminels, étranglé dans sa prison par ordre
du nouveau pontife qu'il avait servi et dont il se flattait
déjà de se servir bientôt lui-même.

Voilà un beau drame, dans un beau livre.

Ne pouvant mieux faire que d'imiter son frère aîné,
dont l'Académie se souvient, c'est le nom de leur père
que M. George Duruy inscrit à bon droit sur sa première
page : « Comme Albert, dit-il, je place mon livre sous
le haut patronage de ton nom; comme lui aussi, j'unis
dans cet hommage la tendresse qu'inspire ta bonté

au respect que commande le noble exemple de ta vie. »

Voilà de beaux sentiments, dans un beau langage.

N'étant pas assez riche pour faire à l'histoire une part plus grosse, l'Académie a voulu du moins que trois autres ouvrages, distingués par elle, fussent mentionnés ici avec honneur.

Les deux premiers volumes d'une étude approfondie de l'organisation de la France sous l'ancien régime que M. le comte d'Avenel a publiés déjà sous ce titre : *Richelieu et la monarchie absolue*, font vivement désirer que, loin qu'il se décourage, le jeune et savant auteur se hâte de mener à bonne fin un travail si bien commencé.

L'*Histoire des guerres sous Louis XV*, par M. le comte Pajol, et l'*Histoire militaire contemporaine*, par M. Canonge, sont des livres un peu spéciaux, mais pleins d'intérêt, dont le mérite ne pouvait être méconnu, et ne l'a pas été.

Si, tout entier d'abord aux livres d'histoire, j'ai dû faire attendre un moment M. James Darmesteter, je me hâte de revenir à lui, en vous rappelant, Messieurs, que, sur la fondation Bordin un prix est décerné à ses *Essais orientaux*.

M. James Darmesteter est un érudit de premier mérite ; un vrai savant qui, à la connaissance des principales langues de l'Europe ancienne et nouvelle, joint au plus haut degré celle des langues et des littératures orientales. On l'a loué notamment de savoir le zend, et, dans toute cette branche d'études, il jouit, dit-on, d'une compétence supérieure et reconnue.

N'ayant pas l'honneur de savoir le zend, je n'ai pu, pour ma part, constater dans les *Essais orientaux* que l'élégance de la forme et le rare talent littéraire dont témoigne chaque page. C'est à ce point de vue surtout que s'est placée l'Académie pour couronner un livre qui ne relève qu'à demi de sa juridiction et de ses encouragements.

Sur les cinq mille francs, montant annuel du prix fondé par M. Marcelin Guérin, l'Académie en accorde trois mille à trois volumes de haute critique publiés par M. Gustave Merlet sous ce titre : *Tableau de la littérature française sous l'Empire*, 1800 à 1815.

Les deux autre mille francs sont attribués à deux volumes des plus agréables, intitulés : *la Jeunesse de madame d'Épinay*, et *les Dernières années de madame d'Épinay, une Femme du monde au* xviiie *siècle*, par Lucien Perey et Gaston Maugras.

C'est la monographie d'une famille, monographie complète, non seulement de madame d'Épinay, mais de ses parents, de ses amis, de son mari et de ses enfants, et, partant, un spécimen de la vie privée d'alors, dans toutes ses relations, dans toutes ses phases. Rien de plus intéressant, de plus instructif même, que ces détails sur l'éducation, le mariage, l'amour et la paternité ; sur les salons, les affaires et les ménages.

Une partie de l'ouvrage est composée de lettres inédites, d'un grand charme et d'un intérêt puissant.

S'effaçant volontiers pour leur céder le pas, et n'intervenant qu'à propos pour mettre dans tout de l'unité, de l'ordre et de la lumière, les auteurs s'attachent à laisser parler leurs personnages qui, par parenthèse, parlent très bien. C'est, à la fois, de la modestie et de l'habileté. Le succès leur donne entièrement raison.

Approuvé aussi et encouragé par le succès, M. Gustave Merlet ne s'est pas endormi, pas même reposé, après une première victoire. L'Académie ayant couronné son excellent volume sur la littérature française au début du xix° siècle, M. Merlet s'est hâté d'en composer deux autres, non moins remarquables, auxquels la même récompense est accordée aujourd'hui.

Réunis désormais sous ce titre : *Tableau de la littérature française sous l'Empire* (1800-1815), ces trois volumes forment un ensemble complet, un tout bien défini, une sorte de galerie habilement aménagée, contenant, en grand nombre, des portraits d'une grande ressemblance. Tous les écrivains d'alors, ayant eu quelque valeur et laissé quelque souvenir, y figurent à leur place, esquissés ou peints d'après nature, dans des proportions plus ou moins amples, suivant la taille des modèles.

Si jamais l'histoire d'une littérature avait dit son dernier mot, celle-ci pourrait être considérée comme définitive ; définitive jusqu'à demain !

Ces deux ouvrages avaient droit aux préférences de l'Académie ; mais, parmi ceux qui leur disputaient la victoire dans un concours particulièrement remarquable, il en est trois surtout dont il a paru juste de constater au moins le mérite.

Les *Mémoires de Claude Pellot*, par M. O'Reilly, composés d'après des textes inédits, se distinguent par la grandeur du travail et l'importance des documents curieux dont ils sont largement remplis.

L'*Histoire des doctrines esthétiques et littéraires en Allemagne*, par M. E. Grucker, n'est pas terminée; mais elle commence bien, et le premier volume en fait espérer d'autres qui, comme lui, ne manqueront pas d'intérêt.

La Palestine, enfin, par M. le baron L. de Vaux, est le simple et fidèle récit d'un voyage en bon lieu fait par un homme de goût, instruit, aimable et sans prétention, qui a vu ce qu'il décrit et fait ce qu'il raconte.

A ces trois livres, distingués par elle, l'Académie accorde une mention honorable.

Ayant à décerner cette année le prix triennal généreusement fondé par M. Guizot, l'Académie eût voulu pouvoir l'attribuer à un ouvrage qui, par son titre, son sujet et son mérite, semblait avoir tout droit d'y prétendre. L'*Histoire de Jean de Witt* ne se trouvait malheureusement pas dans les conditions du programme tracé pour ce concours par son illustre fondateur. C'eût été pour nous une bonne fortune de rapprocher ainsi, une fois de plus, deux noms et deux familles que tant de liens unissent dans la plus douce et la plus glorieuse des communautés.

Après avoir décerné le prix Halphen à l'auteur de cette histoire, M. Antonin Lefèvre-Pontalis, l'Académie partage le prix Guizot, pour des mérites d'un autre ordre, entre

M. de Lescure et M. le comte Henri d'Ideville, auteurs, le premier, d'une grande étude sur *Rivarol;* le second, d'une publication importante sur le fier soldat qui gagna pour la France la bataille d'Isly.

Le Maréchal Bugeaud d'après sa correspondance intime et des documents inédits (1784-1849), tel est le titre de l'ouvrage en trois volumes, publié par M. le comte d'Ideville.

Après nous avoir fait assister à la naissance de son héros, à l'éducation qu'il se donne lui-même dans un milieu noble et pauvre, au développement continu de cette âme courageuse et de ce caractère simple, énergique, dévoué à son devoir et à son pays, l'auteur, avec respect, laisse parler à son tour ce vaillant homme de guerre, de discipline et d'autorité, qui, presque jour par jour, nous raconte alors sa vie si belle et si glorieuse. Jeune témoin de cette noble existence et de ces grandes vertus, M. d'Ideville nous les retrace avec une piété sincère et se fait discrètement une bonne part dans un bon livre plein d'intérêt.

Intitulé : *Rivarol et la société française pendant la Révolution et l'émigration* (1753-1801), l'ouvrage de M. de Lescure n'est pas seulement la biographie agréable d'un homme d'esprit; il promet et tient davantage.

S'il nous raconte en détail certaines parties plus ou moins connues de la vie de Rivarol, ses prétentions nobiliaires plus ou moins justifiées, ses débuts littéraires plus ou moins heureux en province et à Paris; il nous montre bientôt en lui le brillant et bruyant pamphlétaire, le philosophe bel esprit, qui se démentira plus tard; avec le politique émigré, il nous conduit enfin en Belgique et en Angleterre, à Hambourg et en Allemagne; à Hambourg, où, encouragé par le succès de son *Discours sur l'universalité de la langue française,* Rivarol entreprendra un nouveau *Dictionnaire* de cette langue, dont, mieux que personne, il connaissait les finesses; puis à Berlin, où nous le voyons un moment jouant le rôle d'ambassadeur *in partibus* du prince libéral qui, quinze ans plus tard, sera le roi Louis XVIII. Le tableau que M. de Lescure nous fait alors de la société française en émigration est des plus curieux. Les documents y abondent, avec excès peut-être; si bien qu'on a pu reprocher à l'auteur d'avoir écrit trop vite un livre charmant, qui pècherait un peu par la composition. Nous aimons mieux louer les qualités qui distinguent cet ouvrage et qu'on ne lui a pas contestées. Étudié aux sources et très complet, il intéresse, il amuse et il instruit tout à la fois.

Les deux concours de traduction fondés, l'un par M. Langlois, l'autre par madame Jules Janin, en souvenir de son mari, n'ont pas eu cette année une fortune égale.

Consacré uniquement à la traduction d'œuvres latines, le prix Janin n'a pu être décerné, aucun ouvrage n'ayant paru réunir toutes les conditions voulues pour obtenir une récompense de premier ordre.

Ayant toutefois remarqué les louables efforts faits par trois des concurrents, et voulant leur en tenir compte autant que possible, l'Académie a décidé que la somme de trois mille francs, montant de la fondation, serait partagée entre eux par portions égales de mille francs chacune.

La traduction en vers des *Comédies de Plaute*, par M. le Dr Grille, médecin à Angers, se distingue en beaucoup d'endroits par un réel mérite de versification, mérite déjà reconnu dans ses précédentes traductions d'Horace et de Térence.

Une nouvelle traduction de *Cornelius Nepos* semblait assez peu nécessaire. M. l'abbé Grégoire en a jugé autrement, et celle qu'il vient de publier, toujours exacte et même élégante, a paru digne au moins d'attention et d'encouragement.

Traduites en vers par M. Hervieux, les *Fables* de *Phèdre* rappellent bien l'original par leur exécution et leur concision. Quelques-unes sont entièrement sans tache, et l'on sait gré à l'auteur d'imiter parfois avec succès la variété du mètre par laquelle La Fontaine approprie si heureusement ses vers à tous les mouvements du récit.

Ces trois ouvrages ayant leur mérite particulier, l'Académie ne se contente pas de leur accorder une mention honorable. Le prix Janin qu'elle partage entre eux doublera la valeur de cette récompense.

Il en a été tout autrement pour le prix Langlois.

C'est sans hésitation, sans conteste et sans partage que l'Académie le décerne à M. Claudius Popelin pour sa traduction du *Songe de Poliphile*, de frère Francesco Colonna.

Rien de plus difficile à traduire que cet amas de descriptions perpétuelles de palais et de décorations, avec un

17.

nombre infini de détails techniques et d'allusions mytho-
logiques grecques et latines. Aussi les traductions précédentes n'étaient-elles que des abréviations et des arran-
gements incomplets.

Ce que d'autres avaient à peine ébauché, M. Claudius
Popelin réunissait toutes les qualités nécessaires pour le
conduire à bonne fin, et rien ne l'a découragé dans l'accomplissement d'un si énorme travail; les érudits et les
artistes lui doivent d'avoir désormais une traduction complète, exacte et littérale, de cet intraduisible *Songe de
Poliphile*.

Jouissant déjà d'un grand renom dans le monde des
arts comme maître émailleur, M. Claudius Popelin, dans
des vers charmants, a prouvé qu'il était poète; c'est
comme érudit et comme écrivain qu'il se montre à nous
aujourd'hui, par sa traduction d'abord, et aussi par la
longue préface qu'il y a jointe sur les origines de la Renaissance en Italie, par ses recherches critiques sur l'auteur, par les notes savantes enfin qui accompagnent ce
beau livre, dont on peut dire qu'il est en même temps
une œuvre de science et un objet d'art.

Pour la première fois aussi, comme le *Songe de Poliphile*, l'œuvre dramatique de *Lope de Rueda* vient d'être
traduite dans son entier en langue française; l'auteur de
cette traduction, M. Germond de Lavigne, avait à lutter
contre la difficulté qu'offrait un idiome archaïque, par-
semé de locutions populaires et de plaisanteries de ter-
roir. Il en a pleinement triomphé et son travail, qui se
distingue doublement par beaucoup de précision et d'élégance, a paru digne d'un sérieux encouragement.

L'Académie lui décerne une mention honorable.

La tâche n'est pas toujours aussi douce; le choix n'est pas toujours aussi facile. De tous les embarras, l'embarras des richesses est celui qu'on aime le mieux et qu'on redoute le plus.

Ce n'est pas un prix, c'est quatre prix que l'Académie devrait donner, et qu'elle donne en effet, à quatre des ouvrages qui ont pris part au concours Archon-Despérouses. L'honneur sera le même pour tous; donc aucun d'eux n'y perdra rien.

Ces quatre ouvrages sont :

Le Jargon du XVᵉ *siècle*, par M. Auguste Vitu ;

Le XVIᵉ *siècle en France, tableau de la littérature et de la langue*, par MM. Arsène Darmesteter et Hatzfeld;

Lettres de Jean Chapelain, publiées par M. Tamizey de Larroque.

Et *le Chansonnier historique du* XVIIIᵉ *siècle*, recueil en dix volumes, publiés par M. Émile Raunié.

Cette histoire en chansons, écrite d'année en année, et presque au jour le jour, pendant tout un siècle, est, du commencement à la fin, d'un intérêt réel et charmant, pleine de curieux détails, de témoignages précieux et de renseignements utiles. A chacun de ses volumes, M. Raunié a joint une introduction historique dans laquelle il résume, avec une grande clarté, l'ensemble des événements qui ont inspiré les chansonniers, et dont leurs chansons fidèles, gaies, sérieuses ou satiriques, reproduisent la physionomie et consacrent le souvenir.

La correspondance de Chapelain éclaire aussi, à sa

manière, l'histoire du xviie siècle, de 1632 à 1665. Aucun résumé ne pourrait remplacer les nombreux et piquants détails qu'elle donne sur tout ce qui se rapporte à la fondation de l'Académie des inscriptions et belles-Lettres et au développement de la langue française, grand travail dont Balzac et Voiture sont les principaux ouvriers. On a pu reprocher à Chapelain l'extrême bonne grâce de son langage : heureux défaut, dont nous nous corrigeons tous les jours. Après l'avoir attaqué cruellement, Boileau finit par lui rendre justice. « Que n'écrit-il en prose! » avait-il dit du poète, qu'il n'aimait pas; le poète a écrit en prose, et sa prose lui fait grand honneur. Elle nous montre en lui l'un des témoins les plus judicieux et les plus sincères de son temps. Les écrivains et les savants durent beaucoup à ce puissant protecteur, alors que le génie lui-même avait encore besoin qu'on le protégeât.

Ces lettres ont leur histoire : longtemps elles furent la propriété de notre illustre confrère Sainte-Beuve, qui tantôt songeait sérieusement à les publier lui-même, et tantôt se proposait, plus ou moins, de les léguer un jour à la Bibliothèque impériale.

Le 13 octobre 1869, Sainte-Beuve mourait, sans avoir donné suite à l'un ni à l'autre de ses projets.

Libre alors, mais croyant répondre à un désir de celui dont il avait été le dernier secrétaire et dont il devenait le légataire universel, M. Jules Troubat s'empressa de donner lui-même à la Bibliothèque toute cette précieuse correspondance. L'un des vœux du maître se trouvait dès lors accompli. Le second vient de l'être à son tour.

Un savant distingué, M. Tamizey de Larroque, ayant reçu la mission de publier ces lettres, sous les auspices du Comité des documents historiques, a rempli sa tâche avec un soin, un goût et une compétence qu'on ne saurait trop louer et dont il aurait pu garder pour lui tout le mérite et tout l'honneur. Il se vante au contraire, avec modestie, d'avoir été secondé utilement par M. Marty-Laveaux, membre du Comité, qui, chargé de surveiller son travail, l'a fait, dit-il, avec une complaisance et un savoir également inépuisables.

M. Arsène Darmesteter est le frère de M. James Darmesteter dont, tout à l'heure, l'Académie a couronné les *Essais orientaux*. Il y a des familles privilégiées. Je l'ai dit en parlant de M. George Duruy, je le répéterai bientôt quand j'aurai le plaisir de proclamer deux prix décernés l'un à M. Gustave Droz, l'autre à son jeune fils, qui déjà, marchant sur ses traces, entre dans la voie du succès.

En s'associant avec M. Hatzfeld, M. A. Darmesteter a composé un excellent livre qui réclamait la collaboration d'un philologue et d'un écrivain. Chacun d'eux eût pu le faire à lui tout seul.

Ce livre, intitulé *Le xvie siècle en France, tableau de la littérature et de la langue*, se divise en trois parties.

La première est particulièrement consacrée à la littérature. L'étude de la langue remplit entièrement la seconde. Quant à la troisième, elle se compose de morceaux choisis avec tact et empruntés avec goût aux nombreux auteurs, prosateurs et poètes, qui figurent

dans le tableau de la littérature, deux cents au moins,
plus peut-être. Les jugements portés sur chacun d'eux
auraient bien le droit d'être brefs. Ce ne sont pourtant
pas de sèches notices, mais plutôt des résumés clairs et
succincts, équitables et substantiels, qui témoignent
d'un grand effort de travail, de conscience et d'érudition.

C'est en première ligne, au premier rang, que, dans
ce concours, l'Académie a placé le livre de M. Auguste
Vitu : *le Jargon du* xv° *siècle.*

Avec l'esprit curieux et sagace qu'on lui connaît,
M. Vitu, en préparant son édition complète des œuvres
de Villon, devait être frappé de certains mots étranges
et inusités qui se rencontrent dans les ballades impri-
mées du poète et dans cinq autres, inédites encore, qu'il
a su découvrir, et dont la Bibliothèque royale de Stockholm possède les manuscrits.

Reconnaissant bientôt que ces mots ne pouvaient appartenir qu'au jargon, c'est-à-dire à la langue des gueux,
M. Vitu l'avance, l'affirme et le prouve.

Après une longue étude sur l'origine des gueux, sur
leur existence et leur organisation, c'est à leur langue
surtout qu'il s'attache, langue bizarre mais savante, ayant
son caractère, ses finesses et même ses lois; vraie langue
au total, dont la surveillance était sérieusement confiée
à une sorte de conseil supérieur chargé de la conserver
intacte, je n'ose dire dans la pureté, mais dans l'intégrité de sa correction sans mélange. Bien différente en
cela de notre argot moderne, qui ne sera jamais qu'un
langage vulgaire et grossier, variant toujours sans rai-

son et sans règle, au gré de tous les caprices du mauvais goût et du mauvais ton.

M. Vitu est infatigable, et chacun de ses ouvrages, si intéressant qu'il soit, en annonce toujours un nouveau. Son travail sur les ballades de Villon, le commentaire qu'il en fait et l'interprétation qu'il en donne, font apprécier d'avance ce que sera l'édition prochaine des œuvres complètes de ce poète des gueux, que ne dédaignèrent ni Clément Marot ni Boileau lui-même; de ce roi de la bohème littéraire dont, plus solide que tant d'autres, la dynastie triomphante n'est pas disposée à s'éteindre.

De Villon à M. Leconte de Lisle, il y a loin. Avec beaucoup de bonne volonté pourtant, avec un peu de malice surtout, M. Vitu, qui s'y entend, trouverait peut-être encore dans cette série de *Poèmes barbares, antiques et tragiques,* quelques mots étranges, qui, de nouveau, le feraient rêver. M. Leconte de Lisle a sa place à part dans le royaume des poètes. Du haut de la tour solitaire qu'Alfred de Vigny lui légua, ce n'est pas avec dédain, c'est, avec une sorte d'indifférence calme et réfléchie, qu'il regarde au-dessus et au delà de l'humanité qui l'entoure. De gré ou de force, il nous emporte sur les sommets imaginaires que sa muse puissante habite et nous y retient dans l'étonnement, frappant nos yeux par de grands spectacles, troublant nos cerveaux par de grands vertiges. M. Leconte de Lisle a ses idées à lui, sa langue aussi, sa manière au moins, sa méthode et ses procédés que, tout naturellement, il applique, de bonne foi, aux œuvres qu'il compose et aux chefs-d'œuvre qu'il traduit.

Ce n'est pas le traducteur, c'est le poète, le poète hardi, fier et convaincu, que l'Académie avait à cœur de couronner.

En publiant récemment un nouveau volume, intitulé : *Poèmes tragiques*, qui se distingue, comme tous les autres, par la même ampleur et le même talent, l'auteur de *Kaïn*, d'*Hieronymus* et des *Érinnyes* s'est placé dans les conditions voulues pour obtenir le grand prix de 10,000 francs, libéralement fondé par la veuve de Jean Reynaud et dont chacune des cinq classes de l'Institut dispose tous les ans, à son tour.

Saisissant avec plaisir l'occasion qui s'offrait ainsi de lui donner publiquement un témoignage de son estime, l'Académie décerne le prix Jean Reynaud à M. Leconte de Lisle.

A un autre poète qui, jeune encore, est, à tous égards, digne d'intérêt et d'encouragement, à M. Ernest d'Hervilly, dont la muse gauloise ne prétendrait pas à un prix de vertu, mais dont quelques comédies en vers ont été représentées avec succès sur l'un des plus grands théâtres de Paris, l'Académie accorde le prix fondé par M. le comte Maillé de la Tour Landry.

Aimant à faire bon accueil à tous les talents, qu'ils viennent de près ou de loin, elle décerne le prix Lambert à un poète de province, à M. Médéric Charot, qui, du fond de la petite ville où il vit dans le travail, nous a envoyé ses vers, composés, édités et imprimés par lui-

même, qu'il a publiés sous ce titre sans prétention :
Croquis et Rêveries. C'est à la source douce, honnête
et patriotique que M. Médéric Charot puise ses inspirations. Ses modestes croquis sont d'agréables tableaux, et
ses rêveries aimables sont d'heureuses réalités.

D'une valeur matérielle presqu'aussi considérable que le
prix Jean Reynaud, le prix Vitet ne lui cède en rien. Leur
importance est égale. Pour répondre au vœu de celui qui
l'a généreusement fondé, l'intérêt des lettres est le seul
dont l'Académie ait à tenir compte. A ce titre, deux vrais
lettrés, un poète et un prosateur, en dehors de tout concours et de toute prétention personnelle, s'étaient signalés à son attention par le seul mérite, par l'éclat seul de
leurs travaux. L'Académie, le trouvant juste, a pris,
cette fois encore, le parti de les couronner l'un et l'autre.
Ce n'est pas la moitié d'un prix, c'est un prix entier,
qu'au nom de M. Vitet, pour l'ensemble de leurs œuvres
poétiques et littéraires, elle décerne spontanément, l'un
à M. Gustave Droz, l'autre à M. Frédéric Mistral.

Créateur d'un genre qui, jusqu'à lui, n'existait pas, et
qui depuis a compté un grand nombre d'imitateurs,
M. Gustave Droz a sa place marquée, en tête de ces écrivains délicats, de ces penseurs aimables, de ces philosophes élégants, pour qui le cœur humain n'a pas de secrets.
Pleins d'observations fines et profondes, dont un grain
de sensibilité augmente souvent la grâce, ses livres,
écrits dans la famille, sur elle et pour elle, sont tour à
tour des tableaux de genre charmants, des études de
mœurs exquises, graves ou légères ; et aussi des portraits

fidèles, faits d'après nature par un maître dans l'art de peindre.

« L'Académie, — c'est M. Villemain qui va parler, Messieurs ; c'est lui qui le disait, il y a vingt-trois ans, ici même, de sa voix puissante, qu'on regrette de ne plus entendre, — l'Académie a voulu reconnaître tout ce qui, dans cette France si active, intéresse les esprits, par un emploi du talent au service de pures et touchantes pensées ; accueillant ce mérite en dehors même de notre idiome classique, elle aime à couronner aujourd'hui un poème en dialecte provençal, une œuvre où la langue populaire de quelques districts du Midi est relevée par l'archaïsme du poète. »

Ce poète archaïque, c'était Mistral ! Cette œuvre romane, c'était *Mireïo !* c'était *Mireille !* Gounod l'a traduite en français !

Jeune alors, M. Mistral, visitant Paris pour la première fois, lui offrait son premier poème. Jeune toujours, l'auteur de *Mireille*, de *Calendàu* et de *Nerto* est venu lui-même, cette année, nous apporter sa dernière œuvre.

Il venait, en même temps, avec tous les chantres du Midi, pour fêter chez nous le quatre centième anniversaire de l'union de la Provence à la France.

Dans un brillant discours, dont le patriotisme a touché nos cœurs, nous l'avons entendu alors proclamer comment la Provence libre, par sympathie et sans calcul, s'était un jour donnée à la France, et comment, après quatre siècles de vie commune, elle se trouvait bien encore de ce mariage d'inclination ; protestant très haut ainsi contre les idées de divorce que l'on avait prêtées à tort à la Provence en général, à ses poètes en particulier. Bons Provençaux et bons Français, ils aiment à la fois leur petite et leur grande patrie, qui, à elles deux, n'en font qu'une.

L'Angleterre a reproché souvent au barde écossais Robert Burns d'avoir écrit ses poésies dans le dialecte des Lowlands. Un poète en patois, a-t-on dit de lui, ne peut être qu'un poète local, une gloire de clocher.

Plus juste envers M. Mistral, l'Académie, qui l'adoptait à son début, ne saurait aujourd'hui le renvoyer à sa Provence, comme une gloire de clocher, comme un poète local. En le couronnant de nouveau, elle témoigne, au contraire, de son estime pour un bon Français, dont la France a droit d'être fière.

Je n'ai plus, Messieurs, qu'à vous faire connaître le résultat du concours fondé par M. de Montyon pour les ouvrages utiles aux mœurs.

Cent quarante-huit auteurs ont répondu à notre appel, et, pour n'en couronner que douze, ce qui ne laisse pas déjà que de sembler presque excessif, l'Académie a dû faire de grands efforts et aussi de grands sacrifices.

Parmi les livres qui, à défaut d'une récompense plus haute, lui ont paru, tout au moins dignes d'une mention particulière, je ne serai que juste en citant d'abord :

Théophraste Renaudot, d'après des documents inédits, par M. Gilles de la Tourette ;

Valentin Conrart, par M. A. Bourgoin ;

Histoire de Fléchier, par M. l'abbé Delacroix;

Les Salles d'asile de France, par M. E. Gossot ;

Entre les Alpes et les Carpathes, par M. l'abbé Vigneron.

Chacun de ces importants ouvrages mériterait d'être ici l'objet d'un rapport spécial, et, pour ma part, je voudrais pouvoir entrer, à leur sujet, dans de plus grands détails. Je me fais violence pour ne pas les louer davantage ; mais il y a des limites à tout, même à la patience du meilleur des publics, du plus indulgent des auditoires.

Permettez-moi pourtant de mentionner encore, pour mémoire et pour justice, quelques ouvrages d'un autre ordre, pleins d'honnêtes sentiments et qui, rentrant bien dans les conditions de ce concours, se recommandent d'eux-mêmes par des qualités à peu près égales, par des grâces à peu près pareilles : *les Ignorances de Madeleine*, par mademoiselle Émilie Charpentier ; *André Tourel*, par madame E. Bersier; *Lucienne*, par mademoiselle Marthe Lachèze ; *les Idées de mademoiselle Marianne*, par M. Émile Desbeaux; *Dauphiné Bon-Cœur* et *le Secret de la Lhauda*, par madame Louise Drevet; *Pauline Tardivau*, par M. Albert Dupuis ; *Théâtre de famille*, par A. Gennevraye ; *Récits enfantins*, par madame P. Forney ; *Grand'Mère* par Étienne Marcel.

Loin d'oublier les poètes, je cite encore avec plaisir un charmant recueil intitulé simplement : *Poésies*, par M. Camille Crèvecœur ; *l'Éternel féminin*, par M. Joseph Gayda; *Feuilles au vent*, par M. de Courmont; *l'Art d'être grand'mère*, par madame Amélie Perronnet; *le Coffret de perles noires*, par M. le marquis de Pimodan ; *les Chants du cœur*, par M. Maurice Trubert.

Ayant maintenant à partager une somme de 16 500 francs entre les douze ouvrages que, dans divers genres, elle a particulièrement distingués, l'Académie a cru juste d'en faire ainsi la répartition :

Quatre prix de deux mille francs ;

Un prix de quinze mille francs ;

Et sept prix de mille francs chacun.

Les prix de mille francs sont attribués à chacun des ouvrages suivants :

Le Général Chanzy (1823-1883), par M. A. Chuquet ;

Un Touriste dans l'extrême Orient et *De Paris au Japon à travers la Sibérie*, par M. Edmond Cotteau ;

Lettres d'un dragon, par M Paul Droz ;

Les correspondants de Joubert (1785-1822), par M. Paul de Raynal ;

La Terre sainte, 2ᵉ partie, par M. Victor Guérin ;

L'Erreur d'Isabelle, par M. Maryan ;

Et *la Lyre d'airain*, recueil de vers, par M. Georges Leygues.

A côté de la corde lyrique, la corde patriotique est celle qui vibre le plus sur cette *lyre d'airain* dont les mâles accents sont faits pour remuer les cœurs. Sous toutes les formes et à chaque page se trahit la pensée intime et la constante préoccupation d'un poète blessé qui, ne songeant qu'à la patrie, pleure sur elle, et pour elle espère.

Parmi les nombreux romans présentés à ses suffrages, l'Académie a regretté de n'en pouvoir couronner qu'un. *L'Erreur d'Isabelle*, par M. Maryan, lui a paru, plus

encore que les autres, remplir les conditions du programme. A ce livre on n'a guère reproché que son titre.
Ce n'est pas d'une erreur, c'est d'un préjugé que l'héroïne de M. ou de madame Maryan est la victime respectable. Par une sorte d'orgueil nobiliaire, par une
fierté de race qui a sa grandeur et ses périls, Isabelle,
d'Émerancy a tout sacrifié, et la voilà qui succombe sous
le poids de la logique, quand sa raison et son cœur interviennent à temps pour la sauver d'elle-même, après une
longue suite de scènes touchantes et de péripéties ro-
manesques dont l'intérêt est saisissant.

Dans cet ouvrage foncièrement honnête, les caractères
sont bien étudiés et les sentiments se distinguent par une
grande élévation morale. Le style, un peu recherché, ne
manque, par cela même, ni de grâce ni d'élégance.

En 1882, un prix de 2,000 francs avait été décerné à
M. V. Guérin pour son important ouvrage sur la *Terre
sainte*. Cette œuvre de science et de patience ayant été
complétée par une seconde partie, non moins intéressante que la première, l'Académie a voulu achever aussi
ce qu'elle avait commencé, en accordant à M. Victor Guérin un nouveau témoignage d'estime et d'encouragement.

Vous le voyez, Messieurs, loin d'être exclusive, l'Académie, dans ce concours, aime à récompenser des travaux de genres très divers, faisant à chacun sa part.

C'est un des traits particuliers de notre époque que le
goût très vif qui, fût-ce au prix de quelques indiscrétions,
nous porte tous à pénétrer dans la connaissance de cer-

taines intimités d'élite. M. Paul de Raynal l'a compris,
et le charmant volume qu'il a publié sous ce titre : *les
Correspondants de Joubert*, a très justement répondu à
son attente et à la nôtre. Quoi de plus attrayant, en effet,
qu'une société dont M. de Chateaubriand était le centre
apparent et bruyant, dont M. Joubert était le centre discret et réel ; plus agissant que l'autre, en fin de compte.

Toutes les lettres qui abondent dans ce livre sont
reliées entre elles et expliquées au lecteur par un commentaire instructif qui n'est pas une simple mosaïque
empruntée à des documents précieux, mais une restitution très exacte et très intéressante des choses du temps,
des hommes et des femmes surtout, dont les portraits
vivants figurent là, en pleine lumière, comme dans une
élégante galerie.

L'auteur de cette publication est plus et mieux qu'un
introducteur et un guide. A force de vivre avec tant
d'aimables modèles, il a contracté dans leur commerce
intime une aisance, une simplicité, une façon élégante de
s'exprimer enfin qui ne détonne en rien dans ce milieu
choisi. Leur ressembler n'est pas un petit mérite.

Quand il arrive au régiment, le dragon de M. Paul
Droz, gaiement sceptique et railleur, serait assez enclin
à rire de tout, même de lui ! Mais bientôt l'enthousiasme
du devoir s'empare de ce Parisien moqueur et, à si bonne
école, ses idées se modifient, ses sentiments s'épurent,
son âme s'élève, et qu'un jour la charge vienne à sonner,
non encore sur un champ de bataille, mais seulement
sur le champ de manœuvres : « Le danger est nul, nous

le savons, s'écrie ce jeune guerrier ; mais je ne sais qui vous pousse, je ne sais quoi vous gonfle le cœur ; on est hors de soi et l'on voudrait que ce fût sérieux. »

Rassurez-vous, monsieur ; ce sera sérieux tôt ou tard ! Ce qui l'est déjà, c'est le bienfait de cette vie commune dans un milieu sain pour le corps et pour l'esprit, où la discipline triomphe des plus rebelles, où, sous les plis d'un drapeau, les enfants deviennent vite des hommes, des citoyens, des patriotes, et, au besoin, des héros quand sonnera pour eux l'heure de l'être.

Voilà ce que M. Paul Droz raconte à sa famille et à ses amis, avec une verve de jeunesse tout à fait piquante. Écrites dans un style parfois précieux, mais de bon goût toujours et de bon ton, ses lettres ont leur saveur et leur éloquence, leur utilité même. Ce jeune soldat aime son métier et le fait aimer. L'exemple est d'autant meilleur que peut-être il devient plus rare.

Plusieurs livres contenant des récits de voyage avaient été présentés à ce concours. L'Académie a distingué surtout deux volumes publiés par M. Edmond Cotteau et intitulés, l'un : *De Paris au Japon à travers la Sibérie;* l'autre : *un Touriste dans l'extrême Orient (Japon, Chine, Indo-Chine et Tonkin).*

Le *touriste,* c'est M. Cotteau lui-même, touriste passionné que rien n'effraye et que rien n'arrête. Modestement employé dans une administration de l'État, il a cela de singulier, que jamais il ne sollicite aucun avancement ; en revanche, il demande souvent des congés, qu'on lui accorde très gracieusement, sous forme de missions littéraires... gratuites. Il s'en contente et quand, au retour, il a écrit ce qu'il vient de voir, il repart bien vite pour voir autre chose ; ne voulant jamais raconter que ce qu'il a vu, de ses propres yeux vu !

En ce moment même, à l'heure où l'Académie couronne ses derniers ouvrages, il en prépare de nouveaux. Parti depuis quelques mois pour les Indes, qu'il visitait déjà en 1878, il a quitté Calcutta pour se rendre à Saïgon et, pendant qu'il est en train de bien faire, je ne serais pas surpris qu'ayant poussé jusqu'à l'île Formose, il en revînt exprès un de ces jours pour nous dire un peu ce qui s'y passe.

N'étant, à proprement parler, ni un savant, ni un poète, ni un romancier, c'est uniquement de vérités que cet honnête voyageur remplit tous ses livres : livres sincères, d'une observation minutieuse et d'une irréprochable moralité ; livres simples et sérieux, dans lesquels abondent les détails nouveaux, les jugements sains, les réflexions fines ; le tout exposé dans une forme peu ambitieuse qui plaît d'autant plus par la grâce de sa bonhomie naturelle.

Le dernier, ou plutôt le premier des sept ouvrages compris dans cette catégorie de récompenses, est, je le répète, un livre intitulé : *le Général Chanzy*, 1823-1883. M. Chuquet en est l'auteur.

Si M. Paul Droz vient de nous apprendre comment il est bon qu'on commence, arrêté avant l'âge dans sa glorieuse carrière, le général Chanzy nous a montré trop tôt comment on finit, quand on finit bien. Entouré de

18

l'estime de tous, honoré, admiré, pleuré, la mort de ce
fier soldat ne fut pas seulement un deuil, elle fut un
malheur pour la France.

Pendant plus d'un demi-siècle, l'ayant pris au jour
même de sa naissance, le livre de M. Chuquet nous fait
suivre comme pas à pas, le développement de cette noble
vie, dont chaque étape contient un enseignement et un
exemple. Les événements sont d'hier, et il semblerait
qu'on n'y puisse aujourd'hui toucher sans que les passions
s'éveillent et s'irritent; loin de les provoquer, M. Chuquet évite avec soin d'entrer dans la lutte des partis.
Comme le héros dont il écrit l'histoire, la France le
préoccupe seule et son œuvre qu'elle inspire est toute de
conciliation et de patriotisme. Nulle lecture n'étant plus
saine et plus morale, l'auteur de ce livre méritait que
l'Académie lui décernât une couronne que, dans sa reconnaissance, il ne manquera pas de déposer sur un tombeau.

Les contrastes ne nous effrayent pas; au contraire. A
un volume intitulé : *le Rire, essai littéraire, moral et
psychologique*, par M. Louis Philbert, avocat à la cour
d'appel de Paris, l'Académie décerne le prix unique de
quinze cents francs que je vous annonçais tout à l'heure.

C'est très sérieusement que, traitant en philosophe un
sujet qui semble futile, l'auteur a développé dans des
pages savantes toute la psychologie du *rire*, c'est-à-dire
des causes morales qui le sollicitent et des effets physiques
qu'il produit.

Après avoir établi que l'*esprit* et le *comique* sont les
deux sources du *rire*, distinguant avec raison l'un de

l'autre, il prouve par des analyses et par des exemples, qu'on a tort de les confondre quand, en réalité, ils n'ont ni le même principe, ni les mêmes applications.

L'*esprit*, dans ce livre, est étudié à part et soumis à des observations très détaillées, ingénieuses et profondes, subtiles parfois, mais toujours intéressantes.

L'analyse du *comique* y reçoit aussi un très grand développement : ce qu'est le comique ! la différence du risible et du ridicule ; le comique à la scène et dans la vie ; les analogies et les différences de ces deux sortes de comique ; les phénomènes qu'ils font naître dans l'esprit des spectateurs, les effets multiples qu'ils produisent et les transformations qu'ils subissent ; tout cela est étudié avec une gravité, une conscience, une impassibilité de déduction vraiment remarquables.

Dans ce livre sur le *rire*, c'est le rire qui manque le plus. Ne regrettons pas son absence. M. Philbert a mieux à faire qu'à nous amuser ; il nous instruit et nous inté-resse. En style de théâtre, son étude sévère n'ambition-nait qu'un succès d'estime ; elle a obtenu plus et mieux.

Les quatre prix, de deux mille francs chacun, sont les derniers, Messieurs, dont il me reste à vous entretenir.

L'Académie les décerne aux quatre ouvrages suivants :

Les Classes ouvrières en Europe, étude sur leur situation matérielle et morale, par M. René Lavollée, docteur ès lettres, consul général de France.

Histoire de la littérature anglaise, depuis ses ori-gines jusqu'à nos jours, par M. Augustin Filon.

L'Éducation morale et civique, avant et pendant la

Révolution, 1700 à 1808, par M. l'abbé Augustin Sicard, vicaire à Saint-Philippe-du-Roule.

Journal d'un solitaire, par M. Xavier Thiriat.

Fruit de longues années de travail, l'ouvrage de M. René Lavollée est une savante étude sur la situation des classes ouvrières dans différents pays civilisés, et principalement en Allemagne. C'est un dossier plein de documents utiles, remarquables par la bonne entente et la sage distribution des matières.

Après nous avoir fait connaître, dans un chapitre de statistique pure, l'état de la population industrielle de l'empire germanique en 1875, l'auteur constate, preuves en mains, la prépondérance dans ce pays des ouvriers agricoles, et donne, à ce sujet, de graves et sérieux détails sur le développement formidable du socialisme en Allemagne, sur la multiplicité des sectes et la toute-puissance de l'association.

Avec la même méthode d'analyse, mais dans de moindres proportions, ce beau travail, plein d'intérêt, embrasse les États scandinaves, les Pays-Bas, la Suisse, l'Italie, la Belgique, l'Autriche-Hongrie, l'Espagne, le Portugal et la Russie. Nos éloges ne seraient mêlés d'aucun regret si, complétant son œuvre et plaçant sous nos yeux tous les termes de comparaison, l'auteur eût également étudié pour nous la condition des ouvriers en Angleterre, en Amérique et surtout en France. La tâche n'eût pas été au-dessus de son talent ; mais son ambition n'allait pas si loin ; il s'en explique et s'en excuse.

Somme toute, nous lui devons un très bon livre, animé toujours des meilleures intentions et plein d'une noble ardeur pour la pacification des haines sociales, pour la réconciliation des éléments divers dont se compose la famille humaine et qui, si ce n'était un rêve irréalisable, gagneraient certainement tous à mieux s'entendre et à plus s'aimer.

L'introduction et la conclusion que, dans un style élégant et correct, M. Lavollée a placées au commencement et à la fin de cet ouvrage, en font ressortir l'unité morale. Également éloigné d'un optimisme aveugle et d'un pessimisme intéressé, il instruit tout le monde sans risquer de blesser personne.

Moins sévère, sans être moins sérieux que celui de M. Lavollée, le livre de M. Augustin Filon sur *la Littérature anglaise* se trouvait d'avance, par son sujet même, comme par la situation personnelle de son auteur, dans des conditions particulièrement favorables. Il n'a rien dû à leur influence, et, pour le couronner, l'Académie n'a tenu compte que de son mérite.

Si, comme le dit M. Filon, « l'historien littéraire doit faire revivre les œuvres et les hommes », on ne saurait trop le louer d'avoir su mettre avec bonheur cette théorie en pratique. Pour ébaucher les traits des écrivains qu'il veut peindre, quelques coups de plume lui suffisent ; l'esquisse une fois tracée, l'examen de chaque œuvre la complète ; quelques nouvelles touches s'y ajoutent et développent la ressemblance. Le portrait alors devient saisissant et ressort en plein relief.

C'est ainsi qu'il fait revivre pour nous les grands morts dont l'immortalité remplit le Panthéon de Westminster.

18.

Shakspeare et Bacon, Milton et Dryden, Addison et
Bolingbroke, Richardson et William Pitt, lord Byron et
Macaulay, Walter Scott et Daniel O'Connell, émergent
tour à tour devant nos yeux, avec leur brillant cortège de
poètes, d'historiens, de philosophes, de savants et d'orateurs. Nul n'y manque et chacun d'eux garde son rang dans
ce musée des souverains, dont M. Augustin Filon ouvre
largement la porte à tous les génies et à toutes les gloires.

Cet ouvrage, dans lequel j'aurais peut-être quelques
erreurs à relever, est d'un bout à l'autre d'un intérêt
puissant et d'un agrément très substantiel. Beaucoup de
science sans pédantisme et beaucoup d'anecdotes piquantes
sans bavardage, voilà ce qu'on y trouve à chaque page,
exprimé avec un vif sentiment de la beauté littéraire et
de l'élévation morale. Ce sentiment généreux, l'auteur le
ressent et le communique.

*L'Éducation morale et civique, avant et pendant la
Révolution,* par M. l'abbé Sicard.

« C'est un ouvrage de premier ordre, a dit devant
l'Académie le rapporteur de ce livre ; considérable par
le sujet qu'il traite, par l'abondance et par la sûreté des
documents qu'il renferme, par la méthode avec laquelle
il est composé, par la modération, l'élégance et la fermeté avec lesquelles il est écrit ; enfin, par toutes les
qualités qui font un bon livre destiné à un succès sérieux
et durable. »

Le but de l'auteur est de montrer ce qu'était l'éducation de la jeunesse pendant la première moitié du
XVIIIe siècle, ce qu'elle est devenue sous l'influence des
utopies philosophiques et des lois révolutionnaires ; com-

ment, enfin, un retour violent de l'opinion publique l'a,
sous le Directoire et le Consulat, ramenée à ses antiques
errements.

Quand, surtout sous la plume d'un prêtre, un sujet
pareil devait appeler beaucoup d'allusions à ce qui se
passe de nos jours, ce livre n'en contient aucune. L'auteur a cherché ailleurs un succès plus digne de lui. Qu'on
partage ou non tous ses sentiments et toutes ses doctrines, on ne peut méconnaître la valeur historique de ce
livre, sa grande modération et sa louable impartialité.

Le dernier des quatre ouvrages auxquels a été attribué
un prix de deux mille francs, mérite de vous, Messieurs,
une attention particulière : *Journal d'un solitaire*, par
Xavier Thiriat.

Par une coïncidence singulière et peut-être sans précédent, le livre et l'auteur pourraient, en même temps
prétendre à l'une et à l'autre des récompenses fondées
par M. de Montyon, le livre étant digne de figurer honorablement parmi les ouvrages utiles aux mœurs et, de
son côté, l'auteur, le brave auteur ayant assez fait, sans
le savoir, pour mériter un de ces prix que l'Académie a la
douce mission de décerner au courage et au dévouement.

Xavier Thiriat est infirme.

Il ne l'était pas en décembre 1845, quand, à peine âgé
de dix ans, par la pluie et la neige, il se jeta dans le canal
de son village pour sauver une petite fille qui s'y noyait !

Perclus depuis lors, ne pouvant marcher, se traînant à
peine, cet enfant chétif, né de paysans sans ressources,
s'éleva lui même et s'instruisit, Dieu sait comment ! Si

bien toutefois que, aujourd'hui, toujours pauvre, mais heureux dans sa modestie, il se trouve entouré, choyé, et récompensé de ses efforts, par la sympathie, par l'estime de tous ses concitoyens.

Il faut le voir à Gérardmer, dans son humble librairie de village, accueillant, aimable, familier, souffrant sans le dire, et toujours de bonne humeur ! Sa petite boutique est le port où, après bien des traverses, il s'abrite enfin, sous ses livres !

Ses livres ! Ceux qu'il vend, et ceux qu'il fait.

Il en a déjà publié plusieurs qui ont leur grâce à part et leur cachet personnel.

Dans le dernier, le meilleur et le plus touchant, il a mis tout son cœur, versé toutes ses larmes et, jour par jour, en prose et en vers, raconté toute sa vie laborieuse et solitaire. Ce journal, qu'on ne peut lire sans émotion, méritait un prix par lui-même, tant il est plein de beaux sentiments, tant il joint l'honnêteté du fond à l'élégance naïve de la forme.

L'Académie a subi son charme et c'est avec plaisir qu'elle couronne des deux mains le digne homme, deux fois respectable, qui commença par une bonne action et qui finit par un bon livre.

SÉANCE PUBLIQUE ANNUELLE

DU JEUDI 26 NOVEMBRE 1885

Messieurs,

L'an dernier, à la suite du rapport que je venais de lire ici, dans une cérémonie pareille à celle qui nous réunit à cette heure, un double reproche me fut adressé, en même temps, par deux de mes auditeurs, excellents juges l'un et l'autre. Le premier m'avait trouvé trop sévère; le second, ce qui me surprenait moins, m'avait trouvé trop indulgent. Le piquant de l'affaire, c'est qu'en m'accusant ainsi, l'un d'indulgence et l'autre de sévérité, tous deux visaient le même auteur, tous deux parlaient du même ouvrage. C'est le même passage de mon rapport que tous les deux incriminaient; or, à leur point de vue différent, ils avaient tous les deux raison, et personne n'avait eu tort; — pas même moi !

Dans les meilleurs livres, dans ceux qui honorent le plus nos concours, s'il y a surtout à louer, il y a aussi

parfois à reprendre. Je l'ai déjà dit et je ne saurais trop
le redire, c'est l'ensemble de chaque œuvre que l'Académie couronne, sans pour cela qu'on doive en conclure
qu'elle en approuve tous les détails, qu'elle en adopte
toutes les idées, qu'elle en consacre tous les jugements.
Tantôt alors ma tâche facile consiste uniquement à vous
signaler ce qui est bien, en jetant sur les parties défec-
tueuses un voile discret et charitable ; tantôt, au contraire, quand elle l'a jugé utile, l'Académie m'invite à
faire tout haut, en son nom, certaines réserves que, suivant la sympathie ou la prévention, comme l'année dernière, *suivant l'âge ou le goût*, dirait Célimène, celui-
ci peut trouver excessives, et celui-là insuffisantes.

C'est sans réserve que, pour bien commencer aujour-
d'hui, j'aime à proclamer d'abord les résultats du concours d'histoire, si généreusement fondé par M. le baron
Gobert.

Le premier grand prix, dont le montant annuel s'é-
lève à près de dix mille francs, est décerné à M. Paul
Thureau-Dangin, pour son *Histoire de la monarchie de
Juillet*.

L'œuvre n'est pas complète ; deux volumes seulement
ont paru ; mais, tel qu'il est, ce livre a été apprécié par
l'Académie comme un ouvrage de premier ordre, joignant avec bonheur le charme élégant de la forme à
l'étude savante et approfondie des faits, à la recherche
scrupuleuse et à l'habile emploi de documents nouveaux
puisés en grand nombre aux meilleures sources, à la modération, à la probité, à l'impartialité des jugements

portés sur les événements comme sur les hommes ; enfin au rare et particulier mérite que M. Thiers, qui s'y connaissait, le possédant lui-même au plus haut degré, appela un jour : « cette qualité de l'intelligence de l'histoire. »

Comme M. Thiers, M. Thureau-Dangin, dans toutes ses œuvres, s'est attaché surtout à la poursuite de la vérité : *veritatem coluit*, travaillant sans cesse à la découvrir et à la dégager, au milieu des luttes funestes que la division des partis renouvelait chaque jour, sur les barricades de la rue et de la tribune.

Il y a de cela plus d'un demi-siècle, et, après tant d'efforts trahis, après tant d'espérances déçues, sommes-nous aujourd'hui plus sages que nos pères ? L'histoire donne toujours des leçons, dont on ne profite jamais.

Le second prix Gobert, d'une valeur de mille francs, est attribué à un livre intitulé : *Histoire du commerce de la France,* par M. H. Pigeonneau, professeur suppléant à la Faculté des lettres de Paris.

Bien composé, correctement écrit, ce livre contient assez d'idées générales, politiques, économiques et philosophiques, pour vivifier en quelque sorte un sujet aride par lui-même, c'est l'œuvre d'un érudit et d'un lettré qui connaît bien les mœurs, les aptitudes et les caractères de l'époque qu'il a étudiée pour nous.

Vingt-six ouvrages avaient été présentés au concours Thérouanne ; l'Académie en couronne deux. Elle en avait remarqué plusieurs autres, notamment un voyage d'exploration archéologique au Mexique et dans l'Amérique centrale, publié par M. Désiré Charnay sous ce titre : *les*

Anciennes Villes du nouveau monde. Œuvre de science égarée dans un concours spécialement consacré à l'histoire, ce beau travail s'en écartait lui-même de plein droit. Ne pouvant mieux le récompenser, l'Académie a voulu du moins donner hautement au savant auteur un témoignage d'estime et de sympathie.

C'est avec les mêmes sentiments qu'elle m'a chargé de mentionner : le troisième volume des *Guerres sous Louis XV*, par M. le général comte Pajol; *Turgot et ses doctrines*, par M. Alfred Neymarch, et l'*Histoire des persécutions pendant les premiers siècles*, par M. Paul Allard.

Les deux ouvrages que l'Académie couronne sont intitulés :

Simon de Montfort, comte de Leicester, par M. Charles Bémont, docteur ès lettres;

Le duc de Rohan et les protestants sous Louis XIII; par M. Henry de la Garde.

Fils du terrible chef qui conduisit la croisade des Albigeois, Simon de Montfort, en Angleterre comme en France, fut l'un des personnages les plus considérables du XIII° siècle. Dans son excellent livre, M. Bémont nous le montre tour à tour gouverneur et pacificateur de la Gascogne, chef des barons anglais révoltés, vainqueur du roi, réformateur de la Constitution, introducteur des communes dans le Parlement, puis défait et tué; mais se survivant à lui-même dans la mémoire du peuple, qui, désarmé par sa mort, ne voit plus en lui qu'un martyr.

Plaçant en première ligne cette remarquable monographie, qui, dans son genre, a été considérée comme un modèle, l'Académie lui décerne un prix de deux mille cinq cents francs sur les quatre mille, montant annuel de la fondation Thérouanne.

Les quinze cents autres francs sont attribués à une belle étude de M. Henry de la Garde : *Le duc de Rohan et les protestants sous Louis XIII*, livre complet, écrit en bon style, mais dont le sujet très intéressant ne laisse pas que de soulever parfois des questions assez délicates. Placé entre son héros, qui d'avance a toutes ses sympathies, et le cardinal de Richelieu, qui, de force, s'impose à son admiration, l'auteur, quelles que soient ses préférences personnelles, sait garder dans ses jugements cette impartialité qui, chez le véritable historien, n'est que le second des mérites, étant le premier des devoirs.

Parmi les ouvrages présentés au concours Bordin, l'Académie en avait remarqué deux, ayant chacun leur valeur, mais n'ayant pas tous deux la même. Il semblait donc qu'elle dût n'en couronner qu'un : *Fénelon à Cambrai*, par le prince Emmanuel de Broglie; en se réservant de décerner une mention honorable à une savante étude du *Brahmanisme et de ses rapports avec le judaïsme et le christianisme*, par M$_{gr}$ F. Laouënan, évêque titulaire de Flaviopolis, vicaire apostolique de Pondichéry.

S'il n'a pas toutes les qualités littéraires qui distinguent l'histoire de *Fénelon à Cambrai*, ce traité du *Brahmanisme*, honnêtement écrit dans une langue claire, nette et correcte, a le mérite de contenir des ren-

19

seignements précieux sur les trois religions qu'il étudie
et qu'il compare. Plus intéressant encore que son œuvre,
l'auteur inspirait par lui-même une estime toute particulière. Loin de la France, et presque oublié d'elle, voilà
longtemps que, non content de la faire aimer, il travaillait aussi à l'instruire.

L'histoire de *Fénelon à Cambrai*, par le prince Emmanuel de Broglie, se désignait cependant au choix de
l'Académie, comme digne d'obtenir un prix entier et sans
partage. Écrit dans une langue excellente, qui est un héritage, presque un privilège de famille, ce livre réunit au
plus haut degré des qualités qui se complètent quand,
par bonheur, elles se rencontrent : le fond et la forme,
la force et la grâce, le dessin et le coloris.

Si peu de noms sont plus connus que celui de Fénelon,
si l'une de ses œuvres jouit encore aujourd'hui d'une
rare popularité, en revanche, la lumière ne s'est jamais
entièrement faite sur le caractère et l'esprit de ce grand
prélat, longtemps méconnu et toujours très diversement
apprécié. L'ayant étudié surtout dans les archives intimes
de sa longue correspondance, ayant trouvé là, comme
dans les replis de son cœur, le secret de ses pensées et
de ses sentiments, le jeune et savant historien aurait pu
nous édifier plus complètement encore qu'il ne l'a fait,
en écrivant toute l'histoire, en retraçant toute la vie de
son héros, au lieu de se borner à ce qu'il appelle lui-
même « le drame intérieur de ces longues années d'exil
et la victoire de l'homme nouveau sur le vieil homme ».

A peine, dans la triste solitude de Cambrai, nous fait-
il parfois entrevoir le sage conseiller, dont Versailles

n'entend plus la voix, le brillant écrivain et l'homme d'État profond à qui toutes les ambitions étaient permises. C'est au chrétien surtout qu'il s'attache ; c'est le chrétien qu'il nous montre, tombé de haut, mais debout et ferme, supérieur à toutes les disgrâces de la terre et qui, grandissant encore dans l'adversité, ne se venge de la mauvaise fortune qu'en la dominant jusqu'au bout, par la dignité de sa vie et la sérénité de sa mort.

Complète au point de vue spécial que se proposait son auteur, cette étude, je le répète, avait fixé en première ligne l'attention de l'Académie. La seule voix qui ne pût pas s'élever en sa faveur intervint, au contraire, alors, pour demander généreusement qu'au lieu d'être attribué en totalité à l'histoire de *Fénelon à Cambrai*, le prix Bordin fût partagé entre elle et l'histoire du *Brahmanisme*, par Mgr Laouënan :

C'était bien ; c'était trop bien !

L'Académie applaudit à un bon sentiment qui ne la surprenait pas, et, pour rester juste, elle prit un moyen terme, de nature à tout concilier : à l'unanimité, Messieurs, le prix Bordin est décerné à l'histoire de *Fénelon à Cambrai*, par le prince Emmanuel de Broglie.

A l'unanimité, sur le montant de ce prix, une médaille de mille francs est honorablement attribuée à Mgr Laouënan, pour son important ouvrage sur le *Brahmanisme et ses rapports avec le judaïsme et le christianisme.*

Une somme de six mille francs était, cette année, disponible sur la fondation Marcelin Guérin ; l'Académie l'a répartie, dans les proportions suivantes, entre quatre des ouvrages qui, dans ce concours, se sont fait particulièrement remarquer.

Deux prix, de deux mille francs chacun, sont décernés à deux savantes études :

L'une, sur *la Renaissance, de Dante à Luther*, par M. Marc Monnier, doyen de la faculté des lettres, à Genève ;

L'autre, sur *les Philosophes de l'Académie française*, par M. Lucien Brunel, professeur au lycée Condorcet.

Et deux prix de mille francs chacun :

L'un, à un beau volume intitulé : *le Littoral de la France*, par Charles-Aubert Vattier ;

L'autre, à un travail de recherches et d'érudition sur *la Vie nomade et les routes d'Angleterre au XIVe siècle*, par M. J. Jusserand.

C'est encore sur une tombe qu'au nom de l'Académie, j'ai le triste devoir de déposer la couronne destinée par elle à l'auteur du premier de ces quatre ouvrages : *la Renaissance, de Dante à Luther*.

Au moment même où la récompense qu'il méritait, et qu'il n'avait fait qu'entrevoir, allait lui être annoncée, M. Marc Monnier mourait subitement à Genève, sur son champ d'honneur, dans toute la force de l'âge et du talent.

Fixé depuis plusieurs années dans cette ville presque française, pour y diriger l'enseignement des lettres, notre honorable compatriote s'était imposé à lui-même la grande tâche d'écrire une *Histoire générale de la littérature moderne*. « Mener toutes les littératures de front, montrer à chaque pas l'action des unes sur les autres et suivre ainsi partout à la fois le mouvement de la pensée et de l'art, » tel était son vaste programme, et, sans relâche, il travaillait à l'accomplir avec un zèle infatigable. Comme l'un de ses poètes préférés, comme Pétrarque, il s'était dit : « Nous aurons le temps de dormir quand nous serons morts. » Après sa mort, Messieurs, le grand travailleur, à qui le temps de dormir vient d'être donné trop tôt, s'est réveillé, une fois encore, pour nous envoyer, du fond de sa tombe, un second volume digne du premier, étudiant, celui-ci, *la Réforme, de Luther à Shakspeare*, comme l'autre avait étudié *la Renaissance, de Dante à Luther;* avec la même conscience et le même talent, avec un même droit à notre estime, avec un droit de plus à nos regrets.

Le programme de M. Lucien Brunel était moins ambitieux que celui de M. Marc Monnier ; dans un seul volume, il a pu le mener à bonne fin.

Ce n'est pas une histoire générale de l'Académie française au XVIIIᵉ siècle qu'il se proposait d'écrire; il voulait seulement rechercher quelle avait été alors, dans le mouvement philosophique, la part de l'Académie. Il nous a montré en même temps quelle fut, pendant quarante années environ, dans l'Académie, la part du mouvement philosophique, depuis l'élection de Duclos jusqu'à la mort de d'Alembert, sous le glorieux consulat de Voltaire et de Montesquieu.

L'Académie française n'a jamais été populaire, dit tout d'abord M. Lucien Brunel; c'est un compliment, et nous ne lui en voulons pas davantage quand il s'empresse d'ajouter qu'à peine élu, — non sans l'avoir ardemment désiré, — Voltaire se vantait d'être un des quarante membres inutiles de la Compagnie. Quelques années plus tard, la connaissant mieux, et de loin s'occupant encore beaucoup d'elle, celui qu'on appelait alors le Patriarche de Ferney faisait amende honorable, en écrivant : « C'est un corps plus utile qu'on ne pense, parce qu'il sera toujours le dépôt du bon goût qui se perd totalement en France. Il faut le laisser subsister comme ces anciens monuments qui ne servaient qu'à montrer le chemin. »

Le chemin que montre l'Académie a ses sentiers et ses détours, dont chacun aboutit chez elle. Ayant aussi commencé par trouver l'ancien monument inutile, beaucoup, et non des moindres, finissent, un beau matin, par venir frapper bravement à sa porte, d'avance ouverte au repentir.

Particulièrement intéressant pour nous, instructif et agréable pour tout le monde ; ayant peut-être, en réalité, plus de surface que de profondeur, le livre de M. Lucien Brunel est plein de faits, d'anecdotes et de documents que l'auteur a réunis avec art, sans parti pris, et sans prétention.

Il n'y a pas non plus de prétention, mais il y a beaucoup de parti pris, dans l'ouvrage, en deux beaux volumes, publié sur le *Littoral de la France*, par Charles-Aubert Vattier, d'Amboyse. Ce parti pris, inspiré par le plus pur patriotisme, est celui d'admirer et de faire admirer les vieux monuments élevés sur nos grandes côtes par l'architecture religieuse, en reproduisant leur image et en rappelant les légendes qui consacrent et illustrent leur souvenir. Dédié *à ceux qui aiment la France*, ce livre se dénonce ainsi, de lui-même, à l'intérêt, à l'estime, à la sympathie de tous les Français.

C'est aussi à nous instruire que peut légitimement prétendre le curieux volume de M. J.-J. Jusserand sur la *Vie nomade et les routes d'Angleterre au* xive *siècle;* plein de renseignements utiles et de détails d'un grand intérêt, nous apprenons de lui quelle part, il y a cinq cents ans, l'Angleterre réservait à ses citoyens de tout ordre; quelles poésies, quels arts plaisaient à leur esprit, comment se passait la journée de l'ouvrier dans son échoppe, du paysan dans sa hutte, du bourgeois dans sa maison, du noble dans son château, du moine au fond de son cloître.

Ce livre n'est pas seulement l'œuvre d'un érudit, c'est aussi l'œuvre d'un véritable écrivain; la forme en est agréable et piquante, le style élégant et facile.

En dehors des quatre ouvrages auxquels est ainsi attribué le prix Marcelin Guérin, l'Académie en avait désigné deux autres qui, présentés au même concours, n'ont pu obtenir la même récompense. Les jugeant dignes d'estime et d'encouragement, l'Académie accorde une mention honorable :

1° A un ensemble de travaux, constituant une monographie coloniale très intéressante, publiés en plusieurs volumes par M. Charles Lemire : *Sur l'Indo-Chine et la Nouvelle-Calédonie;*

2° A une savante *Histoire de l'administration provinciale, départementale et communale en France*, par M. Émile Monnet.

Rarement le prix Archon-Despérouses n'avait été aussi sérieusement discuté que dans ce concours. Presque tous les ouvrages qui y ont pris part semblaient mériter au moins une approbation collective. Très limitée par le chiffre de ses ressources, l'Académie en a couronné trois, en regrettant de ne pouvoir accorder une mention honorable à un quatrième, trop exclusivement consacré à l'enseignement élémentaire, mais qui l'avait frappé d'abord par sa valeur pédagogique et son utilité morale.

Ce livre est intitulé : *la Première Année de rédaction et d'élocution,* par M. Carré, agrégé de l'Université, et M. Moy, professeur à la Faculté des lettres de Douai.

Un premier prix, de deux mille francs, est décerné à une nouvelle édition des *Oraisons funèbres de Bossuet,* par M. Jacquinet.

Deux autres prix, de mille francs chacun, sont attribués à deux ouvrages d'érudition intitulés :

L'un, *Chrestomathie de l'ancien français,* par M. Constans;

L'autre, *Grammaire élémentaire de la vieille langue française,* par M. L. Clédat, professeur de langue et de littérature française au moyen âge, à la Faculté des lettres de Lyon.

Outre un choix fort bien fait des anciens textes, depuis le serment de Strasbourg jusqu'à Christine de Pisan, la *Chrestomathie de l'ancien français,* par M. Constans, contient une sorte de tableau sommaire de notre littérature au moyen âge, et un glossaire scientifique des mots et formes de l'ancien français.

Très au courant des derniers travaux publiés en

France, en Angleterre et en Allemagne, l'auteur, plein
de son sujet, l'a traité avec une grande compétence et
une rare érudition.

En louant ce livre, j'ai loué d'avance celui de M. Clédat, qui, dans sa *Grammaire élémentaire de la vieille
langue française*, embrassant presque le même sujet,
s'est proposé aussi de vulgariser la connaissance de notre
vieille langue en exposant les lois qui présidèrent à sa
formation. M. Clédat n'a voulu que faire une œuvre utile
en mettant à la portée de toutes les intelligences le résultat des grand travaux que la science a publiés depuis un
siècle. Il y a pleinement réussi.

M. Jacquinet avait rendu aux Lettres et à Bossuet lui-
même un vrai service en publiant sa belle édition du
Discours sur l'histoire universelle. Plus remarquable
encore peut-être, son nouveau travail ne sera pas moins
utile et ne lui fera pas moins d'honneur. En accompa-
gnant chaque *oraison funèbre* d'une notice historique
sur le personnage qui en est l'objet, M. Jacquinet fait
équitablement la part de l'apologie et celle de la vérité.
C'est l'histoire contrôlant le panégyrique. Son admiration
pour Bossuet est sans borne; mais elle est sans idolâtrie
et toujours son impartialité l'éclaire. Avec le ton respectueux que doit garder la critique en présence du génie,
il ne craint pas de relever dans ses notes, je ne dis pas
les complaisances, mais les atténuations volontaires que
le genre comporte et que le bon goût conseille, plus que
la justice peut-être, envers les faits et les personnes.
C'est d'ailleurs avec une satisfaction visible et une sorte
de soulagement que M. Jacquinet signale et souligne tous

les passages, les plus nombreux à coup sûr, où les jugements du grand orateur s'accordent pleinement avec la
vérité absolue, établie en dernier ressort par tous les témoignages de l'histoire.

Il y a aujourd'hui soixante ans, je m'asseyais pour la
première fois sur les bancs du collège, à côté de M. Jacquinet. Je l'ai revu à peine depuis le jour où nous en
sortîmes l'un et l'autre pour marcher dans des voies diverses. Parfois sa bonne renommée et les succès de sa
carrière l'ont rappelé à mon souvenir, et quand, après
plus d'un demi-siècle, nous nous retrouvons encore, au
banc d'honneur, c'est avec émotion que, m'adressant à
M. Jacquinet, je l'invite à recevoir des mains d'un vieux
camarade la couronne que l'Académie décerne à ses excellents travaux.

J'en ai fini, Messieurs, avec les concours spécialement
consacrés à des travaux d'histoire ou d'érudition. Parmi
ces derniers aurait pu figurer le concours de traduction
fondé par M. Langlois. Permettez que je me borne à vous
dire qu'il est remis à l'année prochaine.

Fondé *dans l'intérêt des lettres,* le prix Vitet est l'un
de ceux dont l'Académie dispose à la fois avec le plus
d'indépendance et le plus de responsabilité ; n'ayant aucun programme qui l'entrave, et, par cela même, tenant
d'autant plus à bien faire. Ce n'est pas à tel ou tel livre,
comme dans presque tous les autres concours, c'est à
tel ou tel écrivain, à l'ensemble de ses travaux, à sa seule

renommée peut-être, que s'adresse cette récompense privilégiée.

M. Paul Bourget ne m'en voudra pas si, en le plaçant tout d'abord parmi les brillants écrivains de la généra-tion nouvelle, pour qui s'est le plus passionnée l'opinion publique, j'ajoute que de leur côté, sans méconnaître son mérite, d'excellents juges se sont montrés pour lui plus sévères, quand ils croyaient n'être que justes. *Cruelle énigme!* a dit le jeune philosophe dans le der-nier, dans le plus fêté, dans le plus discuté de ses ou-vrages. Poëte et romancier, qu'il écrive en vers ou en prose, ce petit-fils de Balzac et de Spinoza, ce petit cou-sin de Manfred et de Werther est, par-dessus tout, un pen-seur, un rêveur et presque un savant, qui semble ne rien ignorer des grands secrets de l'âme humaine. Pour lui, le drame est dans les idées et non dans les événements; aussi fait-il des études de mœurs plutôt que des romans d'action, soutenant volontiers des thèses et, au besoin, des paradoxes. Élégant, imagé, recherché même, son style se passerait aisément des artifices de langage aux-quels parfois il a recours.

Ce jeu plaît à M. Bourget et je dois reconnaître que le succès lui donne raison. J'en sais qui estiment plus cer-tains de ses défauts que certaines de ses qualités.

Ses qualités seules, Messieurs, ont fixé l'attention de l'Académie. Parmi ceux qui commencent bien, M. Paul Bourget est peut-être celui qui commence le mieux. Cela suffit. Voulant lui donner un témoignage de sympathie et d'estime, l'Académie décerne à M. Paul Bourget une médaille d'or de cinq mille francs sur la somme que

notre illustre confrère M. Vitet nous a léguée pour être
employée librement, et le mieux possible, dans l'intérêt des lettres. C'est ce que l'Académie vient de
faire.

Elle le fait encore en attribuant le surplus du prix à
un autre poète, moins jeune et plus contenu, dont, depuis longtemps, elle a déjà pu apprécier le talent honnête
et gracieux. Fidèle aux coteaux modérés, ami des val-
lons et de la verdure, M. André Lemoyne n'a pas le
grand vol des aigles : une plume de cygne suffit à son
ambition. Après avoir encouragé ses débuts, c'est une
récompense qu'aujourd'hui, l'Académie décerne à ce
brave ciseleur de vers, dont le mérite n'est dépassé que
par l'élévation de ses sentiments et la dignité de sa vie
modeste.

Comme le prix Vitet, le prix Monbinne et le prix
Lambert sont destinés, en principe, à récompenser les
écrivains plutôt que les écrits. Ce sont des distinctions
personnelles qui, souvent aussi, finissent par devenir des
distinctions littéraires. En voici la preuve :

Auteur de nombreux ouvrages, publiés depuis vingt
ans avec succès, notammemt sur le xvii° et le xviii°
siècle, M. Honoré Bonhomme aurait pu prétendre à voir
couronner l'un de ses livres, si, par leur date, les plus
importants ne se fussent trouvés en dehors des limites
assignées à nos concours.

Pour l'en dédommager autant que possible, l'Académie attribue une somme de douze cents francs à M. Honoré Bonhomme sur les trois mille francs montant du

prix fondé, en souvenir de M. Monbinne, par MM. Eugène Lecomte et Léon Delaville Le Roulx.

Le surplus de cette somme est partagé ainsi qu'il suit :

Mille francs à un respectable écrivain, M. Roux-Ferrand, qui, plus que octogénaire, présentait encore, cette année, au concours Marcelin Guérin un *Dictionnaire philosophique* dont l'importance n'a pas été méconnue ;

Et huit cents francs à M. Ernest Lionnet qui, devenant sourd et aveugle à l'âge de trente-sept ans, est resté, tout à la fois, sans carrière et sans fortune. Malgré ses cruelles infirmités, il a pu récemment, non pas écrire, mais dicter un petit volume, intitulé *le Docteur Chabot*. L'ouvrage est intéressant ; l'auteur l'est bien plus encore.

Le prix Lambert, dont le montant s'élève à seize cents francs, est partagé, par moitié, entre mademoiselle Émilie Carpentier et mademoiselle Marthe Bertin, qui, l'une et l'autre, avaient présenté au concours Montyon deux livres que l'insuffisance des ressources n'a pas permis de couronner, mais dont le mérite a été signalé avec estime à l'intérêt de l'Académie.

L'ouvrage patriotique et touchant de mademoiselle Émilie Carpentier est intitulé : *Enfants d'Alsace et de Lorraine*.

Celui de mademoiselle Marthe Bertin, d'une lecture agréable et instructive, a pour titre : *Madame Grammaire et ses Enfants*.

N'ayant plus maintenant à nous préoccuper de l'intérêt particulier qui peut s'attacher aux personnes, revenons aux livres qui, dans deux concours purement littéraires, le concours de Jouy et le concours Montyon, ont mérité d'être distingués par l'Académie.

Quinze ouvrages prétendaient au prix de Jouy ; deux se le sont disputé jusqu'au dernier moment, avec des mérites égaux et des qualités pareilles, dans des genres différents ; répondant l'un et l'autre aux intentions de la fondatrice qui veut que le prix soit décerné *à un ouvrage soit d'observation, soit d'imagination, soit de critique, et ayant pour objet l'étude des mœurs actuelles.*

Le livre de M. Quatrelles : *Lettres à une honnête femme sur les événements contemporains*, et celui de M. Léon-Bernard Derosne : *Types et Travers*, se distinguent à chaque page par la même originalité, le même bon sens, le même esprit, la même élévation de pensée. Chez l'un comme chez l'autre, le style, solide et léger, est plein de goût, d'élégance et de délicatesse.

Ce sont des personnages vivants que M. Quatrelles met en scène : éloignés l'un de l'autre, deux vieux amis, jeunes encore, une honnête femme et un honnête homme, causent entre eux, par la poste, des événements contemporains, des questions du jour, que contradictoirement ils traitent à un double point de vue, chacun d'eux soutenant le pour et le contre, surtout le contre, avec beaucoup de grâce, de finesse et, au besoin, de poésie. C'est tout un drame, aimable et touchant, un dialogue de l'esprit et du cœur, qui finit bien, par un duo d'amour, attendu.

M. Léon-Bernard Derosne, au contraire, dans une série de petits cadres, s'attache à reproduire, non les individus eux-mêmes, mais leur image physique et morale, leurs portraits pris sur le vif, *Types et Travers* portant l'empreinte de notre époque, de notre société, de notre entourage, dans lesquels chacun de nous s'empresse de reconnaître son voisin, qui le lui rend avec usure.

Se trouvant ainsi en présence de deux esprits judicieux et pénétrants, de deux critiques délicats et fins, l'Académie ne pouvait longtemps hésiter; partageant le prix de Jouy, par moitiés égales, entre M. Quatrelles et M. Léon-Bernard Derosne, elle les couronne l'un et l'autre.

Ces deux honnêtes volumes auraient pu se présenter tout aussi bien au concours fondé par M. de Montyon pour les ouvrages utiles aux mœurs. Nous les remercions de ne l'avoir pas fait; il auraient ajouté à notre embarras et le nombre des candidats eût alors été de cent quarante ! Cent quarante ouvrages, ayant tous un certain mérite, alors que, en principe, on devait à peine en couronner six !

L'Académie en couronne douze ! C'est, à la fois, beaucoup et peu. Vingt-huit se trouvaient encore réservés quand, l'heure des décisions et des sacrifices étant venue, il fallut procéder par élimination, en commençant par les petits livres de librairie simplement consacrés à l'enseignement élémentaire. Ceux qui, malgré le talent de leurs auteurs, à cause de ce talent peut-être, étaient moins en règle avec la morale, eurent naturellement le même sort. En voici deux, Messieurs, qui, n'étant pas des œuvres individuelles, mais des œuvres collectives, ne rentraient pas entièrement dans les conditions du concours. Leur mérite n'a pas été méconnu et je leur dois, pour le moins, une mention particulière.

Sous le titre de : *Saint Nicolas*, patron des enfants, M. Delagrave a déjà publié plusieurs volumes d'un recueil amusant et instructif, dont on ne saurait trop louer le bon esprit et la variété pleine d'agrément.

La Bibliothèque d'aventures et de voyages, publiée par M. Maurice Dreyfous, ne compte pas moins de quarante-quatre volumes, contenant presque tous des récits authentiques et des souvenirs personnels de voyages, anciens ou modernes, depuis Christophe Colomb et Fernand Cortez jusqu'à Dumont-d'Urville et Francis Garnier.

Sept de ces volumes sont consacrés à des œuvres d'imagination ; outre qu'elles ont leur charme, ces œuvres-là ont aussi leur utilité. C'est en lisant, à l'école, les aventures de Robinson Crusoë qu'un amiral de mes amis m'assurait avoir senti naître sa vocation.

Par leurs titres au moins, il est juste de signaler encore quelques-uns des livres que l'Académie a regretté de ne pouvoir mieux récompenser : *Hilaire Gervais*, par M. Léon Barracand ; *l'Europe sous les armes*, par M. Hennebert ; *le Mariage du lieutenant*, par M. Ad. Aderer ; *Vie brisée*, par Marie Besneray ; *Autour du monde*, par Georges Kohn ; *le Docteur Richard*, par madame Alix de Sault ; *Cours de morale*, par mademoiselle M. Allou ; *M. Faillon, prêtre de Saint-Sulpice*, par M. l'abbé Desmazures ; *Élisabeth d'Autriche*, par L. de Beauriez ; *Guillemette*, par Zari ; *Désertion*, par mademoiselle Zénaïde Fleuriot ; *les Jeux de la jeunesse*,

par M. F. Dillaye; *Mémoires d'un guide octogénaire,*
par un brave Alsacien, M. Robinschung; et, parmi les
recueils de poésies : *le Poème des Amoureux,* par le
prince Henri de Valori; *Honneur et Patrie,* par M. Marc
Bonnefoy; *une Lyre* et *le Clavier d'or,* par M. Frédéric
Bataille.

J'allais oublier un joli petit volume de vers que son
jeune et spirituel auteur, M. Georges Boyer, a impru-
demment intitulé : *Paroles sans musique.* Plus légères
et d'une correction moindre que les autres, deux ou trois
pièces de cet aimable recueil gagneraient peut-être à ce
qu'un peu de musique en accompagnât les paroles. Le
reste ne pourrait qu'y perdre.

J'ai dit que, parmi les autres ouvrages présentés à ce
concours, l'Académie en couronnait douze. N'ayant à sa
disposition qu'une somme de 17,500 francs, elle a
regretté de ne pouvoir, pour aucun d'eux, proportion-
ner au mérite de l'œuvre le chiffre de la récompense.

Quatre prix de deux mille francs sont décernés à chacun des ouvrages suivants :

Leçons de philosophie, par M. Élie Rabier;

La Puissance française, par M. Jeannerod;

Jean de Vivonne , par M. le vicomte Guy de Brémond d'Ars;

Tony, par madame Bentzon.

Trois prix de quinze cents francs chacun, à trois autres ouvrages :

Les Nouvelles Conquêtes de la science, par M. Louis
Figuier;

La meilleure part, par M. Léon de Tinseau;

L'Héritage de Jacques Farruel, par M. Le Gal La Salle.

Cinq prix de mille francs sont afin attribués à chacun des ouvrages suivants :

Les Grands Inventeurs, par M. le baron Ernouf;

Une Éducation dans la famille, par madame Jules Samson ;

L'Antiquité chrétienne, par M. A. Pellissier;

Les Projets de mademoiselle Marcelle et les Étonnements de M. Robert, par M. Émile Desbeaux ;

Et un volume de vers intitulé : *les Parques*, par M. Ernest Dupuy.

l'Académie accorde, en outre, une mention honorable à cinq petits volumes, dans lesquels sont accumulés les meilleurs exemples de courage et de vertu, et que leur auteur, M. C. Merland, a publiés sous ce titre : *Biographies vendéennes*.

A ma honte, Messieurs, je me trouve, tout d'abord, en présence d'un savant ouvrage que l'Académie a placé au premier rang et qui, puissamment soutenu devant elle, mériterait de vous être ici présenté avec la même compétence.

Dans les *Leçons de philosophie* de M. Élie Rabier, on a remarqué surtout une étude approfondie des fonctions de l'intelligence, du plaisir et de la douleur, des formes diverses de nos inclinations, de l'habitude, de l'instinct, de la faculté du langage, de l'interprétation et de l'expression du beau. C'est un vrai traité de l'âme, au point de vue expérimental et comparé, a dit le savant rapporteur. Toutes les controverses actuelles du positi-

visme français et de l'empirisme anglais y trouvent une
place proportionnée à l'importance des débats soulevés,
et à l'autorité des philosophes qui les soulèvent. Presque
toujours, une solution fortement motivée vient à temps
pour tirer l'esprit du lecteur de sa perplexité, au milieu
de tant de doctrines contraires et contradictoires.

Si l'on a beaucoup loué la méthode excellente de l'auteur, son procédé de discussion vif et pressant et son
impartialité vraiment libérale, on a regretté peut-être
que, dans un livre aussi substantiel et, à certains points de
vue, nouveau, la forme d'exposition fût trop souvent cou-
pée par des divisions et des subdivisions qui, en croyant
aider à l'étude, risquent au contraire de rendre la lecture
moins facile, moins claire et moins agréable.

Malgré cet inconvénient, les grandes et sérieuses qualités qui distinguent l'ouvrage de M. Rabier le dési-
gnaient pour une récompense que l'Académie lui décerne
avec estime et sans réserve.

Je suis plus à mon aise, Messieurs, pour vous parler
d'un autre livre, moins philosophique dans le fond, mais
non moins élevé dans la forme, dont l'ardent patriotisme
est à la portée de tous les esprits et, sans peine, émeut
tous les cœurs.

La Puissance française, par un ancien officier,
serait en tout temps, et dans toute circonstance, un livre
de grande valeur; il a de plus, en ce moment, le mérite
de l'opportunité. La question du service militaire et de
l'organisation de nos armées est plus que jamais à l'ordre
du jour; elle y sera longtemps encore. L'auteur la traite
en homme qui la connaît bien. Théoricien plus que cri-

tique, il ne cherche pas à blâmer ce qui est, il étudie ce qui devrait être et, par cela même qu'elle n'a rien d'agressif, sa parole reçoit de sa modération plus de force et d'autorité.

J'ai pourtant un reproche à lui faire. Pourquoi cet *ancien officier*, préférant garder l'anonyme, n'a-t-il pas signé un si bon livre? Après avoir exercé avec honneur un commandement dans le nord de la France pendant la fatale guerre de 1870, M. Jeannerod pouvait se vanter de combattre encore pour son pays quand, par des conseils utiles, sinon par d'infaillibles remèdes, il travaillait, en bon patriote, a consolider sa puissance.

« *Jean de Vivonne*, seigneur de Saint-Gouard, marquis de Pisany, n'est pas un grand homme. Cependant on ne peut guère écrire sur la seconde moitié du xvie siècle sans que son nom s'offre à la plume. » Ainsi débute galamment, dans la préface de son livre, en homme qui ne veut surfaire ni son héros ni son aïeul, l'arrière-petit-neveu de Jean de Vivonne, le jeune et spirituel auteur du troisième des ouvrages que l'Académie couronne, M. le vicomte Guy de Brémond d'Ars.

Père de la célèbre marquise de Rambouillet, grand-père de la non moins célèbre Julie d'Angennes, Jean de Vivonne se distingua doublement, comme diplomate et comme soldat. Nul ne servit mieux son roi, *concilio manuque*, avant même que son roi s'appelât Henri IV. Mais, à ce service ruineux, que l'honneur seul payait alors, il perdit tout à la fois, sans trop se plaindre, sa santé, sa fortune et sa vie.

Dans un livre charmant qui n'a pas la sévérité de l'histoire, mais qui en a tout l'attrait, M. le vicomte Guy de
Brémond d'Ars a fait revivre pour nous avec art cet
homme rare qui peut-être, en effet, ne fut pas un grand
homme; mais qui, loyal et fier, brave entre tous, raffiné
sur le point d'honneur, moitié Gaulois, moitié Gascon, bon
Français donc, mériterait que plus d'un grand homme,
jaloux d'un pareil modèle, s'en inspirât pour l'imiter.

A la fin de la première catégorie et au commencement
de la seconde, l'Académie a placé deux romans, d'un
mérite presque égal, qui, l'un et l'autre, se distinguent
par une rare élégance, par une exquise délicatesse, par
une fine et savante étude des caractères pris sur le vif,
par la grâce du style enfin, comme par l'impression élevée
et saine qui s'en dégage, au profit du bon goût et de
l'honnête morale.

Tony, par madame Bentzon, et *la Meilleure part*, par
M. Léon de Tinseau, sont des livres qu'il faut lire et que
je gâterais en tâchant de les raconter.

J'en pourrais dire autant de deux autres livres non
moins bons à lire, à étudier même.

L'Héritage de Jacques Farruel, par M. Le Gal La
Salle, est une œuvre de bon sens, dans la meilleure acception du mot; une œuvre honnête, une œuvre utile.
« Mon but, dit modestement l'auteur, a été de tâcher de
faire aimer leur vie à nos laboureurs et de les mettre en
garde contre les mirages dangereux qui les entraînent
étourdiment à la ville, où ils ne trouvent le plus souvent
que servitude et misère. »

Les laboureurs ne seront pas seuls à profiter des bons conseils que leur prodigue aujourd'hui l'ami qui eut jadis l'honneur de les représenter au Parlement. Composé avec art, écrit avec élégance, cet ouvrage est à la portée de tous les lecteurs. Ce serait un roman agréable, si ce n'était plus qu'un roman.

Il en est de même du nouveau livre de M. Émile Desbeaux : *les Projets de mademoiselle Marcelle et les étonnements de M. Robert.*

C'est un roman, si l'on considère avant tout ce qu'il y a d'émouvant, de saisissant même, dans une action dramatique pleine d'intérêt et de charme. Si l'on tient compte, au contraire, des leçons de toute nature que ses jeunes lecteurs y trouvent à chaque page, on est tenté de le placer parmi les ouvrages d'éducation. Quoi qu'il n'ait de la paternité que le cœur, étant bien loin d'en avoir l'âge, M. Émile Desbeaux travaille sans relâche pour l'enfance qu'il semble avoir adoptée. Ses aimables récits la captivent; ses honnêtes enseignements la touchent; sans qu'elle s'en doute, il l'instruit.

Si M. Émile Desbeaux travaille avec plaisir pour l'amusement de l'enfance, c'est sérieusement à l'éducation de la jeunesse que s'est consacrée madame Jules Samson et, dans un livre excellent, intitulé : *une Éducation dans la famille,* elle a réuni, avec autant de discernement que de goût, les meilleurs, les plus sages, les plus utiles conseils sur toutes choses.

Prenant une jeune fille par la main, madame Jules Samson la conduit pas à pas, année par année, et presque jour par jour, veillant sur elle sans relâche, secondant son développement physique et moral, souriant à ses jeux et présidant à ses travaux, la déposant enfin, grande et accomplie, sur le seuil du mariage et de la maternité.

L'enseignement de tous les devoirs est contenu dans ce livre qui témoigne hautement du rare mérite et de la grande distinction de son auteur.

J'ai fait attendre M. Louis Figuier, et je me le reproche ; mais son beau livre intitulé : *les Nouvelles Conquêtes de la science*, se rapprochait naturellement de quatre savantes études que M. le baron Ernouf a consacrées à mettre en relief : *la Vie et les OEuvres des grands inventeurs français* : je n'ai pas voulu les séparer.

Pleins de bons et honnêtes exemples, les livres de M. le baron Ernouf sont de ceux qui instruisent le peuple et qui développent en lui l'amour du travail, l'amour de la science et l'amour du bien.

C'est le même but qu'avec la même ardeur et en se plaçant plus haut encore, M. Louis Figuier poursuit depuis plus de trente ans. On l'a qualifié de vulgarisateur scientifique, on a eu raison ; et il a droit d'en être fier. Le premier mérite de ses nombreux ouvrages est précisément d'avoir inauguré, pour les merveilles de la science, un genre nouveau d'exposition qui a puissamment contribué à les répandre partout, en les vulgarisant peut-être, mais en les mettant ainsi à la portée de tous les esprits et de toutes les intelligences.

Voilà plus de trente ans aussi que M. A. Pellissier, ancien élève de l'École normale supérieure, agrégé de

philosophie, professeur de l'Université, a voué sa vie à
l'éducation de la jeunesse. Pour elle, il a publié un cours
complet d'humanités françaises, dont l'ensemble ne forme
pas moins de vingt-quatre volumes; pour elle encore,
en dehors de toute préoccupation scolaire, il a composé
deux autres volumes intitulés : le premier, *Grandes
leçons de l'antiquité classique;* le second, qui en est la
suite, *Grandes leçons de l'antiquité chrétienne*; c'est
ce dernier ouvrage que l'Académie couronne.

Dans ce livre, qui est surtout un livre d'histoire, pas
de discussions théoriques, pas de polémique irritante·
L'auteur se borne à une exposition pure et simple des
principes et des résultats, en montrant ce que la religion
a fait et fait faire pour l'individu, la famille et l'État :
c'est une anthologie chrétienne; une œuvre très recom-
mandable et d'une grande portée morale. A ce titre, peu
d'ouvrages rentraient plus et mieux dans les conditions
du concours.

Par l'élégante pureté de la forme, qui est son premier
ornement, comme par l'élévation des pensées, dont il lui
sied d'être la plus noble interprète, la Poésie, morale
aussi à sa manière, mérite toujours qu'une place lui soit
attribuée dans ce concours, et toujours l'Académie la lui
réserve, sûre en cela de répondre, sinon à la lettre, à
l'esprit du moins et aux sentiments de l'homme de bien
qui l'a honorée de sa confiance.

Parmi les recueils de vers qui se présentaient à ses
suffrages, l'Académie en a distingué trois qu'elle eût
voulu pouvoir récompenser également : *les Dieux in-*

connus, par M. Félix Melvil, *les Phares*, par M. Léonce
de Larmandie; enfin *les Parques*, par M. Ernest Dupuy.

Tout en reconnaissant et en me chargeant de constater
ici le mérite littéraire et le charme poétique des deux
premiers ouvrages, c'est au troisième, c'est aux *Parques*
que l'Académie a trouvé juste de donner la préférence.

On n'accusera pas M. E. Dupuy d'avoir courtisé la
Muse légère; ses trois Parques ont peu de rapport avec
les trois Grâces. Aussi philosophe que poète, un peu trop
philosophe peut-être, le jeune auteur, affectant d'oublier
qu'il est à l'âge où le cœur chante, s'abîme, à dessein,
dans les graves pensées et dans les méditations amères.
Son âme est profonde et sombre et une sorte de pessimisme semble inspirer les vers que, tour à tour, il met
dans la bouche de ses terribles héroïnes. Mais ces vers
sont pleins et francs; leur facture est puissante et forte;
dignes des sentiments qu'ils expriment, ils en ont l'énergie,
l'audace et l'élévation.

Au-dessus de la part ainsi faite à la poésie parmi les
ouvrages utiles aux mœurs, se trouve le concours spécial
fondé en sa faveur par l'État lui-même. Je n'ai plus,
Messieurs, qu'à vous en faire connaître le résultat.

Deux mots latins : *Sursum corda!* indiquaient seuls,
cette fois, en l'idéalisant, la pensée de l'Académie. Les
concurrents n'en ont pas eu peur. Deux cent quarante-
sept manuscrits sont venus témoigner de leur bon vouloir. Honneur au courage malheureux! Sept pièces de
vers ont seules résisté d'abord à un scrupuleux examen.
Trois enfin ont définitivement survécu, l'une comme

pouvant obtenir une mention honorable, et les deux autres comme également trouvées dignes, pour des mérites très divers, de se disputer la couronne.

> Ils ont dit : « L'idéal est mort ! aux flancs des monts
> Nul ne va plus cueillir la fleur que nous aimons,
>   La jeunesse vivace est forte.
> Les cœurs sont assoupis, les bois silencieux,
> On a fermé le temple, on a fermé les cieux,
>   Frères, la Poésie est morte ! »

Ainsi commence fièrement la pièce inscrite sous le n° 6 et que cette devise accompagne :

> « De verre pour gémir, d'airain pour résister. »

L'auteur a voulu prouver que la poésie n'était pas morte ; il y a réussi. L'Académie l'en récompense, en lui décernant une mention honorable.

Je regrette de ne pouvoir proclamer son nom ; en nous le cachant à nous-mêmes, il nous a condamnés à vous le taire.

Restaient alors en présence les deux pièces jugées les meilleures et retenues en première ligne :

L'une, portant le n° 82 et ayant pour épigraphe deux vers d'Agrippa d'Aubigné :

> « Haussez-vous sur les monts que le soleil redore
> Et vous prendrez plaisir de voir plus haut encore. »

L'autre, inscrite sous le n° 179, avec cette simple devise : *Flectamus genua !*

Le n° 179 se distingue tout d'abord par l'élévation des

sentiments et l'ampleur du style. Après une brillante exposition biblique, par laquelle cette pièce débute avec grandeur, il faut reconnaître qu'elle eût gagné encore à poursuivre jusqu'au bout son développement désiré. L'auteur ne nous étant pas alors connu, nous lui en voulions un peu de s'arrêter en si bon chemin. Il ne s'arrêtait pas tant qu'il en avait l'air, et, quand je vous le nommerai tout à l'heure, vous comprendrez quelle fut notre surprise, quels furent presque nos remords, en apprenant d'où nous venaient ces vers et quel poète les avait faits.

Mieux composée, et, à ce point de vue, plus complète que la première, la pièce n° 82, sans la surpasser par l'éclat de la forme, l'égalait du moins par la grâce et le charme des sentiments les plus généreux, exprimés en beaux vers, émouvants et patriotiques.

Chacune de ces pièces avait ses partisans convaincus et ses ardents défenseurs. Mais, à l'Académie, les plus grandes luttes, toujours courtoises, finissent volontiers par un arrangement amiable. C'est le jugement de Salomon! On coupe la couronne en deux, et deux prix, de deux mille francs chacun, sont ainsi, d'un commun accord, décernés sans conteste, l'un au n° 82, l'autre au n° 179.

Je vous ai dit que l'ouverture des plis cachetés nous réservait une surprise; elle nous en réservait deux! Par un hasard étrange et par une fortune heureuse, c'est le nom d'une jeune fille et le nom d'un brave soldat que cachaient les mystérieuses enveloppes jointes aux manuscrits couronnés.

Dans une de ces enveloppes (n° 82), il y avait simplement ces mots :

« Mademoiselle Jeanne Loiseau, demeurant à Paris. »

Et voici, non moins simplement, ce qui était écrit dans l'autre (n° 179) :

« Le vicomte de Borrelli, capitaine, faisant partie de la légion étrangère, corps expéditionnaire du Tonkin, en ce moment à Hong-Hoa, fleuve Rouge. »

Grièvement blessé à Solférino, et décoré alors sur le champ de bataille, à l'âge de vingt-deux ans, le vicomte Emmanuel-Raymond de Borrelli, ayant quitté le service militaire en 1874, le reprenait volontairement, en 1884, pour aller se battre au Tonkin, à titre étranger. Peu de jours après son arrivée, le 19 novembre, il y était réadmis au titre français et porté à l'ordre du jour comme s'étant particulièrement distingué à la tête de sa compagnie, dans le glorieux combat de Yuoc.

« Bravoure chevaleresque ! » dit une seconde citation, trop honorable pour que je résiste à la reproduire tout entière : — « A, par son entrain et sa présence constante aux postes les plus dangereux, exalté la valeur morale de la troupe qu'il commandait. »

Voilà notre poète, Messieurs !

Seul survivant aujourd'hui des trois commandants de son héroïque garnison, M. de Borrelli vient de rentrer en France. Un laurier de plus l'y attendait.

Vous le connaissiez déjà, Messieurs, une mention honorable lui ayant été décernée au dernier concours de poésie, pour son éloge de Lamartine.

C'est en pleine mer, à deux mille lieues de la patrie,

sur le navire qui l'emportait vers l'extrême Orient, que M. de Borrelli avait improvisé pour nous, entre deux tempêtes, ces beaux vers que vous allez entendre. Mieux édifiés que nous, c'est sans réserve que vous pourrez les applaudir.

Vous applaudirez également ceux de sa jeune et intéressante rivale.

Tout le monde ne va pas au Tonkin; tout le monde n'en revient pas surtout. Mademoiselle Jeanne Loiseau est restée tranquillement à Paris; ce qui ne l'empêche pas d'être une brave honnête fille qui, sur le champ d'honneur du travail, a livré aussi ses combats et gagné aussi ses victoires.

C'est pour la seconde fois que l'Académie la couronne.

Hier c'était à la langue latine que l'Académie avait recours ; c'est à la langue grecque aujourd'hui qu'elle emprunte un sujet pour le prochain concours de poésie : *Pallas Athèné*.

« C'est une pure allégorie, — nous a dit, en développant sa proposition, l'un de nos plus illustres confrères; — s'adressant de préférence à l'élite des concurrents, elle donnerait au concours une portée plus haute et aux poètes un plus noble but. » Ainsi présenté, ce sujet ne pouvait qu'être adopté avec empressement par l'Académie. Elle y gagnait d'ailleurs pour elle-même l'occasion de rendre indirectement hommage à sa glorieuse patronne, à cette fille de Jupiter dont l'image est ici partout et dont l'immortalité nous protège.

Tournez donc vos regards vers le Parthénon, jeunes

20.

concurrents de demain, et, vous inclinant de loin devant le chef-d'œuvre de Phidias, demandez à Minerve, demandez à Pallas d'Athènes ces grandes inspirations que lui durent tous les poètes, tous les artistes, tous les héros de la Grèce antique.

Déesse de la Paix armée, elle est le symbole éternel de la sagesse et de la vaillance; c'est elle qui, par une tradition poétique et charmante, survivant à tous les dieux de l'Olympe, et à son père lui-même, le plus grand de tous, a gardé l'heureux privilège de présider à tout ce que notre vieux monde produit encore de bon, de beau et de grand. Souriant à tous les efforts et rehaussant tous les courages, aux poètes comme aux soldats, à ceux qui pensent comme à ceux qui luttent, c'est elle dont la voix puissante donne à tous l'ardeur de bien faire, en leur criant: *Sursùm corda!*

Sursùm corda! — Ces mots, Messieurs, me rappellent à l'ordre et au silence. Je m'arrête, heureux de céder enfin la parole aux deux poètes qui, de Paris et de Hong-Hoa, séparés par la distance, unis par l'inspiration, ont le mieux répondu, l'un et l'autre, à l'appel de l'Académie.

DISCOURS

PRONONCÉ DANS LA SÉANCE PUBLIQUE ANNUELLE

DES CINQ ACADÉMIES

le vendredi 25 octobre 1872[1].

Messieurs,

Dans une circonstance pareille à celle qui nous rassemble à cette heure ; assis à la place que j'occupe et remplissant, avec l'autorité de son importance personnelle, une tâche dont, au contraire, ma modestie est justement alarmée, M. le comte de Montalembert vous disait un jour, et j'aime à le répéter après lui : « Quand l'honneur de présider la réunion générale de l'Institut échoit à l'Académie française, celui qui parle en son nom

1. Le bureau était composé de M. Camille Doucet, directeur des l'Académie française, président de ! l'Institut et des délégués des quatre autres Académies.

est tenu surtout d'être court; ainsi le veut un usage constant. »

Je ne sais, je l'avoue, et je n'ai pas cherché à le savoir, où notre illustre collègue avait puisé à cet égard ses informations et sur quels précédents il appuyait sa théorie; le prenant au mot tout d'abord, et l'en croyant sur parole, je me suis empressé d'admettre le principe comme vrai, l'usage comme constant. Il en est un peu des principes comme des proverbes: chacun trouve moyen d'en invoquer à son tour de nouveaux et de divers, suivant son intérêt du moment et pour les besoins de sa cause.

Un usage plus constant, plus respectable et plus respecté, m'eût conseillé, Messieurs, m'eut ordonné peut-être de venir, après tant d'autres, célébrer une fois de plus, dans cette solennité annuelle de nos états généraux, l'heureuse communauté de l'Institut et l'indépendance réciproque de chacune des Académies, dont l'union fait la force, et dont la liberté fait la gloire.

L'union et la liberté ! — c'est toujours ici qu'on les retrouve.

Il y a aujourd'hui soixante-dix-sept ans que, sur les premières ruines de la France, dont l'immortalité survit à tous les naufrages, l'Institut était fondé par la réunion des anciennes Académies, et au moyen d'une organisation nouvelle qui, pour assurer leur puissance et leur vitalité, concentrait en un seul faisceau toutes les forces de l'esprit humain. L'heure était bien choisie, et rien, après tant d'épouvante et de deuil, ne pouvait mieux contribuer à raffermir les cœurs et à les rasséréner, que cet heureux réveil des sciences, des lettres et des arts.

— Ainsi la colombe de l'arche revenait encore annoncer la fin du déluge, et c'était, cette fois, une branche de laurier qu'elle rapportait à nos pères comme un symbole de salut, comme un signe de renaissance.

Depuis lors, Messieurs, dans ce grand corps, si bien constitué qu'il semble immuable à force de se renouveler sans cesse, et dont la solidité se compose de toutes nos fragilités périssables, que d'efforts collectifs, que de travaux isolés, accomplis par chacun pour l'honneur de tous; que de services incessamment rendus au pays, au monde et à la civilisation! L'Académie française me reprocherait de parler d'elle avec orgueil; mais, en dehors d'elle, Messieurs, et à côté d'elle, comment oublier tant de découvertes utiles faites par le génie dans le mystérieux domaine de la science, tant de recherches précieuses dans les ténèbres de l'histoire et dans les profondeurs du passé; comment ne pas rappeler la constante et salutaire influence des arts, deux fois bienfaisants pour nos âmes, qu'ils apaisent, en les charmant; tandis que, de son côté, par des procédés tout autres, et dans un but plus haut encore, la philosophie conspire avec la morale, pour tenter de guérir la société quand elle souffre, et de l'éclairer quand elle s'égare!

On a dit que, dans l'antiquité païenne, toute remplie à la fois de dieux et d'esclaves, les Muses étaient sœurs avant que les hommes fussent frères. A la gloire des Muses, leur fraternité dure encore. Puisse-t-elle, ayant devancé celle des hommes, n'être pas près de lui survivre!

Cette fraternité des Muses s'appelle aujourd'hui la fraternité des Lettres.

Souffrez que je m'interrompe un moment.

Quand je parle de la fraternité des Lettres, j'y manque-
rais, Messieurs, si je paraissais plus longtemps oublier
qu'à cette heure même, sur le seuil d'une tombe dont je
ne me suis éloigné qu'à regret, pour venir ici remplir
un autre devoir, les Lettres désolées pleurent un vrai
poète cher à tous, un brillant écrivain dont l'esprit était
si français et le cœur plus français encore. De nombreux
suffrages lui avaient prouvé que sa place était marquée
parmi nous, et nous déplorons d'autant plus le coup
rapide auquel Théophile Gautier succombe.

C'est au culte des Lettres, au développement, à la
prospérité et à l'honneur des Lettres que l'Académie
française a, depuis sa fondation plus de deux fois sécu-
laire, consacré sans relâche et avec passion, je n'ose dire
ses exemples, mais, tout au moins, ses conseils, ses
encouragements et ses récompenses. Plus renfermée en
elle-même que les autres classes de l'Institut, vivant
dans la retraite et presque dans l'ombre, chargée d'un
dépôt précieux, veillant sur lui, travaillant toujours à le
conserver et à l'accroître, si parfois l'Académie française
se met en communication avec le public, c'est surtout
pour décerner des prix au talent, et plus souvent, hélas!
quand les maîtres s'en vont, pour payer à leur mémoire
un tribut d'hommage et de regret.

Cette double tâche, Messieurs, j'ai à la remplir devant
vous.

Tant de coups, ont frappé l'Institut depuis un an que, en

mc bornant même à rappeler les noms et les travaux de chacun, j'aurai franchi bientôt la mesure discrète que M. de Montalembert conseillait à ses successeurs, en se l'imposant à lui-même.

Douze de nos collègues, enlevés à leurs Académies, y ont laissé des vides que l'Institut déplore et des regrets que toute la communauté partage. L'arbre souffre, comme souffre la branche, quand un de ses rameaux est coupé!

Si l'Académie française a perdu dans M. l'abbé Gratry un excellent confrère, un prêtre éminent [1] et édifiant, un écrivain supérieur, un homme aimable et aimé; si l'Académie des inscriptions et belles-lettres regrette, dans le respectable M. de Cherrier, un profond érudit, un historien distingué dont les travaux eurent leur éclat; si l'Académie des sciences morales et politiques pleure, à juste titre, dans M. Augustin Cochin, l'un de ses plus jeunes membres, des meilleurs et des plus utiles; l'Académie des beaux-arts et l'Académie des sciences, plus cruellement éprouvées encore par le grand nombre de leurs pertes, demandent que l'Institut s'arrête, pour compter les morts, devant leur champ de bataille, devant leur champ d'honneur.

L'année commence à peine, et déjà M. Combes, le savant directeur de l'École des mines, l'infatigable travailleur, a disparu le premier, ne cessant, en effet, de travailler qu'en cessant de vivre. Peu de jours après, les deux frères Laugier meurent presque ensemble : Stanislas Laugier, l'habile praticien, pour qui la chirurgie

1. Discours de M. Nisard.

était une science plus encore qu'une profession; Ernest Laugier, l'astronome éminent, le brave homme de tant d'honneur que nous avons tous connu et aimé. Inséparables dans la vie, dans la science, dans l'Académie et dans la mort, tous deux furent frappés comme d'un même coup; et nous ne saurions ici les séparer, pour la première fois, dans l'expression de nos regrets.

Le savant M. Duhamel ne tardait pas à les rejoindre.— Nous sommes en ce moment à l'Académie des sciences, Messieurs; veuillez vous en souvenir, et vous me pardonnerez d'abuser d'une épithète si bien due à tous nos savants collègues.

Disciple immédiat de Fourier, et animé de son esprit, modèle en tout de netteté et d'élégance, Duhamel ne semblait vouloir toucher à une question que pour en dire le dernier mot. — Ce dernier mot de l'éloge, je l'emprunte au plus cher, au plus illustre des élèves de M. Duhamel, à son neveu, fils de son adoption, à notre excellent confrère M. Joseph Bertrand.

Il eût alors été juste que, de longtemps, après ces douloureux sacrifices, l'Académie des sciences n'eût rien à craindre de la mort. L'un de ceux qu'elle menaçait le moins, l'un des plus jeunes et des plus forts, la rencontra tout à coup, non pas, comme il avait le droit d'y prétendre, glorieuse et d'un noble exemple, dans les luttes et les fatigues du travail, mais obscure, sans but et sans consolation, dans une promenade sans plaisir, dans une excursion en apparence sans péril, et qui allait mettre la science en deuil.

Ce deuil de M. Delaunay, la science le porte encore.

Revendiqué à la fois comme un des leurs par l'Institut, par l'Observatoire de Paris, par le Bureau des longitudes, par la Faculté des sciences, par l'École polytechnique et par l'École des mines, M. Delaunay ne recevrait de moi que des éloges sans compétence et sans prix; mais il a reçu tous les vôtres; aucune sympathie n'a manqué à son malheur, aucune ne manque à sa mémoire.

Je serais moins embarrassé, Messieurs, et moins incompétent peut-être, pour vous parler d'un autre de vos collègues qu'il m'a été donné de bien connaître, ayant eu l'honneur de servir sous son drapeau. Malheureusement pour moi, M. le maréchal Vaillant s'est refusé d'avance à tous les hommages publics, et, quand j'eusse aimé à louer en lui, jointes à tant de mérite et de simplicité, les vertus de soldat, de citoyen et de Français qu'il possédait au plus haut degré, je regrette que ses volontés dernières me ferment la bouche. Jamais, Messieurs, au milieu de ses grands devoirs et de ses graves préoccupations, rien ne put distraire le savant ministre de son amour pour vos travaux. Le lundi était son jour de fête; il nous quittait pour vous rejoindre, et nul ne se montra plus exact à vos séances, ni plus attentif, jusqu'au jour où, frappé par nos malheurs, il fut contraint de quitter la France, après le départ de ceux à qui sa fidélité était due. Il ne revint que pour languir et bientôt s'éteindre; triste, troublé, solitaire, ne se rapprochant plus de vous que par la pensée, c'est à l'Académie des sciences qu'il légua ses derniers adieux et son dernier souvenir.

Le martyrologe des sciences nous paraissait fermé

21

enfin, quand la mort de M. Babinet vient encore de le
rouvrir, pour la septième fois en moins d'une année! En
le déposant hier dans la tombe, on vous a savamment
parlé de ses grands travaux si divers, si connus et si gé-
néralement admirés. Son éloge retentit encore à vos
oreilles, et je ne pourrais, Messieurs, c'est le sort de
tous les échos, que l'affaiblir en le répétant.

L'Académie des beaux-arts a fait, cette année, trois
pertes cruelles.

Avant de succomber sous le poids de leur âge et de
leurs souffrances, M. Forster et M. Carafa étaient, depuis
longtemps déjà, séparés de nous par la maladie, et leur
mort affligea l'Institut plus qu'elle ne dut le surprendre.
Mais M. Vaudoyer, que les ans n'avaient pas atteint, qui
semblait au contraire en pleine possession de la santé et
de la vie, comme il l'était de la bonne grâce et du talent,
c'est à l'École des beaux-arts, en jugeant un concours
d'architecture, qu'au milieu de ses confrères il fut —
le mot n'est pas de moi — frappé debout, au travail, à
son poste, en soldat qui fait son devoir [1].

Depuis trente-cinq ans que l'Institut lui avait ouvert ses
portes, Carafa s'était fait presque volontairement oublier;
il négligeait la composition pour l'enseignement, et la génération actuelle s'étonnerait peut-être d'apprendre qu'il
y eut un jour où son nom ne fut pas seulement célèbre
mais populaire. Tout le Paris d'alors courait applaudir *le
Solitaire, le Valet de chambre,* et *la Prison d'Édim-*

1. Discours de M. Beulé.

bourg, et suprême gloire pour Carafa, son Mazaniello
put lutter un moment sans deshonneur contre celui
d'Auber, contre ce chef-d'œuvre qui s'appelle : *la Muette
de Portici.*

J'ai prononcé le nom d'Auber! Bientôt, il nous l'a pro-
mis sur sa tombe, M. le secrétaire perpétuel de l'Académie des beaux-arts, dont l'autorité est si grande et la
compétence si reconnue, viendra rendre ici un hommage
solennel, une éclatante justice au glorieux chef de notre
musique française. Quoiqu'il semble vivant encore, tant ses
œuvres vivent pour lui, voilà plus d'un an que M. Auber
n'est plus, et mon mandat s'arrête à cette limite ; mais,
quand son cher souvenir nous était rappelé par un hasard
favorable, par un rapprochement tout naturel, mon cœur
du moins ne pouvait se taire, et c'est avec émotion
comme avec respect que je salue au passage son nom,
son génie et sa gloire !

La gloire de nos arts, Messieurs, vengera le deuil de
nos armes. Quand le canon est réduit au silence, des voix
meilleures se font entendre ; quand la bataille sanglante
a cessé, des luttes plus nobles commencent ; c'est pour la
science et pour les lettres le moment d'entrer en campagne, c'est à leur tour de combattre, et la France a toujours ainsi des revanches toutes préparées. Défendons ce
qui nous défend, honorons ce qui nous honore, et, malheureux de ce que nous avons perdu, soyons d'autant
plus fiers de ce qui nous reste.

Après vous avoir parlé d'un si grand nombre de morts
illustres, c'est d'un vivant plus illustre encore que j'ai à
vous parler, en terminant.

Pour la seconde fois, Messieurs, l'Institut avait à décerner cette année, sur la propositon de l'Académie française, et dans l'ordre des travaux qu'elle représente,
un prix dont je ne rappellerai la valeur que pour en
constater l'importance et en louer la fondation, un prix
biennal de vingt mille francs dont chaque Académie a
déjà disposé à son tour, et qui, aux termes d'un décret
impérial du 14 avril 1855, était destiné à l'ouvrage ou à
la découverte que les cinq classes de l'Institut auraient
jugé le plus propre à honorer ou à servir le pays.

Autorisée, et entraînée par un précédent que l'opinion
publique sanctionna jadis, comme elle l'a déjà fait d'a-
vance pour le choix que j'ai, non à vous apprendre, mais
à proclamer devant vous, l'Institut a décerné ce prix
aux ouvrages récents d'un grand et illustre confrère,
d'un de ces hommes rares que la France admire entre
tous ; qui toujours, ainsi que le disait si bien le rapport
de M. le secrétaire perpétuel de l'Académie française [1],
« dans sa longue, dans sa laborieuse autant que glorieuse
carrière, a consacré à des travaux historiques d'un ordre
supérieur tout le temps où, comme homme d'État, il ne
travaillait pas par ses actes à l'histoire elle-même ».

Le nom de M. Guizot est sur toutes vos lèvres, et c'est
vous, Messieurs, qui, en le prononçant, avez fait ce que
j'allais faire.

Je m'arrête. On n'en est plus à louer M. Guizot ; à le
récompenser, moins encore. Il honore, en les acceptant,
les honneurs qu'on aime à lui décerner. Il n'aura reçu

1. M. Patin.

d'ailleurs que d'une main, pour le rendre de l'autre, en encouragements à de jeunes écrivains, ce prix si glorieux que l'Institut ne pouvait mieux placer ; ce prix de haute origine, pour qui c'est doublement une bonne fortune d'avoir été donné il y a dix ans au grand historien de la Révolution française, du Consulat et de l'Empire, et d'être aujourd'hui donné, avec une égale justice, au maître, au sage, au philosophe qui, du fond de sa retraite sereine, enseigne encore l'histoire de France à nos fils, comme il écrivait jadis pour les pères l'histoire de la civilisation.

FIN

INDEX

DES NOMS CITÉS DANS CE VOLUME

TABLE

BOURLOTON. — Imprimeries réunies, B, rue Mignon, 2.

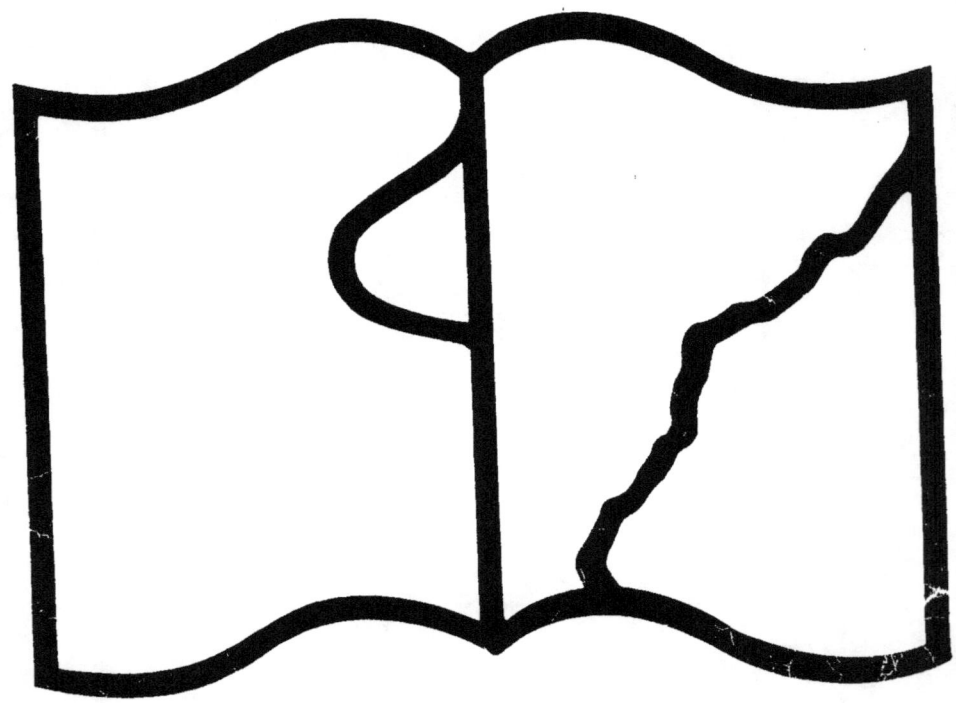

Texte détérioré — reliure défectueuse

NF Z 43-120-11

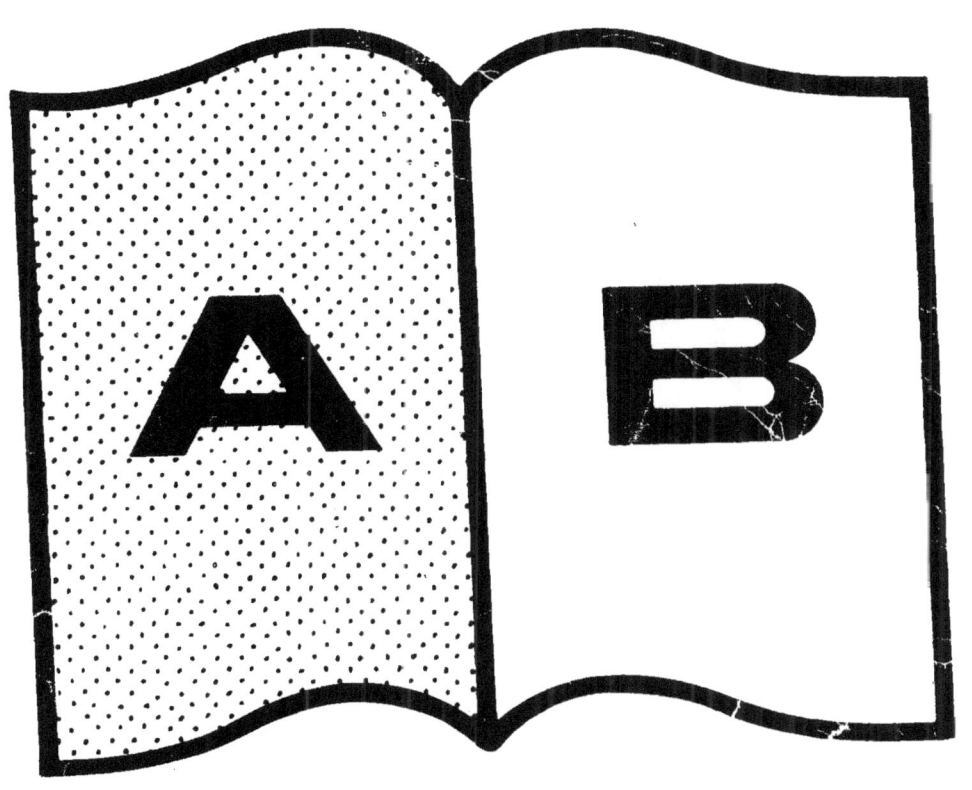

Contraste insuffisant

NF Z 43-120-14

www.ingramcontent.com/pod-product-compliance
Lightning Source LLC
Chambersburg PA
CBHW050311030726
47505CB00003B/659